바움가트너

바움가트너

폴 오스터 장편소설
정영목 옮김

Baumgartner

Paul Auster

이 책은 실로 꿰매어 제본하는 전통적인 사철 방식으로 만들어졌습니다.
사철 방식으로 제본된 책은 오랫동안 보관해도 손상되지 않습니다.

1

바움가트너는 서재, 코지토리엄,[1] 굴 등 다양한 이름으로 부르는 자신의 2층 방 책상에 앉아 있다. 펜을 손에 들고 키르케고르의 가명들에 관한 논문 세 번째 장(章)의 한 문장을 쓰던 그는 그 문장을 마무리하는 데 인용해야 할 책이 거실에 있다는 것, 어젯밤 거기 둔 채 침실로 올라왔다는 것이 기억난다. 책을 가지러 아래층으로 내려가는데 오늘 아침 10시에 누이에게 전화하겠다고 약속했다는 것도 기억나고, 마침 시간이 10시가 다 되었으니 책을 가지러 거실로 향하기 전에 부엌에 가서 전화부터 하기로 한다. 하지만 부엌에 들어가다 콱 쏘는 냄새에 멈추어 선다. 뭐가 타고 있다, 그가 깨닫고 가스레인지로 다가가자, 앞쪽 화구의 불을 끄지

---

1 라틴어로 〈생각하다〉라는 뜻인 cogitare를 이용해 만든 말로, 생각하는 장소라는 뜻. 이하 모든 주는 옮긴이의 주이다.

않는 바람에 야트막하지만 집요한 불길이 세 시간 전 아침으로 먹을 반숙 달걀 두 개를 삶을 때 사용한 작은 알루미늄 냄비의 바닥을 먹어 들어 가고 있는 게 보인다. 그는 불을 끈 다음 두 번 생각하지도 않고, 그러니까 냄비용 장갑이나 행주를 가지러 갈 생각도 하지 않고, 망가져 연기를 피우는 냄비를 냅다 들어 올리다 손을 데고 만다. 바움가트너는 아파서 소리를 지른다. 그 직후 냄비를 떨어뜨리고, 냄비는 돌연 바닥을 때리며 시끄럽게 땡 소리를 낸다. 그는 고통에 차 계속 비명을 지르며 얼른 싱크대로 가 찬물을 틀고 수도꼭지 밑에 오른손을 찔러 넣은 다음 피부로 쏟아져 내리는 차가운 물줄기를 맞으며 3~4분 동안 가만히 있는다.

바움가트너는 그걸로 손가락과 손바닥에 물집이 잡히는 걸 예방했기를 바라며 행주로 조심스럽게 손을 닦다 말고 손가락들을 구부려 본 다음, 행주로 손을 두어 번 더 토닥거리고 나서 자신이 부엌에서 뭘 하려고 했던 것인지 자문한다. 누이에게 전화를 하기로 했다는 걸 기억해 내기도 전에 전화벨이 울린다. 그는 수화기를 들고 경계하는 태도로 여보세요 하고 웅얼거린다. 그래, 누이, 그는 마침내 왜 자신이 여기 와 있는지 기억하고, 이제 10시가 지났고 그가 전화를 하지 않았으니 수화기 너머에 있는 사람은 당연히 나오미일 거라고 짐작한다. 투덜이 누이는 전화하는 걸 늘 그랬듯이,

또 잊었다고 야단부터 치기 시작할 게 틀림없다. 그러나 말이 시작되는 순간 상대방이 나오미가 아니라 어떤 남자라는 게 드러나는데, 미지의 남자는 귀에 낯선 목소리로 더듬더듬 늦어서 미안하다며 사과 비슷한 걸 하고 있다. 뭐에 늦었다는 건가요? 바움가트너가 묻는다. 계량기 확인이요, 남자가 말한다. 9시에 가기로 했는데요, 기억하시죠? 아니, 바움가트너는 기억하지 못한다. 과거 며칠 또는 몇 주 동안 전기 회사의 계량기 검침원이 9시에 올 예정이라고 생각한 순간은 단 한 번도 떠오르지 않는다. 그래서 남자에게 걱정 말라고, 아침 내내 또 오후에도 계속 집에 있을 계획이라고 말하지만, 젊고 미숙하고 또 열심히 비위를 맞추려 하는 전기 회사 직원은 왜 시간에 맞춰 가지 못했는지 지금은 설명할 여유가 없지만 그럴 만한 이유, 불가항력의 이유가 있었고, 이제 최대한 빨리 가려 한다고 고집스럽게 설명한다. 그래요, 바움가트너가 말한다, 곧 봅시다. 전화를 끊고 이제 화상 때문에 욱신거리기 시작하는 오른손을 내려다보지만, 손바닥과 손가락을 살펴도 물집이나 피부가 벗겨지는 낌새는 없고 전체적으로 불그스름하기만 할 뿐 대수롭게 느껴지지는 않는다. 별로 심각하지 않군, 그는 생각한다, 감당할 만해. 그러다가 속으로 자신을 이인칭으로 부르며 생각한다, 이런 멍청한 놈, 너 오늘 운 좋은 줄 알아.

지금 이 자리에서 나오미에게 전화를 해야 한다는, 그래야 누이가 그 지겨운 잔소리의 길로 들어서는 걸 사전에 막을 수 있다는 생각이 든다. 하지만 그가 누이의 번호를 누르려고 수화기를 들자 초인종이 울린다. 바움가트너의 허파에서 길게 늘어진 한숨이 새어 나온다. 그는 손에 들린 채 계속 발신음을 토해 내는 수화기를 도로 내려놓고 현관 쪽으로 걸어가다가 부엌을 벗어나면서 그을린 냄비를 심술궂게 옆으로 걸어찬다.

문을 열고 UPS 직원 몰리의 모습이 보이자 그의 기분이 밝아진다. 자주 들르는 바람에 세월이 흐르면서 이제는 배달원이 아니라…… 뭘까? 딱히 친구라고 하기는 그렇지만, 지난 5년 동안 일주일에 두세 번씩 들렀다는 점을 고려하면 이제 그냥 아는 사람이라고만 할 수는 없다. 사실 아내가 죽은 지 거의 10년이 되어 가는 외로운 바움가트너는 성도 모르는 이 30대 중반의 땅딸막한 여자에게 남몰래 푹 빠져 있다. 몰리는 흑인이고 아내는 흑인이 아니었지만, 그녀의 눈에는 볼때마다 죽은 애나를 떠올리게 하는 뭔가가 있기 때문이다. 한 번도 그녀의 눈에서 사라진 적이 없지만, 정확히 그게 무엇이라고 말하기가 어렵다. 빠릿빠릿한 느낌이라고 해야 하나, 사실 그보다 훨씬 큰 것이지만. 어쩌면 늘 깨어 빛나는 상태라고 묘사할 만한 것일 수도 있다. 그도 아니면 아주 간단하게 환하게 빛나는 자아의 힘, 감정과 사고가 서로 얽혀 복잡하게 춤을 추는 가운데도 안에서 밖으로 한껏 뿜어져 나오는 인간의 살아 있는 상태 ― 아마도 그 비슷한 것일 듯하다, 말이 되는지는 몰라도. 어쨌든, 애나가 가졌던 그것을 뭐라고 부르든, 몰리도 그걸 갖고 있다. 그래서 바움가트너는 오로지 몰리가 책을 배달하러 와서 초인종을 누를 때 그녀와 1~2분을 함께 보낼 심산으로, 필요하지도 않고 절대 펼쳐 볼 일도 없고 결국 지역 공공 도서관에 기증하고 말 책들을 주문하는 습관이 생겼다.

안녕하세요, 교수님, 그녀가 그를 향해 환하게 빛나는 축복 같은 미소를 지으며 말한다. 책이 또 왔네요.

고마워요, 몰리, 바움가트너는 말하고, 그녀가 얄팍한 갈색 상자를 건네자 마주 미소를 짓는다. 오늘은 어때요?

아직 이르지만 ― 그래서 이렇게 말하면 너무 성급하지만 ― 지금까지는 좋은 쪽이 좋은 게 나쁜 쪽이 나쁜 것보다 위네요. 이렇게 찬란한 아침에 우울해지기는 어렵잖아요.

처음 맞는 좋은 봄날이죠 ― 연중 최고의 날이에요. 누릴 수 있을 때 누리자고요, 몰리. 다음에 무슨 일이 벌어질지 절대 모르는 거니까.

맞는 말씀이고 말고요, 몰리가 대답한다. 그녀는 그와 공범이라도 된 것처럼 짧은 웃음을 터뜨리더니, 그가 대화를 더 이어 갈 만한 재치 있는 또는 재미있는 대구를 미처 생각해 내기도 전에 손을 흔들어 인사하며 트럭으로 돌아간다.

이 또한 바움가트너가 몰리에게서 좋아하는 것이다. 그녀는 그의 어설픈 말, 심지어 가장 실없는 소리, 완전한 불발탄에도 늘 웃음을 터뜨려 준다.

그는 부엌으로 돌아가 테이블 옆에 있는 방 한쪽 구석에 뜯지도 않은 채 처박아 둔 책 상자들 더미 위에 새로 받은 상자를 뜯지도 않고 얹어 놓는다. 최근 그 탑이 아주 높아져 그 옅은 갈색 직사각형 상자가 한두 개만 더 쌓이면 다 무너져 내릴 것만 같다. 바움가트너는 오늘 안으로 판지 상자에서 알몸뚱이 책만 꺼내 뒤쪽 포치의 필요 없는 책들, 공공 도서관에 기증할 책들을 모아 둔 상자 몇 개 가운데 그나마 덜 찬 곳에 옮겨 놓겠다고 머릿속에 적어 놓는다. 그래, 그래, 바움가트너는 혼잣말을 한다, 지난번에 몰리가 왔을 때도 그렇게 다짐했다는 걸 알아, 또 그 전에도, 하지만 이번에는 진짜로 할 거야.

손목시계를 보니 10시 15분이다. 늦었다, 그는 생각한다, 하지만 나오미한테 지금이라도 전화를 걸면 그녀가 그 입정 사나운 욕을 쏟아붓는 길로 들어서는 건 막을 수 있을지도 모른다. 그는 전화기로 손을 뻗지만 막 집으려 하는 순간 그 작고 하얀 악마가 다시 따르릉

거린다. 이번에도 그는 그게 누이일 거라고 생각하는데, 이번 역시 잘못 짚은 것이다.

그가 여보세요 하고 웅얼거리자 작고 떨리는 목소리가 간신히 들릴 만한 질문으로 응답한다. 바움가트너 씨? 너무 어리고 또 괴로운 상태에 처한 게 분명한 사람이 하는 말이라 바움가트너는 공포의 물살에 사로잡힌다. 몸 안의 모든 기관이 갑자기 평소의 두 배 속도로 움직이는 듯하다. 누구냐고 묻자 목소리는 로지타라고 대답하고, 그 순간 그는 플로레스 부인, 애나의 장례식 며칠 뒤에 처음 집을 청소하러 와서 그 이후 일주일에 두 번씩 바닥에 걸레질을 하고 바닥 깔개의 먼지를 진공청소기로 빨아들이고 빨랫감을 세탁기에 넣고 그 외에도 다른 수많은 집안일을 하여 그가 지난 9년 반 동안 더러움과 무질서 속에 사는 걸 막아 준 여자, 착하고 꾸준하고 대체로 말이 없고 정해진 선을 넘지 않는 플로레스 부인, 건축 일을 하는 남편과 세 자녀 — 장성한 두 아들, 그리고 매년 핼러윈에 사탕 봉투를 얻으러 오는 삐삐 마르고 갈색 눈이 참으로 멋진 열두 살짜리 막내 로지타 — 와 함께 사는 그녀에게 무슨 일이 생긴 게 분명하다는 것을 알게 된다.

무슨 일이냐, 로지타? 바움가트너가 묻는다. 어머니한테 무슨 일이 생겼어?

아니요, 로지타가 말한다, 어머니가 아니에요. 아버

지예요.

바움가트너는 소녀가 가두었던 눈물이 짧고 억눌린 발작적인 울음으로 쏟아져 나오는 몇 분 동안 가만히 기다린다. 어린아이가 무너지지 않으려고, 완전히 자신을 놓지 않으려고 안간힘을 쓰는 바람에 아이의 숨은 일련의 토막 난 헐떡거림과 떨림으로 바뀌어 있다. 바움가트너는 이제 플로레스 부인이 오늘 오후 집에 올 예정이었는데 못 오게 되었기 때문에, 그런데 마침 봄 방학이라 딸이 학교에 가지 않았기 때문에, 남편에게 벌어진 일과 직접 마주하러 떠나면서 로지타한테 바움가트너 씨에게 전화해서 긴급 상황에 관해 알리라고 일렀다는 것을 파악하고 있다.

가쁜 숨과 막혔다 터진 눈물이 좀 진정되자 바움가트너는 다음 질문을 한다. 아이어머니가 다른 누군가에게서 듣고 아이에게 전해 준 이야기를 아이는 토막토막 전하고 그는 그것을 꿰맞추어, 플로레스 씨가 오늘 아침 어느 집의 부엌 리모델링 일을 하고 있었고, 의뢰인의 지하실에 내려가 원형 전동 톱으로 가로 5센티미터 세로 10센티미터짜리 각목을 자르는 일, 그가 과거에 수천 번은 아니라 해도 수백 번은 했던 일을 하다가 어찌 된 일인지 오른손 손가락 두 개가 잘려 나갔다는 사실을 알아낸다.

바움가트너의 눈에 잘린 손가락 두 개가 바닥의 톱

밥 더미로 떨어지는 게 보인다. 피부가 벗겨지고 속이 드러난 손가락 밑동에서 피가 흘러나오는 것이 보인다. 플로레스 씨가 내지르는 비명이 들린다.

마침내 그가 말한다, 걱정하지 마, 로지타. 끔찍한 사고라고 생각하겠지만 의사들이 다 고칠 수 있어. 아버지 손가락을 손에 다시 붙일 수 있고, 네가 가을에 다시 학교에 다닐 때면 아버지는 완전히 회복되실 거야.

정말요?

암, 정말이지. 약속하마.

아이가 집에 혼자 있기 때문에, 어머니가 병원으로 떠난 뒤 돌처럼 단단한 절대적 공황 상태에 갇혀 있었기 때문에, 바움가트너는 10분 더 아이와 이야기를 나눈다. 대화가 끝날 때쯤 달래는 말로 아이에게서 웃음 비슷한 것을 끌어낼 수 있고, 마침내 전화를 끊고 나자 웃음이라 할 수도 없는 아주 작은 웃음이 그에게 계속 남아 있다. 그게 오늘 하루 동안 그가 성취해 낼 수 있는 단연 가장 중요한 일이 될 것이 거의 확실하다.

그럼에도 바움가트너는 동요하고 있다. 의자를 끌어내 앉아 검은 고리 모양의 오래된 커피잔 자국을 물끄러미 바라보며 마음속에 펼쳐진 장면으로 들어가 본다. 마흔여덟 살의 베테랑 목수 앙헬 플로레스가 오랜 세월 성공적으로 반복해 온 일을 하다가 갑자기 까닭 없이 실수하고 그 한순간의 부주의 때문에 크게 다친

다. 왜? 무엇 때문에 집중력을 잃고 당면한 일, 집중하고 있으면 간단한 일이고 그렇지 않으면 위험한 일을 하다가 다른 데 정신을 팔까? 그 순간 동료가 층계를 내려오는 바람에 한눈을 팔았을까? 우연히 길 잃은 생각 하나가 그의 머릿속으로 들어왔을까? 파리가 코에 앉았을까? 갑자기 복통을 느꼈을까? 간밤에 술을 너무 마셨거나 집을 나오기 전 부인과 말다툼을 했거나……. 어쩌면 자신, 바움가트너가 냄비에 손을 덴 바로 그 순간 플로레스 씨도 손가락이 잘렸을지 모른다는 생각이 불쑥 찾아온다. 불행의 원인은 각자 자기 자신이고, 한 사람의 불행이 다른 사람의 불행보다 훨씬 크다 해도, 그래도, 각각의 경우—

초인종이 울려 바움가트너의 배회하는 생각들을 끊는다. 젠장, 그는 내뱉으며 의자에서 천천히 일어나 발을 질질 끌며 현관 쪽으로 간다, 잠시 생각 좀 하려고 해도 가만두지를 않으니.

바움가트너가 현관문을 열자 계량기 검침원의 얼굴이 정면에서 마주 보고 있다. 20대 후반이나 30대 초반의 키가 크고 건장한 사람으로 왼쪽 호주머니에 PSE & G라는 로고가 장식된 전기 회사의 파란 셔츠 제복을 입고 있는데 로고 바로 밑에는 선명한 노란 바느질로 셔츠를 입은 남자의 이름이 박혀 있다. 에드. 바움가트너의 판단으로는, 에드의 눈에 담긴 표정에 희망과 당황이 교차하고 있다. 묘한 조합이다, 그는 생각한다. 에드가 인사를 대신하여 머뭇머뭇 미소를 짓자 그 조합이 더욱 묘해지는 느낌이다. 검침원은 눈앞에서 문이 쾅 닫힐 거라고 반쯤은 각오하고 있는 듯하다. 바움가트너는 남자의 불안을 덜어 주기 위해 집 안으로 들어오라고 권한다.

감사합니다, 붐 가든 씨, 남자가 현관으로 들어서며 말한다. 정말 감사드립니다.

이름을 난도질한 것에 발끈하기보다는 재미를 느끼며 바움가트너가 말한다. 서로 성이 아니라 이름을 부르는 게 어떨까요? 나는 이미 댁의 이름을 아니까 — 에드죠 — 그냥 씨 같은 건 빼고 사이Sy라고 부르는 게 어때요?

사이요? 에드가 말한다. 무슨 이름이 그렇죠?

숨을 크게 쉰다는 사이sigh가 아니고 — 그냥 사이, 에스-와이예요. 우리 부모가 내가 태어날 때 준 우스꽝스러운 이름인 시모어를 줄인 거죠. 사이라고 뭐 멋지다고 할 순 없죠, 나도 인정해요. 그래도 시모어보단 낫죠.

선생님도 그런가요, 네? 검침원이 말한다.

나도라니, 뭐가요? 바움가트너가 말한다.

좋아하지도 않는 이름을 계속 갖고 있어야 하는 거요. 에드가 뭐가 문젠데요?

아무 문제 없어요. 저를 괴롭히는 건 성이에요.

아? 성이 뭔데요?

파파도풀로스요.

아무 문제 없는데. 훌륭한 그리스 성이잖아요.

그리스에 사는 사람한테는 그럴지도 모르죠. 하지만 미국에 사는 사람들은 웃음을 터뜨려요. 학교 다닐 때는 애들이 비웃었고, 몇 년 전 마이너 A 리그에서 투수를 할 때는 스피커에서 제 소개가 나오면 관중이 모두 웃음을 터뜨리곤 했죠. 그러면 뭐라 하더라, 그게 생긴다고요. 콤플렉스.

그렇게 마음이 쓰이면 바꾸지 그래요?

못 하죠. 그랬다간 아버지가 크게 상심하실 거예요.

바움가트너는 짜증이 나기 시작한다. 이 어디로 뻗어 나갈지 종잡을 수 없는 이야기를 멈추지 않으면 에드 파파도풀로스는 곧 아버지의 인생 이야기를 끊임없이 늘어놓거나, 낮은 수준의 마이너 리그에서 그가 겪은 굴곡을 회고할 것이다. 그래서 시모어를 줄인 사이는 갑자기 화제를 바꾸어 에드에게 지하실의 계량기를 한번 보겠느냐고 묻는다. 그때 그는 오늘이 이 젊은 남자가 이 일을 처음 하는 날이며, 아래층의 계량기가 퍼블릭 서비스 일렉트릭 앤드 가스 컴퍼니[2]의 어엿한 피고용인으로서 그가 처음 읽는 계량기가 될 것임을 알

2 PSE & G를 풀어 쓴 말.

게 된다. 이것이 그가 정시에 나타나지 않은 이유도 설명해 준다. 그 자신의 어떤 잘못 때문이 아니다, 정말이다, 함께 일하는 고참 검침원들 무리가 오늘 아침 — 그가 일을 하는 첫 아침! — 에 그가 탈 밴의 연료 탱크를 비워 1킬로미터 갈 연료만 남겨 두는 장난을 쳐서, 그 때문에 러시아워가 한창일 때 혼잡한 도로에서 밴이 멈추어 창피하게도 지각을 하게 되었다. 미안하다, 그는 말한다, 번거롭게 해서 정말 미안하다. 검침하러 출발하기 전에 차분하게 연료 게이지를 확인하기만 했어도 정시에 여기 도착했을 것이다. 멍청한 장난이나 치는 그 인간들은 그가 새로 왔다는 이유만으로 골려 먹고, 이 일로 감독에게 혼쭐이 나는지 지켜보고 확인해야만 직성이 풀리는 것 같다. 그는 한 번만 더 이런 식으로 일을 망치면 근신 징계를 먹게 될 것이다. 두 번 더 망치면 아마 잘릴 것이다.

이제 바움가트너는 비명을 지를 것만 같다. 이 모터가 달린 튼튼한 입은 대체 어디서 나타난 것이며, 그는 자문한다, 이 바닥을 드러내지 않는 말의 흐름은 무슨 수단으로 막을 수 있을 것인가? 그럼에도, 짜증이 점점 심해지지만, 이 선량한 멍청이에게 약간은 공감하지 않을 수 없고, 그래서 허파를 열어 목청껏 으르렁거리는 소리를 내지르는 대신 들릴 듯 말 듯 작은 한숨을 내쉬며 지하실로 통하는 문으로 걷기 시작한다.

저 아래 있어요, 그가 말한다, 왼쪽 뒷벽에. 하지만 불을 켜려고 스위치를 올려도 지하실은 여전히 어둡기만 하다. 젠장, 바움가트너는 어린 로지타가 아까 말하면서 울지 않으려고 안간힘을 썼듯이, 자신을 억제하는 힘을 풀지 않으려고 안간힘을 쓰며 말한다, 아래 전구가 나갔나 보네.

문제없습니다, 에드가 말한다. 저한테 손전등이 있어요. 표준 장비죠, 아시다시피.

잘됐군. 들어가면 틀림없이 찾을 수 있을 거예요.

그럴 수도 있고 아닐 수도 있죠, 신참 검침원이 말한다. 선생님이 내려가서 그게 어디 있는지 좀 알려 주시겠어요? 이번 한 번만, 선생님 시간을 더 허비하지 않도록.

바움가트너는 에드 파파도풀로스가 어둠을 무서워할 뿐이라는, 아니 어쩌면 그냥 어두운 지하실, 특히 이런 낡은 집에 있는 지하실을 무서워할 뿐이라는 생각이 든다. 들보에 거미집이 널려 있고 바닥에서 거대한 벌레들이 우르르 달아나고 뭔지도 모를 보이지 않는 물체들이 계량기까지 가는 길을 막고 있는 곳. 그래서 바움가트너는 맨 아래 계단에 발이 닿는 순간 나오미가 전화를 할 것이라 확신하면서도 내키지 않는 걸음을 옮겨 앞장서기로 한다.

지하실로 내려가는 층계는 낡아서 흔들거리고 덜거

덕거린다. 바움가트너가 손보기로 다짐하고 아직 건드리지 않은 또 한 가지다. 늘 똑같이 진지하게 늘 똑같이 굳게 다짐한 지 오래임에도, 지하실로 내려가게 될 때만 층계 생각이 나고 일단 다시 올라와 문을 닫으면 까맣게 잊어버리기 때문이다. 이제 층계를 밝혀 줄 머리 위 불이 없고 유일한 빛은 뒤에 있는 에드의 손전등에서만 나오기 때문에 바움가트너는 지저깨비가 느껴지는 나무 난간을 신중하게 쥐지만, 그 손에 힘을 주자마자 보이지 않는 바늘 1천 개가 덴 손바닥과 손가락을 찔러 댄다 ─ 새로 데는 듯하다. 그는 얼른 손을 잡아빼는데 왼쪽에는 난간이 없어서 이제 잡을 데가 없다. 그래도 이 집에 아주 오래 살았기 때문에 층계를 아주 잘 안다고 자신하고 과감하게 아래로 첫발을 내딛는 순간 계단 판자를 1센티미터 헛딛는 바람에, 어둠 속에서 균형을 잃고 바닥으로 구르며 한쪽 팔꿈치를 강타당하고 다른 쪽 팔꿈치도 강타당한 뒤 오른쪽 무릎을 단단한 시멘트 바닥에 세게 찧고 만다.

바움가트너는 이날 아침에만 두 번째로 아파서 소리를 지른다.

비명은 소멸하며 긴 경련 같은 신음만 남기고 구겨진 몸은 축축한 바닥에서 뒤틀린다. 팔다리가 움직이는지는 알 수 없으나 그럼에도 아직 의식이 있다는 건 알고 있다. 서로 연결되지 않는 수많은 생각들이 머릿속에서 사방으로 튀고 있기 때문이다, 비록 흐릿하고 그로서는 이해할 수 없는 생각들이기는 하지만. 사실 진정한 생각의 자격은 없다고 볼 수 있다, 그는 그렇게 판단하고 그것들을 만들어지다 만 생각 또는 비(非)생각의 범주로 격하한다. 어쨌든 두 팔꿈치와 오른쪽 무릎을 파고드는 통증에도 불구하고 머리에는 통증이 없는데, 어쩌면 이것은 추락에도 불구하고 그의 머리뼈가 심각한 충격 없이 살아남았다는 것을 보여 주고, 그게 살아남았다는 것은 또 모든 것을 종합해 볼 때 이 사고로 인해 그가 헛소리나 하고 침을 질질 흘리는 백치의 꼴로 아교 공장[3]에 가야 하는 상황까지는 가지 않았다는 것을 보여 주는 것인지도 모른다. 그러나 잠시 후 에드가 굽어보며 서서 얼굴에 손전등을 비출 때 바움가트너는 빛을 다른 데로 돌리라는 말도 끄집어내지를 못하고 그냥 오른손으로 눈을 덮으며 다시 신음을 토할 뿐이다. 이렇게 자기 생각을 말로 표현하지 못하게 되자 괴롭고, 심지어 두렵기까지 하다. 이는 다른 건 몰라도 뇌의 작동이 여전히 뒤죽박죽이라는 것, 영구적이지는 않다 해도 결국 손상을 입기는 했다는 것, 그게 아니라면, 머리 아닌 다른 여러 신체 부위를 계속 파고드는 통증 때문에 잠시 제 속도로 작동하지 못하고 있

---

3 원래는 말을 안락사하여 아교를 만드는 곳을 가리키며, 죽는다는 뜻이다.

다는 것을 보여 준다. 특히 오른쪽 팔꿈치가 아픈데 손으로, 오늘 아침에 데어서 지금도 여전히 욱신거리는 오른손으로 눈을 가리려고 팔을 들어 올렸을 때 불길이 확 치솟는 느낌이었다. 전혀 기억은 없지만, 맨 아래 시멘트 바닥에 부딪히면서 추락의 마지막 단계를 저지하려고 두 손을 내밀었기 때문인 게 분명하다.

이런 개똥 같은 일이, 에드가 말한다. 괜찮으세요?

바움가트너는 오랫동안 입을 다물고 있다가 간신히 입 밖으로 몇 마디를 밀어낸다. 잘 모르겠는걸. 말하는 능력을 잃지 않았다는 것을 알게 되어 만족스럽기는 하지만 여전히 통증이 너무 심해 다행스러움을 만끽할 수가 없다. 적어도 죽지는 않았네, 그가 말을 이어 간다. 그 정도만 해도 괜찮은 거지 뭐.

그렇고말고요, 검침원이 말한다, 그게 가장 중요한 거죠. 그런데 말씀해 보세요, 사이, 아픈 데가 어디예요?

바움가트너가 몸의 다친 곳들을 나열하자 에드는 전문적인 스포츠 트레이너 역할로 들어가 조심스럽게 다친 근육, 힘줄, 뼈 각각의 잠재적 손상을 평가하고, 목록이 완성되자 바움가트너에게 부축받으면 일어나서 층계를 올라갈 수 있느냐고 묻는다.

한번 해봅시다, 바움가트너가 말한다. 할 수 있을지 없을지 곧 알게 되겠지.

그래서 불과 10분 전에 바움가트너의 집에 들어온

낯선 남자 에드 파파도풀로스는 왼손으로 손전등을 쥐고 오른손으로 노인을 바닥에서 일으킨 다음, 오른팔로 바움가트너의 갈빗대와 몸통을 단단히 안은 채 곧 무너질 듯한 좁은 층계 위로 그를 이동시키는 힘겨운 일을 시작한다. 모든 아픈 곳 가운데, 바움가트너가 곧 알게 되지만, 가장 아픈 곳은 무릎이다. 너무 아파서 일어서는 것만으로도 울부짖음, 귀에 거슬리는 소리를 내지르는 보브캣[4] 마흔 마리의 시끄러운 불협화음을 흉내 낸 울부짖음을 토할 듯한 통증이 찾아오지만, 에드의 세심한 배려와 유능한 근육질 팔에 감사하는 마음으로 최선을 다해 불평하지 않겠다고, 울부짖음과 비명을 참으며 굳건하고 초연하게 침묵을 지키겠다고 결심한다. 그래서 에드가 4년 전 자신의 무릎 부상, 시즌 대부분을 쉬게 하고 결국 투수 경력을 망쳐 버린 반달 연골 파열 이야기를 시작할 때도 바움가트너는 이따금 끙끙거릴 뿐 아무 소리도 내지 않으며, 에드가 이어서 부상에서 돌아왔을 때 강속구는 찌르는 맛이, 커브는 떨어지는 맛이 사라졌고, 그래서 그걸로 끝이었다고, 그의 말을 빌리면, 잘 있어, 찰리, 그동안 즐거웠어였다고 설명할 때, 그때도 바움가트너는 전직 투수의 부서진 꿈들과 미처 마시지 못한 커피들을 둘러싸

---

4 몸길이가 1미터 남짓한 북아메리카산 야생 고양잇과 동물. 짧은꼬리살쾡이라고도 한다.

고 구불구불 길게 이어지는 이야기, 층계를 올라가는데 걸린 4분 내내 이어진 이야기에 갇혀 있으면서도 에드를 원망하기는커녕 오히려 잠시 통증을 잊게 해주는 암울하면서도 반가운 기분 전환 거리로 여겨 검침원의 말에 매달린다.

층계 꼭대기에 올라가서도 바움가트너는 계속 에드에게 기대어 절뚝거리며 거실로 들어가고, 그곳에서 그의 보호자는 천천히 그를 소파에 앉힌 뒤 자수가 놓인 베개 한 쌍으로 머리를 받쳐 준다. 무릎에 얼음을 좀 대야 해요, 젊은 남자는 말하고 나서 바움가트너가 냉장고의 제빙기가 고장났다고 말하기도 전에 거실에서 사라진다. 바움가트너는 냉동실 문이 열렸다 닫히는 소리에 귀를 기울인다. 몇 초 뒤 에드가 어리둥절한 동시에 분개한 표정으로 다시 나타난다. 얼음이 없네요, 방금 산타클로스가 없다는 걸 발견한 아이, 또는 방금 신이 없다는 걸 발견한 사춘기의 탐구자, 또는 방금 내일이 없다는 걸 발견한 죽어 가는 사람 같은 쓸쓸한 어조로 그가 말한다.

걱정하지 말아요, 바움가트너가 말한다, 괜찮아질 테니까.

모르는 일이죠, 검침원이 말한다. 심하게 부딪힌 것 같은데요, 사이. 머리가 완전히 헝클어지고 바지는 뭐가 잔뜩 묻어 더러워졌어요. 어쩌면 병원에 가서 엑스레이를 좀 찍어 봐야 할지도 몰라요. 부러진 데가 없는지 확인해야죠.

됐어요, 바움가트너가 말한다. 병원은 안 가고, 엑스레이도 안 찍어. 그냥 좀 쉬면 돼, 정신을 좀 차릴 기회지. 곧 일어나서 돌아다니게 될 거예요.

뭐, 편하실 대로 하세요, 에드가 조심스럽게 환자를 건너다보는데 그의 머릿속에서 보이지 않는 바퀴들이 돌아가기 시작한다. 그래도 물은 한 잔 가져다드릴게요, 괜찮죠?

고마워요. 정말 물 좀 마시고 싶네요.

1분 30초 뒤 바움가트너는 물을 마시고 있는데 에드가 갑자기 바닥에 주저앉더니 바움가트너의 얼굴이 맞닿을 정도로 몸을 앞으로 기울인다. 말해 보세요, 사이, 그가 묻는다, 올해가 몇 년이죠?

바움가트너가 물을 마시다 말고 입안에 들어 있던 걸 삼키고 나서 말한다. 무슨 질문이 그래요?

그냥 내가 하자는 대로 해주세요, 사이. 몇 년이에요?

글쎄, 어디 보자. 1906년하고 1687년을 후보에서 제외하고 그와 더불어 1777년과 1944년도 제외할 수 있다면, 2018년이 틀림없네. 어때요? 비슷한가요?

에드가 미소를 지으며 말한다. 스트라이크 존 한가운데예요.

만족해요?

두세 개만 더요—그냥 재미 삼아.

바움가트너는 성질이 나 한숨을 쉬면서, 에드의 주둥이를 한 대 칠지 아니면 예의상 장단을 맞추어 줄지 생각해 본다. 그는 눈을 감고 괴팍한 늙은 투덜이가 되는 길과 이 세상 사람 같지 않은 현자가 되는 길의 교차로에서 균형을 잡고 있다가 마침내 말한다, 좋아요, 의사 선생. 다음 질문.

우리가 어디 있죠?

어디? 흠, 우리는 물론 여기 있지, 우리가 늘 있는 곳에—우리 각자는 태어나는 순간부터 죽는 날까지 자신의 여기 안에 갇혀 있죠.

맞는 말씀이에요. 하지만 저는 그보다는 우리가 어느 도시에 있느냐 하는 쪽을 생각하고 있었어요. 우리 둘이 지금 있는 지도상의 장소.

흠, 그런 거라면, 우리는 프린스턴에 있죠, 맞죠? 뉴저지주 프린스턴, 정확하게 말하자면. 아름답지만 따분한 곳이에요. 내 생각일 뿐이지만. 어떻게 생각해요?

모르겠는데요. 전에 와본 적이 없어서. 제 눈에는 아주 괜찮아 보이지만 선생님처럼 여기 살지는 않으니 사실 뭐라 말할 수가 없습니다.

바움가트너는 남은 질문들을 통과해 가면서 에드를 계속 놀리고 싶지만 차마 그럴 수가 없다. 이 젊은 남자가 가진 선의의 힘이 그를 놀리고 싶은 모든 충동을 압도하는 바람에, 몇 가지 질의응답이 끝나고 환자에게 뇌진탕을 비롯하여 생명을 위협하는 증상이 없다고 검침원이 만족하자 바움가트너는 이미 그의 시간을 많이 빼앗았고 이제 그는 나가서 다시 눈썹이 휘날리게 돌아다녀야 하지 않느냐고, 오늘 읽어야 할 계량기가 많지 않으냐고 말한다. 에드는 그 말에 바움가트너가 층계에서 굴러떨어지고 난 뒤의 혼란 때문에 계량기 읽는 것을 잊어버렸다는 사실을 깨닫고 곧바로 손전등을 쥐더니 PSE & G 검침단의 공식 구성원으로서 맡은 첫 일을 완수하기 위해 서둘러 거실을 나간다.

바움가트너는 부츠가 지하실 층계를 쿵쿵거리며 내려가는 소리에 귀를 기울이며, 두 팔꿈치가 욱신거리고 부어오른 무릎이 아파서 이렇게 꼼짝 못 하고 누워 있게 되기까지 겪은 일들의 묘한 흐름을 헤아려 본다. 어쨌든 무릎 때문에 여름이 끝날 때까지 멀리, 또 어쩌면 삶이 끝날 때까지는 아니라 해도, 적어도 몇 주 동안은 절뚝거리며 걸을 게 틀림없다. 그건 어쩔 수가 없다, 그는 속으로 말한다. 그러다가 가엾은 플로레스 씨에게로, 그의 손가락 두 개가 잘려 나간 그 끔찍한 사건으로 생각이 흘러간다. 자기가 자기 몸에 저지르는 일을 직접 보다니 얼마나 끔찍했을까, 바움가트너는 생각한다, 손에서 손가락들이 떨어져 나가는 걸 볼 뿐 아니라 그런 절단에 스스로 책임이 있다는 걸 안다는 게. 그가 들은 바로는 요즘은 의사들이 절단된 손가락을 어렵지 않게 붙여 정상적으로 다시 움직이게 할 수 있다지만 그런 기적적 회복을 직접 경험한 사람을 실제로는 아무도 알지 못하기에, 로지타에게 아버지가 결국은 다시 온전해질 거라고 장담한 일이 제발 거짓말이 아니었기를 빌게 된다. 아이들에게는 절대 거짓말을 하면 안 되니까, 절대, 어떤 상황에서도. 설사 그 규칙을 어른에게는 가끔 어긴다 해도.

이제 그는 키르케고르 에세이도, 쓰고 있던 문장을 마무리하기 위해 위층으로 들고 올라갈 계획이던 책도 까맣게 잊었다. 누이에게 걸어야 할 전화, 나아가서 애초에 누이가 있었다는 사실조차 잊었다. 그런 것들이 그에게 중요하고 긴급한 문제였던 시점 이후로 아주 많은 일이 벌어지는 바람에 이제 그런 건 다른 사람의 삶의 일부였다고 해도 좋았다. 당장은 잠시 쉬었다가 에드가 아래에서 검침을 마치고 돌아오기를 기다려, 그가 베푼 여러 친절에 감사하고 그를 내보내는 것이 유일한 계획이다. 그는 눈을 감자, 다음 1~2분 동안 그의 생각은 이곳저곳을 떠도는데 오래지 않아 이곳저곳은 사라지고 생각은 일련의 꿈 이미지로 바뀐다. 대부분은 젊은 시절의 애나다. 그녀가 그를 향해 미소를 짓고, 그를 향해 얼굴을 찌푸리고, 어딘가에서 빙글빙글 돌며 공간을 가로지르고, 어딘가에서 의자에 앉아 있고, 뒤꿈치를 들고 천장을 향해 두 팔을 치켜든 채 서 있는 모습이 하나씩 지나간다.

잠에서 깨니 방으로 새어 들어오는 빛이 시간이 흘렀음을 알려 준다. 바움가트너는 기껏해야 12~15분 지났다고 생각하지만, 손목시계의 문자판은 1시 10분 전을 가리키고 있다. 45분이나 한 시간은 정신을 잃고 있었다는 뜻이다. 그는 바로 오른쪽에 있는 커피 테이블로 눈길을 주다 책 더미 위에 손으로 쓴 메모가 놓인 것을 본다. 그것을 읽으려면 오른팔을 뻗어 손가락 끝으로 종이를 낚아채야 하는데, 그러려면 추가로 팔꿈치 상태를 시험할 수밖에 없지만, 젠장 뭐 어때, 그는 생각한다, 용감하게 해치워 버려. 그래서 바움가트너는 그렇게 하는데, 팔꿈치가 쑤시고 아프기는 하지만 큰 소리로 툴툴거리는 것 이상의 행동을 해야 할 만큼 통증이 끔찍하지는 않다.

사이에게, 위층에 올라와 보니 주무시고 계셨습니다. 방해하고 싶지 않아 떠납니다. 일을 마치면 가게에 가서 얼음 한 봉지 사다 드릴게요. 무릎에도 도움이 되고 부기도 가라앉힐 겁니다. 지하실에 새 전구도 끼워 놓겠습니다. 6시에서 6시 30분 사이에 오겠습니다. 에드 파파도풀로스.

대단하군, 바움가트너는 혼잣말을 한다. 생전 처음 보는 사람이 애써 이런 일까지 다 하다니. 똥 대가리들과 이기적인 짐승들만 가득한 세상에 자비의 천사 같은 이런 선량하고 순진한 사람이 나타나다니. 그래, 얼음은 틀림없이 도움이 되겠지. 무릎은 지나치게 물렁하고 무릎뼈 주위의 살은 이제 부풀어 올라, 피, 또 손상된 조직인지 뭔지, 몸의 어떤 부분이 부어오르기 시작하면 피부밑에 모여든다는 현상으로 인해 스펀지 상태다.

바움가트너는 PSE & G의 에드의 상급자에게 전화하여 그의 팀에 새로 온 사람의 뛰어난 자질에 관해 열변을 토해야겠다고 머릿속에 기록해 놓는다.

1층에 하나뿐인 전화는 부엌에 있다. 바움가트너는 부엌으로 갈 생각을 하다 배가 고프다는 것, 너무 고프다는 것을 깨닫고 그렇게 멀리까지 걸어갈 수만 있다면 PSE & G에 전화하는 것도 하는 거지만 서둘러 점심도 챙겨 먹기로 한다.

소파에서 굴러 내려오는 건 상상했던 것만큼 어렵지 않은데 일어서는 것은 막상 해보니 고문과 다름없다. 오른발을 앞으로 움직이는 행동도 마찬가지인데, 특히 오른발을 디딜 때가 그렇다. 끙끙거리는 게 약간은 보탬이 되지만 큰 도움은 되지 않는다. 왼쪽 다리로만 폴짝폴짝 뛰어 거실을 가로지르는 게 이상적인 해결책이지만 그러다 균형을 잃고 쓰러질까 두렵다. 그래도 한때는 운동을 꽤 한다는 말을 들었고 어렸을 때는 학교에서 최고로 꼽히기도 했지만 이제 그건 오래전 일로, 그 이후로 세월이 얼마나 흘렀는지 잠시 생각해 보니 거의 일생이 지나간 셈이다. 바움가트너는 그런 모험을 하겠다고 생각하는 것조차 얼마나 어리석은 일인지 잘 알고 있다. 설사 한때는 왼발을 오른손으로 잡고 그 발을 놓지 않은 채로 오른쪽 다리로 왼쪽 다리를 뛰어넘을 수 있었다 해도. 그건 친구들에게서 경외감을 불러일으키고 여자애들의 입을 떡 벌리게 만드는 재주였다. 그 괴상하고 분별없는 묘기를 할 수 있는 사람이 그 혼자뿐이었기 때문이지만, 그건 그때고 이건 지금이다, 그는 혼잣말을 한다. 지금 당장은 절뚝거리며 느릿느릿 조심스럽게 걸어 부엌에 가고, 그곳에 닿기 전에 쓰러지지 않게 해달라고 기도할 수밖에 없다.

하마터면 쓰러질 뻔하지만 쓰러지지는 않고, 하마터면 가지 못할 뻔하지만 간다. 일단 결승선을 건너자 힘을 써서 기운이 다 빠진 나머지 부엌 테이블 주위에 펼쳐 놓은 의자 하나에 주저앉는다. 말할 필요도 없이 방금 그가 통과한 문에서 가장 가까운 의자이지만 동시에 앉아서 창밖을 보면 뒷마당이 다 보이고, 다른 방향으로 고개를 약간 돌리면 거실 전체도 보이는 유일한 자리다. 바움가트너는 방금 자신이 한 일 때문에 숨이 가쁘고 기진맥진하여, 다시 일어서서 의자에서 찬장까지, 거기에서 냉장고까지, 거기에서 가스레인지까지,

거기에서 싱크대까지, 거기에서 벽의 전화기까지 갈 수 있으려면 한참 더 기다려야만 한다는 것을 깨닫고, 일단은 통증과 피로로 인한 안갯속에서 자신이 어디를 보고 있는지 무엇이 보이는지, 뭐가 보이기는 하는지 전혀 관심을 두지 않고 그냥 앉아 있는다. 그러나 공교롭게도 눈이 거실을 향하도록 앉는 바람에 숨이 점차 평소의 박자로 어느 정도 돌아오자 거실을 둘러보기 시작하고 결국 바닥의 그을린 냄비가 눈에 잡힌다. 저게 시작이었다, 그는 혼잣말을 한다, 오늘의 첫 사고, 그로 인해 다른 모든 사고가 생겨나는 바람에 끝없는 사고로 얼룩진 하루가 되어 버렸지만, 거실 맞은편의 시커메진 알루미늄 냄비를 계속 보고 있자니 생각이 오늘 아침의 무언극에나 나올 법한 어처구니없는 실수들로부터 과거, 기억의 바깥 가장자리에서 깜빡이는 먼 과거로 천천히 흘러가, 〈그때〉라는 사라진 세계가 조금씩, 아주 미세하게 되살아나기 시작하는데, 그곳에서 그는 세상에 나온 지 갓 20년 된 몸 안에 들어가 있다. 찢어지게 가난한 대학원 1학년생으로 맨해튼 어퍼 어퍼웨스트사이드[5]에 있는, 처음 혼자 살게 된 아파트에서 쓸 것들을 찾아 9월 말 오후의 빛 속으로 들어가고 있다. 현미경으로 봐야 보일 만한 작은 부엌에 쓸,

5 upper는 위쪽이나 북쪽을 가리키는 말로, 여기서는 어퍼웨스트사이드의 위쪽이라는 뜻으로 쓰였다.

선반 하나를 채울 만한 싸구려 중고 식기를 사러 굿윌 가게[6]로 가는데, 누레진 벽에 침침한 형광등이 비치는, 그 썰렁하면서도 어수선한 장소가 바로 애나를 처음 본 곳이었다. 모든 것을 꿰뚫어 보는 반짝이는 눈의 소녀. 그녀는 그때 열여덟 살이 되지 않았고 그 동네의 학교에 다니고 있었다. 둘 사이에는 말 한마디 오가지 않았고 그저 상대가 있는 쪽을 흘끔거리는 눈길이 두어 번 오갔을 뿐이다. 그렇게 서로를 재보면서, 둘 사이에 뭔가가 시작된다면 생길 수도 있고 생기지 않을 수도 있는 일의 잠재적으로 좋은 점과 나쁜 점을 검토해 보았고, 그런 뒤 그녀에게서 흘러나온 작은 미소, 그에게서 흘러나온 작은 미소. 하지만 그게 다였다. 그녀는 9월의 오후 속으로 나갔고 소심남은 그때나 지금이나 변함없는 얼간이 같은 모습으로 서 있다가 이 볼품없는 알루미늄 냄비를 샀는데, 고작 10센트 주고 산 이 냄비는 그 뒤로 오랜 세월 그와 함께 있다가 마침내 오늘 아침 소멸하고 말았다.

여덟 달이 흐른 뒤에야 그녀와 다시 마주쳤지만 물론 그는 그녀를 알아보았다. 지금도 이해할 수 없는 이유로 그녀 또한 그를 기억하고 있었고 그때가 시작이었다. 그때부터 조금씩 조금씩 시작하여 5년 뒤 둘은 결혼했으며 그게 그의 진정한 인생의 출발점이었다.

6 기증품을 싼 가격에 판매하는 가게.

아홉 해 전 여름 그녀가 케이프코드의 파도 속으로 달려 들어갔다가 사나운 괴물 같은 파도와 마주쳐 등이 부러져 죽기까지 이어진 그의 하나뿐인 인생. 그녀가 죽은 그날 오후부터 ― 안 돼, 바움가트너는 자신에게 말한다, 지금 거기로 가면 안 돼, 이 한심한 똥 가방 같은 놈아, 꾹 삼키고 냄비에서 눈을 돌려, 이 멍청한 좆대가리야, 아니면 이 두 손으로 목을 졸라 죽여 버릴 거야.

그래서 바움가트너는 바닥의 냄비에서 눈을 돌려 바깥 뒷마당을 본다. 제대로 돌보지도 못한 손바닥만 한 풀밭과 층층나무 한 그루가 서 있는 마당으로, 나무는 아직 꽃은 피지 않았지만 이제 봉오리를 맺고 있다. 그런데 보라, 오, 저것 좀 봐, 그는 혼잣말을 한다, 개똥지빠귀 한 마리가 풀밭에 내려앉았네, 자기 영토를 살피고 지렁이를 사냥하러 나온 게 틀림없군, 그런데 저거봐, 한 마리 찾았어. 개똥지빠귀는 부리로 지렁이를 끌어내더니 풀밭에 툭 내던지고 몇 초 동안 다른 것을 찾아 고개를 까닥거리며 돌아다니다가 갑자기 다시 그 지렁이에게 달려든다. 부리로 지렁이를 잡고 흔들다 작게 한 입 끊어 내고 다시 바닥에 툭 내던지더니 조금 더 총총 뛰어 돌아다닌다. 그러다 마지막으로 고개를 숙여 지렁이를 물고 한입에 삼켜 버린다.

바움가트너는 눈을 떼지 못하고, 개똥지빠귀는 지렁

이를 잡아 삼키며 돌아다닌다. 뒷마당 땅속에는 그런 작은 생물이 많이, 그가 상상했던 것보다 훨씬 많이 박혀 있기 때문이다. 그렇게 개똥지빠귀는 땅에서 지렁이들을 계속 끄집어내고, 이내 바움가트너는 지렁이가 무슨 맛일지, 또 살아 꿈틀거리는 지렁이를 입에 넣고 삼키는 게 어떤 느낌일지 궁금해지기 시작한다.

2

바움가트너는 새로운 구상을 발전시키는 작업을 하고 있다. 지금은 6월이다. 어느덧 키르케고르에 관한 작은 책은 완성되었고 다쳤던 무릎은 다시 거의 통증 없는 상태가 되었기 때문에 그는 그새 〈환지통〉이라고 부르는, 복잡하게 얽히고설켜 다루기 까다로운 정신과 육체 관계의 난제를 파고들었다. 그 생각이 그의 머리에 새겨진 것은 지난 4월 로지타가 아버지의 원형 전동 톱 사고에 관해 말해 주었을 때라고 여기고 있다. 아이는 아는 게 없어 자세한 이야기를 하지 않았지만 바움가트너는 그다음 몇 시간 동안 빈 구멍을 스스로 메우면서 그 유혈이 낭자한 장면을 마음속에서 여러 번 되풀이해 돌려 보았고, 그 바람에 톱날이 목수의 살을 잘라 버리는 것을 자기 눈으로 본 듯한 느낌이 들었기 때문이다. 다행히도 플로레스 씨의 잘린 두 손가락은 바로 그날 아침 다시 손에 꿰매 붙여졌지만, 그 후 바움가트너는 영구적 절단의 경우에는 팔이나 다리를 잃은 거의 모든 사람이 오랫동안 사라진 팔다리가 여전히 자기 몸에 계속 붙어 있다고 느끼며, 심한 통증이나 가려움증이나 통제 불가능한 경련, 또는 팔다리가 줄어들었거나 고통스러운 형태로 뒤틀렸다는 감각이 수반되는 일도 많다는 것을 알게 되었다. 바움가트너는 습관적인 부지런함으로 이 주제에 관한 의학 문헌을 훑어나가, 미첼, 색스, 멜잭, 폰스, 헐, 라마찬드란, 콜린스, 바르뱅을 비롯한 수많은 사람의 작업을 연구했다. 물론 자신의 진정한 관심은 이 통증의 생물학적 또는 신경학적 측면이 아니라 그것이 인간의 고난과 상실의 은유 역할을 할 수 있는 힘에 있다는 것 또한 이해하고 있다.

이것은 10년 전 전혀 예상치 못한 애나의 갑작스러운 죽음 이래 바움가트너가 쉼 없이 찾고 있던 비유, 2008년 8월의 그 바람 많고 더운 오후 이래 그에게 일어난 일을 묘사할 수 있는 가장 설득력 있고 매혹적인 유사물이다. 그날 오후 신들은 아직 젊은 자아가 왕성한 힘을 내뿜고 있던 아내를 그에게서 탈취하는 게 좋겠다고 판단했다. 그래서 그냥 그렇게, 그의 팔다리가 몸에서 뜯겨 나갔다. 네 개 전부, 팔 둘과 다리 두 개가 모두 동시에. 머리와 심장이 그 습격에서 살아남은 것은 그저 삐딱한 마음으로 히죽거리기나 하는 신들이 그에게 그녀 없이 계속 살아가도 좋다는 의아스러운 권리를 부여했기 때문이다. 그는 이제 인간 그루터기, 자신을 온전하게 만들어 주었던 반쪽을 잃어버리고 반쪽만 남은 사람인데, 그래, 사라진 팔다리는 아직 그대로이고, 아직 아프다. 너무 아파서 가끔 몸에 당장이라도 불이 붙어 그 자리에서 그를 완전히 태워 버릴 것 같은 느낌이 든다.

첫 여섯 달은 깊은 혼란에 빠진 상태에서 살았기 때문에 아침에 잠이 깼을 때 애나가 죽었다는 사실을 잊고 있기도 했다. 그녀는 늘 그보다 일찍 일어나, 그가 간신히 눈을 뜨기 적어도 40분이나 한 시간 전부터 돌아다녔고, 그래서 그는 빈 침대에서 기어 나와 잠이 덜 깬 상태로 빈 부엌에 들어가 자신이 마실 커피를 준비하는 데 익숙했다. 그럴 때마다 1층 반대편 끝 작은 방에서 그녀가 타자를 치는 딸깍거리는 소리가 희미하게 들리거나, 위층 어떤 방에서 그녀가 움직이는 발소리가 들리곤 했다. 때로는 아무런 소리도 들리지 않았는데 이것은 그저 그녀가 책을 읽거나 창밖을 내다보거나 아니면 집 안 다른 곳에서 소리가 나지 않는 어떤 활동을 하고 있다는 뜻일 뿐이었다. 그래서 아침 일찍, 의식이 완전히 깨어나기 전, 애나와 공유했던 평생의 삶 동안 형성된 오랜 습관의 영향하에서 몽롱한 채로 어떤 일을 할 때 그 모든 괴상한 기억의 실수가 벌어졌을 것이다. 장례가 끝나고 겨우 열흘이 지나고 난 아침에 김이 피어오르는 커피를 들고 부엌 의자에 앉아 있다가 테이블에 아무렇게나 쌓인 펼쳐진 잡지들 쪽으로 우연히 눈길이 내려갔을 때도 그랬다. 한 페이지가 다른 페이지들보다 두드러지게 튀어나와 있었고, 거기에서 『뉴욕 리뷰 오브 북스』의 표제로 보이는 것이 그의 눈에 들어왔다. 〈날씨라는 것〉. 서평의 대상이 된 책은 『세계의 물 *Waters of the World*』인가 하는 것이었고 책의 저자는 세라 드라이 Sarah Dry였다.

세계의 물 — 저자는 세라 드라이!

그런 조합은 예상치도 못했을 뿐 아니라 그 유치한 대칭이 너무 어설프기도 하여 바움가트너는 놀라서 짧게 웃음을 터뜨리고 두 손으로 테이블을 치며 일어섰다.

애나, 이것 좀 봐, 그는 말하며 거실 쪽으로 걸어가기 시작했다. 웃다가 오줌을 지리고 말 거야.

그녀는 거실에 있는 게 틀림없다, 그렇게 그는 추론했다. 타자기가 조용하고 위층 바닥에서 아무 소리도 들리지 않았기 때문이다. 따라서 그녀는 책을 들고 흥미를 끄는 구절이 나오면 표시하려고 오른손에 연필을 든 채 소파에 웅크리고 있다. 만일 지금 연필을 사용하고 있지 않다면 틀림없이 무심결에 입에 넣고 뭉툭한 분홍색 지우개를 둘러싸고 있는 금속 띠를 씹고 있을 거다. 그가 망각의 흐릿한 상태에서 그녀를 향해 걸어갈 때 그 모든 이미지가 머릿속을 지나가고 있었다. 그러다 텅 빈 거실에 발을 들여놓는 순간 모든 게 떠올랐다. 불현듯 생각들이 장례식으로 돌아갔고, 그곳에서 그는 열흘 전 다른 모든 사람과 함께 묘혈가에 서 있었다. 점점 거세지는 바람과 더불어 해안을 따라 북상하고 있는 열대 폭우에 밀려온 난폭하고 무거운 공기 속이었다. 질풍이 너무 강해 한번은 누이의 모자가 머리에서 벗겨져 허공을 날았다. 그 검은 물건은 뱅글뱅글 돌며 미쳐 버린 새처럼 지그재그로 하늘을 가로지르다 마침내 어떤 나무의 위쪽 가지들 사이에 내려앉았다.

애도 상담사는 말했다. 선생님은 무감각 상태예요. 아직 자신에게 일어난 일을 받아들이지 못하고 있어요.

무슨 일이 일어났든, 바움가트너는 대답했다, 그건 내가 아니라 애나한테 일어난 겁니다. 애나는 그 일 때문에 죽었고, 나는 해변에서 애나의 시체를 봤기 때문에, 또 내 두 팔로 그 시체를 옮겼기 때문에 나는 애나에게 일어난 일을 완전히 받아들였어요. 내가 화가 나는 건 마지막으로 다시 한번 물에 들어가겠다고 애나가 고집을 부렸다는 거예요. 그때는 이미 바람이 거세져 물이 심하게 뒤척이고 점점 큰 파도가 밀려와 해변으로 들이닥치고 있었는데도. 그런데도 내가 시간이

늦었고 우리는 아까 집에 돌아갔어야 했다고 말하니까
애나는 웃어넘기고 파도를 향해 달려갔어요. 그게 애
나였죠. 뭔가를 원할 때마다 원하는 걸 하고 안 된다는
대답을 듣지 않으려 했던 사람, 충동과 활기가 넘치던
사람, 거기에 수영을 진짜 멋지게 하던 사람.

본인을 탓하시는군요, 상담사가 말했다. 지금 그런
말을 하고 계신 것 같아요.

아니, 나를 탓하지 않아요. 내가 고집을 부려 봤자 아
무 소용 없었을 겁니다. 애나는 이렇게 저렇게 밀어붙
이거나 명령할 수 있는 사람이 아니에요. 애나는 아이
가 아니라 어른이고, 애나가 어른으로서 내린 결정이
다시 물에 들어가겠다는 거였고, 나는 애나를 막을 생
각이 없었어요. 그럴 권리가 없었죠.

탓하는 게 아니면, 그럼 후회의 감정, 심지어 가책일
수도 있네요.

후회도 아니고, 가책도 아니에요. 표정을 보니 내가
선생님께 저항하고 있다고 생각하시는데 그런 게 아닙
니다. 그냥 우리가 본격적으로 이야기에 들어가기 전
에 우리의 용어를 정리할 필요가 있다는 것뿐이에요.
그래요, 물에 다시 뛰어들지 않았다면 애나는 지금 살
아 있겠죠. 하지만 애나가 원하는데 물에 들어가는 걸
내가 막으려 하거나 그랬다면 우리는 30년 이상 함께
하지 못했을 거예요. 삶은 위험해요, 매리언, 언제라도

어떤 일이든 일어날 수 있죠. 선생님도 그걸 알고, 나도 그걸 알고, 모두가 그걸 알아요 — 모른다면, 뭐, 주의를 기울이지 않은 것이고, 주의를 기울이지 않는다면, 완전히 살아 있는 게 아니죠.

지금은 어떤 느낌이세요, 지금 이 순간은?

형편없습니다, 비참해요. 망치로 두들겨 맞아 산산조각이 난 상태죠.

말을 바꾸면 분열되어 있다, 평소의 자신은 아니다라는 거군요.

그런 것 같아요. 하지만 지금 내가 겪고 있는 일을 스스로 이해할 수 있는 선에서 말하자면, 솔직히 나 자신이 불쌍하다는 느낌은 들지 않아요. 자기 연민에 빠져 허우적거리지는 않고, 왜 하필이면 나냐, 하고 하늘을 향해 신음을 토하지도 않아요. 왜 내가 아니어야 하나요? 사람들은 죽어요. 젊어서 죽고, 늙어서 죽고, 쉰여덟에 죽죠. 다만 나는 애나가 그리워요, 그게 전부예요. 애나는 내가 세상에서 사랑한 단 한 사람이었고, 이제 나는 애나 없이 계속 살아갈 길을 찾아야 해요.

10년 전 그날 밤, 애도 상담사 매리언과 처음이자 마지막 상담을 한 뒤 바움가트너는 1층에 있는 애나의 작은 서재로 들어가 그녀의 서류와 원고를 훑어보며 몇 시간을 보냈다. 벽장에는 바닥부터 턱 높이까지 그녀가 출간한 번역물의 초고와 교정지가 가득했다. 지난

25년간 번역서가 적어도 열다섯 또는 열여섯 권은 되었는데, 대부분 프랑스어와 스페인어에서 옮긴 것이었지만 포르투갈어에서 옮긴 것도 두어 권 있었다. 소설과 시집이 대체로 반반이었다. 그는 그 모두를 두세 번 읽어 속속들이 알고 있었기 때문에 벽장문을 닫고 방구석에 있는 서류 캐비닛으로 발을 옮겼다. 크고 깊은 서랍 네 개에는 다양한 완성 단계에 들어가 있는 그녀 자신의 글이 담겨 있었다. 멀리 고등학교 때 쓴 것부터 시작해서 물에 빠지기 바로 세 주 전에 쓴 것까지 불룩하게 쌓여 있는 시들, 손으로 교정을 본 쓰다 만 두 소설의 타자 원고, 단편 몇 편, 서평 여남은 편, 맨 아래 서랍에 따로 보관된 중간 크기 상자 속의 자전적인 글들. 바움가트너는 상자를 들어내 그녀의 책상으로 옮겨 놓고 그녀의 의자에 앉아 뚜껑을 열었다. 원고 더미 맨 위의 글은 녹이 슨 클립으로 묶여 있었으며, 그것은 곧 그게 오래된 원고라는 뜻, 아주 오래전, 어쩌면 그들의 결혼 초기, 어쩌면 심지어 그보다 전에 쓴 것일 수도 있다는 뜻이었다. 그는 그것을 집어 들고 읽기 시작했다.

프랭키 보일

멀리 유년이라는 동트기 전 시대, 볼품없던 다섯 여섯 일곱 여덟 살 꼬마 시절, 야구는 내가 사랑하는 운동이었고 나는 남자애들과 함께 뛰어다녔다. 나는 패거리의 우두머리 개 노릇을 하던 마빈 하월스의 코피를 터뜨려 내 자리를 쟁취했다. 일단 패거리의 존중을 받고 방과 후와 주말의 즉석 시합에 참가하는 것을 허락받게 되자 나는 그들 누구 못지않고 또 사실 그들 대부분보다 낫다는 것을 보여 주었다. 어린 소녀로서 양성적인 영광을 누리던 그 시절 나는 그들 누구보다 빨리 달릴 수 있어 내가 속한 모든 팀에서 중견수 자리를 확보했다. 다리와 발이 빨랐을 뿐 아니라 팔 또한 충분하고도 남았다. 나는 여자애지만 마치 남자애처럼 던졌다. 또 힘으로 방망이를 휘두를 근육은 아직 없었지만 계속 단타를 때려 댔고 가끔 외야수들 사이로 2루타를 때렸다. 단타를 아주 많이 쳤기 때문에 진루를 하지 못하는 일이 거의 없었고, 그 덕분에 1번 타자이자 다득점 이닝을 이끌어 내는 주요 타자로 역할이 고정되었다. 그러다 우리 모두 아홉 살이 되었을 때 무지한 영주들이 나에게 첫 무례한 따귀를 날렸다. 우리는 이제 리틀 리그에 가입할 나이가 되었다. 그것은 공원이나 아무렇게나 골라잡은 뒷마당에서 오랫동안 시합하다 처음으로 시도하게 된 조직화된 야구였다. 이것은 정식 구장과 팀 유니폼과 감독과 심판과 관중석으로 이루어진 밝고 새로운 세계이자 진짜의 축소판이었지만 당시 규칙, 너무 오래 지속되는 바람에 나는 결국 그 소멸의 혜택을 보지 못한 중세적 규칙에 따르면 리틀 리그는 남자애들만 들어갈 수 있었다. 따라서 발 빠르고 어느 방향으로나 공을 때릴 수 있는 중견수는 그 매혹적인 영토에 진입하는 것이 금지되었으며, 〈미국의 위대한 게임〉에 참여했던 그 소녀의 짧은 경력은 끝나고 말았다.

센 꿀밤, 당시 우리는 그렇게 말하곤 했다. 하지만 나는 그 실망감을 받아들이기 힘들었으며, 응당 그럴 만하다고 인정해 줄 수 있는 시기보다 오랫동안 뚱한 채로 지냈다. 늘 그런 것은 아니었지만 어쨌든 1년의 반 이상이 그렇게 흘러갔다. 유일한 영적 위안은 초등학교가 끝날 때까지, 그러니까 우리가 열한 살, 열두 살이 될 때까지 계속되었던 남녀 합반 체육 시간, 남녀 합동 소프트볼 경기나 피구 경기에서 찾을 수 있었다. 그때 나는 별 볼 일 없는 자지와 반짝 거리는 하얀 리틀 리그 유니폼이라는 축복을 받은 아이들에게 여전히 뒤지지 않았다. 이 운 좋은 남자 애들은 그 무렵에 나에게 등을 돌리고 내가 사실은 쓸모없고 무능한 여자에 지나지 않는다는 걸 증명하려고 애쓰고 있었다. 그런 때 중견수와 좌익수 사이의 공간으로 그 애들의 직선 타구를 쫓아가 확실한 안타 하나를 뺏어 내는 것은 얼마나 기분이 좋던지. 거기에는 또 잡은 공을 차분하게 내야로 던질 때 그 애들이 놀라고 분개하여 두 손을 들어 올리는 것을 지켜보는 훨씬 큰 기쁨이 뒤따랐다. 또 비가 오는 날이나 겨울에 실내 피구에서 심술궂은 일격으로 녀석들의 얼굴을 강타할 때면 얼마나 만족스럽던지. 한 번은 예전에 코피를 터뜨렸던 바로 그 마빈 하월스의 코에서 다시 피를 보기도 했다. 가장 보람 있고 가장 좋았던 것은 방과 후 도전 경주였다. 나는 그 애들에게 자신 있으면 나하고 50미터를 한번 뛰어 보자고 했다. 3시 종이 친 뒤 운동장으로 나가 일대일 시합, 다른 남자애들 무리가 지켜보는 가운데 벌어지는 여자애 대 남자애의 시합이었다. 첫 두 해 동안 나는 이기지 못한 적이 없었고, 그런 승리들 덕택에 나의 빠른 속도가 영원할 것이라는 그릇된 결론에 이르렀지만, 세 번째 해가 되면서 프랭키 보일이라는 아이, 흠잡을 데 없는 덕성을 갖춘 여위고 반짝거리는 어린 신사가 나타났다. 그 아이는 반에서 나에게 등을 돌리지 않고 여전히 친구로 지내는 유일한 남자였다. 나는 그전에 비슷한 시합에서 프랭키를 두 번 이긴 적이 있었지만, 그 아이는 여름 동안 놀랄 만큼 훌쩍 커서, 전에는 나보다 조금 작았는데 6학년이 시작되었을 때는 내가 허리를 한껏 세웠을 때보다도 10센티미터 정도는 컸다. 우리는 학기가 시작되고 나서 이틀 뒤 그 화창한 9월의 오후에 운동장으로 나갔고,

예의 그 남자애들 무리는 옆에 서서 자기네 남자를 응원했으며, 이번에는 내가 졌다. 정정당당한 승부였다. 프랭키 보일은 일고여덟 번째 걸음을 내디딜 때 나를 지나 앞으로 나아가더니 결승선까지 계속 차이를 늘렸고, 경주가 끝났을 때는 차이가 너무 커 나보다 족히 1초 이상은 앞섰을 것이다. 모인 남자애들은 무척 기뻐했고, 지금도 기억나지만, 곧이어 일련의 신랄한 조롱이 뒤따랐다. 한물갔네, 한물갔어가 하나였고 쌍년이 흙을 먹었네[7]가 또 하나였다. 그러나 무한히 칭찬할 만한 일로, 프랭키 보일은 가없는 동정심을 가진 영혼이라서, 발을 멈추고 다른 남자애들의 환호를 만끽하는 게 아니라 내 어깨에 팔을 두르고(남자애가 나에게 그런 건 처음이었다) 나를 학교 운동장에서 데리고 나가 함께 걸으며 그건 공정한 시합이 아니었다고 조용히 말했다. 자기는 나보다 훨씬 크고 강해져서 이제 헤비급이 된 반면 나는 여전히 웰터급이기 때문이라는 설명이었다. 웰터급이 헤비급을 케이오시켰다는 이야기를 들어 본 적이 있는가. 몸무게를 고려하면, 그의 말로는, 내가 학교에서 제일 잘 뛰는, 뉴저지 전체에서 가장 잘 뛰는 여자애다, 내가 미국 대표에 도전할 만큼 커서 올림픽에 나갈 훈련을 하고 싶으면 자기가 내 트레이너가

7 흙을 먹었다는 말은 패배하거나 죽었다는 뜻.

되어 나를 아주 훌륭하고 아주 빠른 선수로 만들어 세계 신기록으로 금메달을 따버리게 해주겠다. 그것은 아마 그때까지 누가 나에게 해준 가장 멋진 말이었겠지만, 나는 졌을 때는 졌다는 걸 알았으며 또 그날 운동장에서 나의 패배가 이후 몇 달간 여러 번 반복될 패배를 알리는 불길한 징조임을 이해했다. 나는 주저앉아 나의 줄어드는 권력을 한탄하며 질질 짜는 대신, 조용히 그 여자 대 남자의 도전 달리기에서 물러나 움직임에 대한 나의 갈망을 충족시킬 새로운 활동을 찾아 나섰다. 나의 불안하고 흥분된 몸은 대량으로, 규칙적으로 그런 움직임을 요구하는 듯했다. 그래서 나는 내부의 기어를 변속하여 모든 주말 파티에 참석했고, 플로어에 나 혼자 마지막으로 남을 때까지 미치광이 야만인처럼 머리가 떨어져 나가라 춤을 추었다. 또는 호수나 수영장이나 바다에 뛰어들어 지금은 내가 애틋한 마음으로 열정적 고독이라고 기억하는 상태에 빠져들어 수영을 했다. 오로지 다음에 뻗을 팔, 또 그다음에 뻗을 팔만 생각하며 마음을 비워 내고 무아경으로 가라앉아, 나를 나 자신과 단절시키고 물과 하나가 되었다. 다가오는 변화의 첫 조짐을 보이며 부풀어 오르기 시작한 납작한 가슴 위에 원피스 수영복을 입고 몸의 무게가 사라진 상태에서 홀로 미끄러져 가노라면 그곳은 여기도 저기도, 또 내 주위에서 돌아가는 괴상한 세계의 어디도 아니었다.

다정한 프랭키 보일에 관해 말하자면, 나는 그 아이가 내 어깨를 손으로 감싸며 학교에서 데리고 나가던 순간 그 애에게 푹 빠져 버렸다. 그의 손 때문이었다. 그 애의 몸이 내 몸에 닿았을 때 몸을 찌릿하게 관통하던 그 갑작스러운 전류. 그 감각은 그 애가 손으로 내 어깨를 계속 꽉 쥐고 있는 동안 등을 꾸준하게 압박하던 그 애의 팔로 인해 길게 연장되었다. 그런 채로 그 아이는 내 기운을 북돋아 내가 50미터 질주의 왕에서 폐위된 상황을 버티고 살아남을 수 있도록 마음을 달래 주는 온갖 허무맹랑한 이야기를 했으며 그 과정에서 나를 단거리와 장거리를 따지지 않는 달리기의 여왕으로 바꾸어 놓았다. 나는 그날 오후 그 아이와 사랑에 빠졌을 뿐 아니라 6학년 내내 그 애를 사랑했다. 하지만 엄격한 부모 때문에 그 애는 주말 파티에 전혀 나오지 못했고, 그래서 우리 둘 모두가 갈망하던 강렬한 키스나 포옹을 위해 단둘이 있을 기회는 매우 제한되어 겨우 서너 번 그럴 수 있었을 뿐이다. 우리는 늘 다른 애들에게 둘러싸여 있었기 때문이다. 6학년 말 초등학교를 졸업한 뒤 우리는 여름 동안 흩어졌고, 다시 학기가 시작되었을 때 나는 반 친구 대부분과 함께 공립 중학교에 진학했지만 프랭키는 이제 우리와 함께 다니지 않았다. 부모가 가톨릭 학교에 보냈기 때문인데, 설상가상으로 그 학교는 타운 몇 개를 거쳐 가야 나오는 머나먼 사우스오렌지에 있는 슬픔의 성모 학교였다. 학교 이름으로는 최악일 수밖에 없었지만, 프랭키가 전화하여 그 소식을 전했을 때 내가 느꼈던 슬픔만큼은 적절하게 표현해 주었다. 그해 9월 우리는 전화로 몇 번 이야기를 나누었지만, 대체로 세상이 얼마나 어둡고 절망적인 곳이 되었는지 한탄하는 것 외에는 서로 할 이야기가 별로 없는 어색한 대화로 끝나고 말았다. 우리는 당시 어린아이에 지나지 않았다는 점, 또 둘 다 서로의 일상의 일부가 될 수 없다는 점 때문에 대화는 결국 흐지부지되고 말았다.

그 뒤로 몇 년 연락이 끊겼지만 그 애는 고등학교 2학년 중간에 다시 나타나 타운 가장자리에 있는 자기 아버지의 주유소 밖에 서 있었다. 그즈음부터 토요일 아침과 일요일 오후에 거기서 일을 하기 시작했다. 이제 열일곱 살로 키가 크고 어깨가 널찍했으며 예나 다름없이 다정한 얼굴이었다. 마치 4년 반의 단절이 시계가 열네 번 똑딱거리는 사이에 사라져 버린 것처럼 우리의 우정은 다시 시작되었는데 이상하게 들리겠지만 사실 전혀 이상하지 않았다. 물론 나는 그 무렵에는 이미 여러 남자애와 키스를 했고 그중 한 명에게 처녀성을 잃었으며, 또 물론 프랭키 역시 친절하게도 다시 만난 첫날 아침 나한테 여자 친구 사진을 보여 주었다. 그 애는 진심으로 언젠가 그 친구와 결혼할 작정이었으며, 그렇게 말하면서 상냥하게 또 더할 나위 없이 우아하게 자신이 접근 금지임을 나에게 알렸다. 그러나 젊은 보일은 전에도 늘 그랬던 것처럼 여전히 빛나는 사람이었으며, 그 애 앞에 서면 약해지는 내 마음은 과거 웰터급 시절과 전혀 달라지지 않았다. 그래서 나는 주말에 주유소에 들를 때마다 그 애의 마음을 슬쩍슬쩍 밀고 당겨 보았고, 그 애도 맞장구를 쳐주며 나를 레드라고 불렀다(내 불그스름한 갈색 머리카락 때문에). 나는 그를 플래시(다른 프랭키, 예전에 2루수로 뛰던 프랭키 프리시의 별명 포덤 플래시의 플래시)[8]라고 불렀다. 어린 시절 만난 친구들끼리의 익살스럽고 의미 없는 주고받기였지만 어쨌거나 즐거웠다. 우리는 이제 엄격하게 말해 아이는 아니었으며 빠르게 성장하고 있었기 때문이다.

프랭키가 보일 주유 자동차 수리소에서 하는 일은 힘들지 않았다. 주로 차 유리를 닦거나 고옥탄 휘발유나 보통 휘발유를 주유하거나 오일과 타이어 공기

8 포덤은 유명 미국 야구 선수 프랭키 프리시가 나온 대학 이름이고, 플래시는 민첩했기 때문에 붙은 별명이다.

압을 확인하는 일이었다. 다시 만난 후 첫 봄에는 그 애를 자주 찾아가지 않았다. 아마 두세 주에 한 번 갔던 것 같은데, 늘 그 애의 교대 시간이 끝나기 직전에 등장하려고 노력하여, 프랭키가 일을 마친 뒤 별 계획이 없으면 우리는 내 어머니의 차를 타고 한동안 돌아다니며 이야기를 나눌 수 있었다. 우리가 서로 무슨 말을 했는지 잘 기억나지는 않지만 알베르 카뮈라든가 비틀스 대 롤링 스톤스라든가 이스라엘의 육일 전쟁 같은 것에 관한 대화의 조각들은 떠오른다. 프랭키는 강경 보수 집안 출신으로 아버지가 안치오 전투[9]에 참전했고 베트남 전쟁을 전폭적으로 지지했지만, 프랭키 자신은 나와 마찬가지로 베트남 전쟁에 반대했으며 이것이 우리 사이에 또 하나의 유대를 형성하는 데 도움이 되었다.

젊은 시절을 보내기에는 끔찍한 시대였다. 특히 열여덟에 다가가는 사내아이이고 고등학교 졸업을 앞두고 있다면. 특히 그때, 1967년 후반과 1968년 전반은, 국내 전선의 모든 것이 박살 나 징병 위원회가 있는 힘껏 움직이며 사춘기 사내아이들 수만 명을 빨아들여 그들이 이해할 만한 어떤 이유도 제시하지 않고 무조건 싸우라며 먼 정글로 실어 나르던 때였다. 그때가 우리의 마지막 학년이었고, 우리 가운데

9 제2차 세계 대전 때 이탈리아에서 벌어진 전투.

하나는 리빙스턴 고등학교에서 다른 하나는 시턴 홀 예비 학교에서 열심히 공부하고 있었다. 그 1968년 초 몇 달 동안 존슨이 재출마를 하지 않겠다고 발표하고 마틴 루서 킹이 멤피스에서 암살당하여 전국 수십 개 도시가 불이 붙은 와중에 프랭키를 더 혼란에 빠뜨리는 일이 벌어졌다. 그때까지 3년을 사귀던 여자 친구 메리 엘런 뭔가가 5월에 프랭키더러 자기가 한때 사랑했던 남자애와 닮은 모습을 찾아볼 수 없는 우울하고 지겨운 인간이 되었다며 헤어지는 게 좋겠다고 말했고, 설상가상으로 아버지와 점점 더 논쟁적인 싸움을 벌이게 되면서 급기야 그 애 아버지는 프랭키가 전쟁에 반대한다는 이유로 겁쟁이에 공산주의자라고 비난했으며, 태도를 고치고 규범에 순응하지 않으면 대학에 갈 돈은 죽어도 한 푼도 내놓을 수 없다고 선언했다. 이렇게 상황이 엉망으로 요동치는 가운데 프랭키와 나는 서로 단단히 결속되어 보비 케네디의 암살과 고등학교 졸업 사이의 몇 주라는 짧은 시간 동안 처음이자 마지막으로 마음껏 화끈하게 서로를 즐겼다. 올빼미도 우리를 볼 수 없는 사우스마운틴 자연 보호 구역의 숲속 깊은 곳에 주차해 놓은 어머니의 뷰익 뒷자리에서 정확히 네 번 간절하고 달콤한 전라의 사랑 잔치를 벌인 것이다. 그때 나는 프랭키의 품에 안겨 행복했지만 우리가 함께 먼 길을 갈 수는 없을 거라는 점, 조만간 상황이 다시 우리를 갈라 놓을 거라는 점을 이해하고 있었으며, 그래서 그 순간 서로에게 매달리고 붙어 있는 것이 더욱더 절실했다.

그러나 프랭키는 계속 맴을 돌다 오래지 않아 균형을 잃기 시작했다. 그 무렵 그 애는 서너 개 대학에서 입학 허가를 받았는데 그 가운데 하나는 주립 대학인 럿거스라 학비가 상당히 낮아 설사 아버지가 이미 말한 대로 학비를 대지 않는다 해도 프랭키는 학자금 대출이나 장학금이나 조교 일로, 아니면 세 가지 모두로 버틸 수 있었고, 그러면 정식 입학생으로 등록할 수 있었으며, 또 그러면 다음 4년 동안은 입대를 연기할 자격을 갖출 수 있었다. 그것이 당시 전쟁에 반대하는 젊은이가 내릴 수 있는 유일하게 분별력 있는 결정이었고, 봄 대부분의 시간 동안 그 애도 그것이 자기 계획인 것처럼 말했지만, 어느 날 갑자기 계획이 바뀌었다.

프랭키는 자신의 마음이 바뀐 이유를 나에게 충분히 설명한 적이 없었다. 또는 설명할 수 없었거나 설명하지 않으려 했다. 아니면 그 자신도 결코 또렷하게 이해하지 못했다. 그러나 그 이후로 오랜 세월 열심히 생각해 본 끝에 이제 나는 프랭키가 아버지에게 분노했다고 믿는다. 아버지는 그 애를 그 전 2년 동안 계집애 같은 약골이고 줏대 없는 반미국적 마마보이라고 가차 없이 공격했는데 그것은 단지 상스럽게 표현된 정치적 의견을 넘어 프랭키의 남성성에 대한 노골적인 공격이었다. 그리고 프랭키는 자존심 있는 젊은 남자로서 아버지의 어리석은 잔인함을 경멸하게 되었지만 그럼에도 너무 예의 바르고 너무 점잖아 아버지에게 달려들어 닥치라고 말할 수가 없었기에 군에 입대하는 쪽을 선택하여 아버지의 입을 다물게 하려고 했다. 그 애는 고등학교를 졸업한 다음 날 입대할 작정이었다. 프랭크는, 그러니까 아버지 프랭크는 물론 아들의 결정에 기뻐했지만, 프랭키는 아버지를 기쁘게 하는 것이 아니라 아버지에게 심술을 부리려고, 침을 뱉으려고 그렇게 했다는 것이 가혹한 진실이었다. 프랭키 자신도 자기가 뭘 하고 있는지 흐릿하게밖에 알지 못했지만.

내가 얼마나 울었던지, 그 애한테 얼마나 간청했던지, 그 뒤의 며칠에 걸쳐 얼마나 그걸 반복했던지. 그러나 혼란에 빠진 내 모든 과장된 행동에도 불구하고 내가 하는 말은 전혀 먹히지 않았다. 프랭키는 묘하게 내면의 평화를 얻은 분위기였다. 지역 징병 센터로 걸어 들어가 선서를 하는 그 순간까지 느긋하고 경쾌한 분위기 속에서 둥둥 떠다녔다. 마치 그 전 2년 동안 등에 지고 다니던 피아노가 신비하게 사라져, 그 무거운 짐 때문에 생겨난 의심과 우유부단과 쓰디쓴 괴로움에서 벗어나 다시 자유롭게 움직일 수 있게 된 것 같았다.

「가만히 생각해 보면 그렇게 나쁜 게 아니야.」 그 애는 말했다. 「내 인생의 2년을 엉클 샘[10]에게 주고 그 대가로 제대 군인 원호법으로 대학을 4년 다니는 거야. 그건 내가 나를 책임질 수 있고 아버지한테 학비를 구걸할 필요가 없다는 뜻이야.」 그거야 괜찮지, 나는 말했다, 하지만 네가 정글에 떨어졌는데 보이지 않는 사람들이 한 무리 나타나 너한테 냅다 총을 쏴대면 어떡해? 「걱정할 거 없어.」 그 애는 갑자기 환한 미소를 지었다. 「내가 열한 살 때도 그 어마어마한 애나 블룸보다 빨리 달릴 수 있었으니 지금은 그깟 총알 같은 것들보다 더 빨리 달리고도 남아.」

프랭키 보일은 베트남 정글까지 가지도 못했다. 입대 다섯 주 뒤 포트 딕스에서 기초 훈련 과정을 밟던 중 손에 들고 있던 로켓탄 발사기가 불발하면서 터져 버리는 사고가 발생했기 때문이다. 이 폭발로 그의 몸은 산산이 찢겨, 사방으로 흩어진 조각들이 허공을 뱅글뱅글 맴돌다 땅에 떨어졌다. 구급 요원들이 도착하여 두 시간 이상 그 구역을 샅샅이 뒤지며 흩어진 조각들을 찾아, 손가락과 발가락, 팔과 다

10 미국을 의인화한 남성 캐릭터로, 미국 자체를 상징한다.

리, 손과 발의 조각과 더불어 어디 속한 것인지 알 수 없는 그슬린 살과 바스러진 뼈의 조각을 수도 없이 모았지만 해가 지평선으로 가라앉으면서 어둠이 찾아오자 결국 수색을 포기할 수밖에 없었다. 그런 노력에도 불구하고 그 애를 묻던 날 프랭키 보일은 남은 몸이 거의 없어 관의 무게는 21킬로그램밖에 나가지 않았다.

바움가트너는 이 일에 관해 알고 있었다. 일찍이 1969년 그들이 가장 초기에 나눴던 대화에서 애나는 프랭키 보일에 관해 이야기하면서 그의 섬뜩한 절멸이라는 참사를 다시 떠올렸다. 그 사건은, 그녀가 말하기를, 검처럼 그녀를 베어 영혼에 아물지 않는 깊은 상처를 남겼다. 그녀는 또 포트 딕스 사고 소식이 전해졌을 때 바너드 대학의 신입생 기숙사 방에 앉아 열 시간 동안 쉬지 않고 심장을 토해 낼 것처럼 흐느꼈다는 말도 해주었다. 그전에도 그렇게 울어 본 적이 없고 이후에도 없었다. 그렇게 심하게 또 그렇게 오래 흐느끼는 것은 사람을 거의 파괴하는 일이고, 사람의 몸은 평생에 한 번 이상 그정도 크기의 경련을 감당할 수 있도록 생겨 먹지 않았기 때문이다. 그녀는 글에서 그 에피소드는 다루지 않았는데, 말이 나온 김에 말하자면 그 글 자체에 그에게 본질적으로 새로운 내용은 들어 있지 않았다. 그럼에도, 그런 것보다 훨씬 중요한 것으로, 그런 소녀 시절의 기억이 누렇게 바랜 원고를 가로질러 춤을 추고 있는 것을 보자 그는 내면의 깊은 곳이 흔들렸다. 그녀의 글을 읽기 시작하자 마치 종이에서 애나의 목소리가 올라오는 듯한 느낌, 그녀가 실제로 그에게 다시 말을 하고 있다는 느낌이 들었기 때문이다. 물론 그녀는 이제 죽었고, 이제 사라졌으며, 그의 여생 동안 그에게 한마디도 더 할 수 없겠지만.

바움가트너는 회전의자를 왼쪽으로 돌려 애나의 낡은 수동 타자기를 바라보기 시작했다. 그 기계는 책상 상판 바로 밑 3센티미터 폭의 직사각형 틈에서 튀어나온 미닫이 나무판자에 자리를 잡고 있었다. 책상은 1930년대나 1940년대에 만든 육중하고 거무스름한 마호가니 유물로 그들이 뉴욕을 떠나 프린스턴의 포 로드에 있는 집으로 이사 오기 일주일 전 그녀가 컬럼버스 애비뉴의 중고 가구점에서 60달러를 주고 산 것이었다. 타자기는 부모가 그녀의 열다섯 살 생일 — 1965년 5월 7일 — 에 준 것으로 그녀는 끝까지 그 짙은 회색과 옅은 녹색이 섞인 휴대용 스미스 코로나를 사용했다. 데스크톱 컴퓨터로 바꿔 볼까 시도하던 시기에만 잠깐 쓰지 않았는데 그녀는 결국 자신이 컴퓨터를 좋아하지 않는다는 것을 알게 되었다. 무엇보다도 자판을 치는 느낌이 너무 부드러워 손가락이 아프다, 그녀는 그렇게 말했다. 타자기의 저항력이 강한 자판들을 두드리면 손의 힘이 강해진다. 그래서 그녀는 가장 나이 많은 사촌의 열여섯 살 난 아들에게 맥을 넘기는 방식으로 컴퓨터와는 끝장을 낸 다음 촉각적 즐거움으로 복귀하여 스미스 코로나에 종이를 말아 넣고 커다란 딱따구리 노래로 자신의 방을 채웠다. 그 음악은 벽으로 스며들고 천장으로 올라가 집의 모든 곳으로 희미하게 흘러들었고, 바움가트너는 어디에 있든 소리를 약하게 죽인 폭죽이 터지는 듯한 그 소리를 사랑하여 귀를 기울였다. 1층의 방들을 들락거리고 있든 아니면 위층 서재에서 자신의 글 쓰는 기기 위로 허리를 굽히고 있든 상관없었다. 그의 경우 이 기기는 컴퓨터여야 했기 때문에 컴퓨터가 되었다. 그는 대학에서 일을 했고 그의 학과도 다른 모든 학과나 행정 부서와 마찬가지로 디지털로 바뀌었기 때문이다. 애나는 독립 번역가이자 프리랜서 작가로서 자기가 자신의 사장이라 어떤 식으로든 어디서든 마음대로 일을 할 수 있었는데, 그것은 이메일 대신 편지, 전화, 팩스로 의사소통을 하고 전과 다름없이 낡았지만 부서질 줄 모르는 동무의 지원을 받아 일을 한다는 뜻이었다. 감사할 따름이지, 바움가트너는 속으로 말했다. 또 애나의 손가락이 자판을 두드리는 소리에, 그러니까 애나의 정신이 자판을 두드리는 손가락을 통해 노래하는 소리에 잠을 깰 때면 그 아름다운 아침 소나타에 감사할 따름이었다. 텅 빈 집에서 혼자 한 달을 살고 나니 그 소리가 너무 그리워 가끔 그녀의 방으로 들어와 침묵하는 기계 뒤에 앉아 뭔가 — 뭐라도 — 쳐보았다, 그저 다시 그 소리를 듣기 위해서.

그런 식으로 첫 여섯 달이 흘러갔다. 바움가트너가 나중에 사라짐 또는 애도하다 미쳐 버린 남자라고 언급하게 되는 시간의 틈. 반년 동안은 그 자신도 대체로 그를 알아볼 수 없었다. 그가 소년 시절부터 알고 들어가 살았던 존재와는 다른 존재였다. 그는 방향 감각을 상실한 채 비합리적인 충동에 휘둘리는 그 임시 구역에서 괴상하고 어정쩡한 일을 수도 없이 만들어 내 열심히 하면서 바쁘게 그날들을 흔들흔들 통과해 갔다. 애나의 타자기에 말도 안 되는 헛소리를 쳐댔을 뿐 아니라, 그녀의 옷장 서랍에 있는 것들 — 레이스 팬티, 면 팬티, 브라, 캐미솔, 스타킹, 팬티스타킹, 양말, 운동용 반바지, 테니스 반바지, 수영복, 티셔츠 — 를 갰다가 다시 개 단정하게 줄을 맞추어 늘어놓은 다음 그렇게 차곡차곡 쌓인 옷가지 더미를 다시 서랍에 넣는 데 꼬박 이틀 저녁을 허비한다거나, 금속과 플라스틱 옷걸이를 대체할 비싼 나무 옷걸이를 사서 벽장에 있는 애나의 원피스, 치마, 블라우스, 실크 바지, 양모 바지, 면바지, 후드 티, 재킷, 청바지를 다시 거는 것에 그치지 않고 지퍼가 달린 투명한 백까지 여섯 개 사서 위쪽 선반에 있는 그녀의 스웨터를 담는다거나, 매일 아침 커피를 마시려고 부엌 식탁에 앉을 때 그녀가 마실 커피를 따라 놓고 첫 모금을 마시기 전에 인사로 그녀를 향해 커피잔을 들어 올린다거나, 그녀에게 보내는 외설적인 연애편지를 쓴 뒤 애써 그걸 접어 봉투에 넣고 주소를 적고 우표를 붙이고 우편함에 넣고 나서 하루나 이틀 뒤 우편으로 날아온 그 편지를 받고 애나가 살아서 직접 그걸 받았다면 느꼈을 기쁨을 상상하는 기쁨을 맛보는 짓을 수십 번 거듭한다거나.

그해 가을 학기를 휴직한 것도 도움이 되지 않았을 것이다. 사실 그 휴식은 그 전부터 준비되던 것이었다. 그와 애나는 수업이 없는 넉 달 남짓한 기간을 파리에서, 둘 다 전에 산 적이 있고 다만 몇 달이라도 다시 살아 보기를 갈망하던 도시에서 보내기로 했다. 아파트를 세냈고 왕복 비행기표를 끊었고, 마침내 8월 20일, 케이프[11]에 사는 오랜 친구들을 주말 동안 만나 보고 와서 이틀 뒤에 출발할 계획이었다. 그러나 20일에 바움가트너는 애나와 함께 대서양을 가로질러 날아가는 대신 뉴저지주 프린스턴의 묘혈 옆에 서서 기계가 그녀의 관을 땅속으로 내리는 것을 지켜보고 있었다. 거센 바람이 얼굴을 때려 댔고 친구 짐 프리먼이 그가 쓰

11 매사추세츠주의 반도인 케이프코드를 가리킨다.

러지지 않도록 오른팔로 그의 몸을 감싸고 있었다. 이런 예방 조치가 취해진 것은 바람과 무슨 관계가 있었던 것이 아니라, 바움가트너의 두 다리가 당장이라도 꺾일 것처럼 보였고, 만일 그렇게 되면 그 자신이 무덤 안으로 고꾸라질 가능성이 컸기 때문이었다.

따라서 강의를 해야 할 의무는 없었고, 그러니 책임도 없고, 그의 시간을 침범하는 것도 없고, 집에서 꼼짝해야 할 다급한 필요도 없었다. 대학에서 보자면 그는 공식 휴가였고, 그가 그 휴가 동안 집에 처박힌 채 타운을 벗어나지 않는다 해도 그는 행정적인 관점에서 보자면 파리나 파르마나 파타고니아에 가 있는 것이나 마찬가지였다. 사라졌지만 사라지지 않은 것이었다, 말하자면. 그는 발을 바닥에 딱 붙인 채 꼼짝도 하지 않고 위태로운 내적 공간에 살고 있었고, 그로 인해 두 손에 감당할 수 없이 넘쳐 나는 시간을 들고 있는 사람이 되어 버렸다. 바움가트너는 헨리 데이비드 소로에 관한 책을 쓰는 작업을 재개하거나 다른 어떤 일을 시작할 상황이 아니었기 때문에 그 시간이 지나치게 길고 공허했다. 그는 주로 속옷을 갰다가 다시 개고 또 이제는 그 몸을 다시 보지도 만지지도 못할 여자에게 보내는 열렬하고 외설적인 편지의 홍수로 우체국을 침수시키면서 그 텅 빈 나날들을 채웠다.

그럼에도 모든 시간을 터무니없는 헛짓에만 전적으

로 낭비한 것은 아니어서, 애나가 대체로 40년의 기간에 걸쳐 쓴 216편의 미출간 시 원고를 계속해서 살펴보다가 그녀의 작업이 그저 괜찮다 할 만한 수준 이상이어서 세상에 내보내기 충분하다는 것을 깨닫게 되었다. 아마도 그 전부는 아니겠지만 썩 좋아 보이는 여든 또는 1백 편은 훌륭한 책이 될 것 같았고, 그래서 바움가트너는 애나의 시집을 묶는 기획에 뛰어들었으며, 이것이 그 혼란 속에 헤매던 몇 달 동안 그가 만들어 낸 유일하게 손에 잡히는 물건이었다. 결국 작지만 평판 좋은 전위적인 출판사 레드윙 프레스가 그 책을 출간했기 때문이다. 레드윙에는 능력 있는 영업자가 있어 열여덟 달 만에 첫 쇄를 털어 내고 곧 기세 좋게 재쇄를 찍었으며 4년 뒤에는 3쇄를 찍었다. 물론 판매 부수는 미미했지만 시가 미국 문학이라는 하늘의 공간을 떠도는 작은 소행성일 뿐 행성은 못 된다는 점을 고려할 때 애나는 창공에서 자신의 작은 자리는 찾은 셈이었다.

그녀는 오래전부터 그 자리에 있을 수도 있었다, 그는 그렇게 느꼈다. 하지만 어떤 알 수 없는, 정확하게 언명되지 않은 이유로 그녀는 자신의 시를 퍼뜨리는 일에는 손가락 하나 까딱하지 않았다. 그것이 그가 그녀에게서 가장 어리둥절해하는 점이었다. 애나는 다른 모든 면에서는 자기 발로 서려 하고 또 자신이 믿는 것을 위해 열심히 싸우려 하는 사람이었고, 자기 시가 좋다는 것을 스스로 너무나 잘 알고 있었기 때문이다. 의심, 물론 있었다, 절망하는 순간, 물론 있었다. 하지만 어떤 작가나 예술가가 자신감과 자기 경멸 사이의 그 흔들리는 땅에 살지 않겠는가? 늘 시를 그에게 보여 주었다는 사실이야말로 그녀 스스로 자신의 시가 좋다는 걸 알았다는 증거였다. 단 한 번도 그가 요청한 적이 없었건만 그녀는 보여 주고 싶어 했다. 스스로 낭독하거나 아니면 한 번에 예닐곱 편의 작은 묶음을 건네기도 했다. 그는 그녀의 새 작품을 보고 어서 떨치고 일어나 그걸 발표해야 할 때가 왔다는 말로 되풀이하여 응답하곤 했다. 그러나 애나는 늘 자신 없이 어깨를 으쓱할 뿐이었고, 가끔 기분에 따라 〈당신 말이 옳아〉라든가 〈조만간〉이라든가 〈두고 보자고〉 같은 말을 덧붙였다. 그 빈약한 발언을 기초로, 그는 그녀가 지금 자신이 하고 있는 일에 반대하지 않을 거라는 확신, 또는 확신에 가까운 것을 갖고 있었다. 지금이 그때 말하던 〈조만간〉이었기 때문이다. 또 그가 인생 거의 3분의 2를 함께 살았던 그 빠릿빠릿하고 활기가 끓어오르는 시인은 그녀의 남편이었던 늙어 가는 뼈 자루 말고도 다른 어떤 사람, 또는 수많은 어떤 이들을 독자로 거느릴 자격이 있었기 때문이다.

바움가트너가 시집에 포함하기로 한 가장 이른 시기의 시는 1971년 9월, 애나의 스물한 살 생일 넉 달 뒤,

그러니까 그녀가 파리에서 1년 동안 공부하고(그 앞과 뒤의 여름은 마드리드에 있었다) 나서 돌아와 한 달 뒤에 쓴 것으로, 이 첫 작품의 제목이 시집 전체의 제목 『어휘: 시선집 1971~2008』이 되었다. 이 작품은 결코 그녀의 시들 가운데 최고는 아니었지만 바움가트너는 이 시의 기발함과 낯섦, 묘하게도 애나 자신과 그녀 작품의 분위기를 한꺼번에 드러낸 그 비등하는 활기를 사랑했다. 그것 말고도 이 시에는 젊은 남자였던 시절의 자신에 대한 그의 기억이 배어 있었다. 이 시는 그가 그녀에 대한 사랑으로 곤두박질치던 바로 그 순간에 쓰였을 뿐 아니라 그녀가 그에게 낭독해 준 첫 시이기도 했기 때문이다 ─ 웨스트 85번 스트리트 전차(轉借)한 그의 옛 셋방의 이불도 없는 구겨진 시트 위에서 찬연한 썹을 하고 난 뒤 실오라기 하나 걸치지 않은 채 침대에 일어나 앉아서.

어휘

조그만 꽃은 너무 작아
이름이 없기에
나는 내가 발견한 것을
〈스플린지〉라고 불렀으나
썩 마음에 들지는 않아
반짝 타오르는 붉은 빛의

그 작디작은 점을
〈잘 지내시나요
미시즈 두리틀 그런데
요즘 어디 숨어 계셨던 건가요?〉로 바꾸었다

그 조그만 빨간 점은 꽃이니만큼
나에게 아무런 대답을 하지 않았고
따라서 나는 전혀 알 길이 없을 것이다
그게 내가 준 이름을 좋아하는지
아니면 싫어하는지. 나는 가던 길을 갔다
밤새 꽃이 많이 자랐는지 보려고
다음 날 아침 다시 가보니
조그만 빨간 점은 사라져 버렸다

어디로 가셨나요 미시즈 두리틀
영원히 떠나간 거라면
누가 나한테 말 좀 해주실래요
길 건너에서 나를 보고 싱긋 웃는
저 아주 작은 도깨비 같은 남자의
단춧구멍에 꽂힌 미세하고 빨간 것이
왜 어둠 속에서 켠 성냥처럼 빛나는 것인지

10년 뒤, 바움가트너는 제정신이 아니었던 처음 그 몇 달 이후로 정말이지 자신에게 변한 게 거의 없다는 사실에 놀란다. 물론 달라진 척했고, 일단 바닥에서 몸을 일으켜 자기 발로 서고 다시 걷기 시작하자, 다시 살아 있는 자들의 세계로 돌아간 것처럼 보였다. 다시 수업을 이어 갔다. 한 달 뒤에는 조심조심 일로 돌아가 보았고, 이어 본격적으로 다시 뛰어들었고, 그 결과 책이 한 권 나왔고, 이어 두 번째 책이 나오고, 이제 세 번째 책이 나왔다. 그의 인생의 다른 어떤 10년보다 높은 생산성이었다. 오랜 우정은 깊어졌고, 새로운 우정이 생겨났으며, 다시 애나와 침대에 있다고 상상하곤 하던 침울한 자위의 막간극을 제외하면 금욕적 정지 상태에서 1년을 보낸 뒤에는 거의 40년 만에 처음으로 여자들을 쫓아다니기 시작했다. 이런 생명 신호, 또는 생명 신호로 보이는 것들 때문에 친구들은 고무되어 바움가트너가 애나 없이 힘껏 밀고 나아갈 방법을 찾아냈다고 믿게 되었다. 바움가트너 자신도 대부분의 시간에는 그렇게 믿는 경향이 있지만, 그것은 그저 다리 없고, 팔 없는 몸통에 붙여 놓은 인공적 팔다리가 이제 너무 익숙해져서 그게 거기 있다는 걸 거의 의식하지 못하기 때문일 뿐이다. 그러나 그 티타늄 부착물은 효율에도 불구하고, 그것이 환자에게 주는 도움에도 불구하고, 아무것도 느끼지 못하는 죽은 것이다. 바움가트너는 지금도 느끼고 있고, 지금도 사랑하고 있고, 지금도 살고 싶어 하지만 그의 가장 깊은 부분은 죽었다. 그는 지난 10년간 그것을 알고 있었으며, 지난 10년간 그것을 알지 않으려고 자신이 할 수 있는 모든 일을 했다.

그 모든 것이 냄비가 그을리고 그가 층계에서 굴러 떨어지던 날 금이 가고 쪼개져 버렸다. 그때야 그는 자신이 애나와 관련된 모든 일에서 얼마나 깊이 분열되어 있었는지 깨달았다. 그동안 쭉 그녀를 밀어내는 동시에 그녀에게 매달리고, 집에서 그녀의 모든 흔적을 씻어 내면서도 그녀의 작업실은 그대로 유지했다는 것. 그는 그녀 사후 완전히 녹아내리던 시기에 그렇게 꼼꼼하게 다시 쌓고 다시 걸었던 옷을 잔뜩 모아 기부를 하고 나서 곧이어 침대, 스토브, 냉장고, 부엌의 식탁과 의자, 거실 가구, 시트, 베개, 수건, 식기, 접시, 사발, 컵, 커피잔, 물잔, 찻주전자, 커피 메이커를 비롯해, 단 하나의 방을 빼고 위층과 아래층의 모든 방에 있는 수많은 크고 작은 것을 바꾸었다. 그러나 이제는 그가 그 방에 들어가는 일이 거의 없었음에도 그녀는 여전히 집 안에 그와 함께 있었다. 가까운 곳, 때로는 지나치게 가까운 곳에, 그러나 늘 시야 바로 너머에 잠복해 있었다. 그러다 4월의 그 불행한 오후에 그가 부엌 테이블 의자에 앉아 바닥에 놓인 시커메진 달걀 삶는 냄비, 그가 굳이 없애 버리지 않았던 한 가지 물건을 보고 있을 때 그녀는 갑자기 그에게로 튀어나왔고, 그는 애나와 함께 표류하며 시간을 좀 보낼 수 있는 기회를 환영하는 대신 그녀를 걷어차 버렸다. 너무 잔혹하게, 아무 생각 없이 격한 태도로 그녀를 쫓아 버리는 바람에 그도 자신이 한 짓에 화들짝 놀랐다. 그다음에 마당에서 개똥지빠귀가 지렁이를 삼키는 광경이 나타났고, 곧이어 금이 가기 시작했다. 그때야, 9년하고 여덟 달 동안 서로 파괴하는 두 개의 모순된 정신 상태 사이에서 살아 보려고 애쓴 뒤에야, 자신이 이 모든 일을 얼마나 철저하게 엉망으로 만들었는지 깨달았기 때문이다. 산다는 건 고통을 느끼는 것이다, 그는 자신에게 말했다. 고통을 두려워하며 사는 것은 살기를 거부하는 것이다.

두 달 뒤 그는 환지통 에세이를 쓰는 일에 파묻혀 있다. 은유적 적합성이 점점 분명해졌기 때문에 그는 그것을 환지통이라고 부르게 되었다. 이게 어디로 튈지 지금 시점에서는 알 수 없고 이걸 끝낼 수 있을지조차 의심스럽지만 당장은 이것이 어떤 욕구를 충족시켜 주고 있으며, 이것만으로도 그에게는 뇌 지도, 감각 수용체, 신경 회로 연구를 계속해 나갈 동기가 된다. 이것은 정신적, 영적 통증을 몸의 언어로 번역하려는 노력의 한 부분이다. 그는 죽은 자식을 애도하는 어머니와 아버지, 죽은 부모를 애도하는 자식, 죽은 남편을 애도하는 여자, 죽은 아내를 애도하는 남자를 떠올리며, 이들의 고통이 신체 절단의 후유증과 얼마나 닮았는지 생각해 본다. 사라진 다리나 팔은 한때 살아 있는 몸에 붙어 있었고, 사라진 사람은 한때 다른 살아 있는 사람에게 붙어 있었기 때문이다. 계속 살아가는 사람이라면 자신의 절단된 일부, 자신의 환상에 속하는 부분이 여전히 깊고 지독한 통증의 원천일 수 있다는 것을 발견하게 된다. 어떤 치료가 가끔 이 증상을 완화해 줄 수는 있지만 궁극적 치료법은 없다.

자정이 다가오고 있다. 바움가트너는 잘 준비를 하고 지난 한 시간 동안 침대에 몸을 쭉 뻗고 있지만 여전히 잠을 이루지 못한 채 어둠 속에 누워 자신의 에세이를, 내일 아침에 그걸 끌고 갈 방향을 생각하고 있다. 그러나 그의 생각은 조금씩 부서져 점점 더 작은 생각의 조각들로 흩어지고, 목과 어깨의 근육들도 매듭이 풀어져 팔과 다리와 등의 천천히 해체되는 근육들 속으로 녹아들고 있다. 그는 이제 잠이 들었지만 그것을 모른다. 잠의 가장자리에 있을 뿐이고 따라서 주변과 연결을 잃지 않았다고 상상하고 있다. 그는 자기가 누운 침대가 자기 침대라는 것, 그리고 그 침대가 자기 침실에 있다는 것, 그리고 그 침실은 자기 집, 자신이 애나와 24년을 살았고 이제는 혼자 살고 있는 바로 그 집에 있다는 것을 알고 있다. 그녀는 2008년 8월 16일에 죽었고 오늘은 2018년 6월 20일이다. 아니, 자정이 이미 지나갔으니 6월 21일이다. 바움가트너는 집 안 어딘가에서 나는 소리를 듣는다. 아래층의 방일 가능성이 크다. 희미하게 윙윙거리는 소리로, 몇 초 계속되다가 1초 멈추었다가 다시 몇 초 이어지다가 다시 1초 멈춘다. 소리 뒤에 정적이 따르고 다시 그 뒤에 소리가 따르는 식으로 소리와 정적이 교대하는 리듬, 긴 소리와 짧은 정적으로 이루어진 시퀀스인데 열 번 또는 열두 번 반복되다 멈춘다. 그때쯤 바움가트너는 이미 침대 맡 램프를 켜고 침대에서 굴러나와 벌거벗은 몸을 허리띠가 있는 격자무늬 목욕 가운으로 가리고 있다. 그 소리는 반드시 확인을 해봐야 할 만큼 특이하기 때문에 지금은 들리지 않았지만 바움가트너는 계속 아래층을 향해 발을 움직여 복도의 불을 켜고 충계를 내려가 아래층 복도의 불을 켠 다음 마침내 거실 불을 켠다. 어질러졌거나 누군가 들어온 흔적은 찾을 수 없다. 부엌불도 켜보지만 그곳은 모든 것이 10시에 위층으로 올라가기 전 그 모습 그대로다. 아침에 다시 씨름해 보려고 밤새 물기를 먹도록 싱크에 놓아둔, 내용물이 눌어붙고 물이 가득한 냄비까지도.

마지막으로 애나의 작업실이 남았는데 바움가트너는 그 방의 유리를 끼운 문이 뒷마당으로 바로 열리기 때문에 침입이나 다른 못된 짓에 취약할 수도 있어 걱정이다. 요즘에 그 자신은 그곳에 잘 들어가지 않지만 플로레스 부인은 두 주에 한 번씩 화요일마다 그 방에서 30~40분 동안 성큼성큼 걸어 다니며 진공청소기를 돌리고 걸레질을 하고 먼지를 떨어, 그 방을 깨끗하게 또 최고 수준으로 단정하게 유지하라는 바움가트너의 지침을 성실하게 수행한다. 바움가트너는 머리 위 전등을 켜고, 뒷마당 문이 닫혀 있고 유리가 깨지지 않은 것을 확인하자 기운이 솟는다. 그뿐 아니라 방 안 모든 게 다 제자리에 있는 것 같다. 그럼에도 이제 정신이 들었고 조금도 피곤하지 않기 때문에 바움가트너는 다시 위층으로 올라가 침대에 기어들어 가는 대신 그냥 그 방에 있는 쪽을 택한다 ― 그저 아무것도 사라지지 않았다는 것을 확인하고 싶어서.

애나의 타자기는 책상에서 튀어나온 마호가니 판자에 그대로 자리 잡고 있다. 연필과 펜은 여전히 녹색 압지에서 북쪽으로 5센티미터쯤 떨어진 곳에 있는 뉴욕 메츠 컵에 꽂혀 있다. 그녀가 문진으로 쓰던 물건 두 개도 여전히 압지 위에 있는데, 하나는 위편 왼쪽 또 하나는 위편 오른쪽에 있다. 하나는 1989년 그녀의 독일인 친구가 준 베를린 장벽의 못생긴 콘크리트 조각, 또 하나는 그녀가 오래전 프랑스 중남부 아르데슈에서 트레킹을 하던 중 우연히 발부리에 걸린 1백만 년 이상 된 골이 파인 암모나이트 화석 조각이다. 그리고 그녀의 빨간 전화기도 여전히 압지의 남동쪽 자기 자리에 놓여 있다. 연결이 끊겼기 때문에 두 번 다시 전화벨이 울릴 일은 없지만.

벽장은 여전히 그녀의 번역 작업 상자들로 꽉 차 있으며, 다른 원고는 여전히 책상 오른쪽 벽의 반대편 끝에 있는 서류 캐비닛 안에 있다. 서류 캐비닛 옆에는 폭이 150센티미터 정도인 세 단짜리 나무 책장이 있는데, 책장을 채우고 남은 책들이 책장 위에 키가 185센티미터인 바움가트너의 사타구니, 170센티미터인 애나의 허리 높이로 쌓여 있다. 책장에서 가까운 쪽 구석에는 전원을 연결하지 않은 팩스 기계가 양옆으로 펼칠 수 있는 두 날개를 다리와 평행하게 늘어뜨린 좁은 타자용 탁자 위에서 말없이 졸고 있다. 그렇게 바닥에 서 있는 세 물건 위로 액자에 넣거나 넣지 않은 것들이 벽의 위쪽을 빽빽하게 덮고 있는데 그는 그 가운데 어느 하나도 없애거나 손대지 않았다. 여러 친구가 준 작은 캔버스와 스케치 여남은 점, 애나가 사랑하는 본보기들의 초상이나 사진(그 가운데 에밀리 디킨슨과 에마 골드먼[12]도 있다), 애나가 1997년에 『페르난두 페소아 시 선집』으로 받은 PEN 번역상, 조앤 블론들이 제임스 캐그니의 턱에 주먹을 한 방 먹이는 「미치광이 금발」의 영화 스틸, 블론들의 또 다른 영화인 「여자들」에 나오는 대사 한 줄 ─〈나한테는 17센트와 입고 있는 옷 한

12 러시아 출생의 미국 무정부주의자.

벌뿐이야 — 하지만 이 늙은 소녀에게는 아직 생명이 있지〉 — 을 적은 스케치북 종이를 넣은 정사각형 액자, 바움가트너의 첫 책 『육화된 자아』(1976)의 초판 표지, 그들이 데이트를 하던 초기에 즉석 사진 촬영소에서 서로 끌어안고 미친 듯이 키스하며 찍은 네 장짜리 사진 한 줄.

바움가트너는 그 입자가 거친 흑백 사진들 속의 후끈 달아오른 두 아이에게 미소를 보내고, 연극 조의 화려한 동작으로 사라진 젊음의 나라에 고개를 숙여 경의를 표한다. 아무것도 흐트러지지 않은 것이, 벽과 방과 다른 모든 방이 그가 자러 침대로 들어갈 때 그대로인 것이 기쁘다. 다른 한편으로, 누군가 집에 침입한 것이 아니라면 그를 침대에서 끌어내 아래층 이 방으로 들어오게 한 그 수수께끼의 소리는 어떻게 설명할 것인가? 그 소리가 옆집에서 들렸다는 게 있을 수 있는 일일까? 그가 그걸 상상했을 뿐이라는 게 있을 수 있는 일일까? 사실 그는 잠들기 전 비몽사몽 상태이기는 했다. 어쩌면 정신이 서커스 무대가 되어 환각의 이미지들이 세 군데에서 동시에 서커스를 벌이는 듯한 선잠 상태였으니 환각의 소리도 거기서 만들어 낸 것일 수도 있었다. 하지만 그럴 가능성은 적다, 그는 그렇게 생각한다, 들은 소리가 아주 복잡한 걸 고려할 때. 그래도 그게 가능한 것들의 영역을 넘어선 건 아니다.

바움가트너는 책상 뒤의 의자에 앉는다. 그가 편안하게 엉덩이를 깔고 앉은 다음 1분 뒤 전화벨이 울린다. 빨간 전화기. 연결이 끊어져 벨이 울릴 수 없는 전화기이지만, 그럼에도 울렸고 여전히 계속 울리고 있다.

바움가트너는 두려우면서도 호기심을 느끼며 벨이 울리는 전화기에서 나는 소리가 위층 침대에 누워 듣던 것과 똑같은 소리임을 깨닫는다. 소리와 정적이 길고 짧게 번갈아 이어지는 소리, 2층에서는 막혀 있는 것처럼 희미하게 들렸지만 1층에서는 맑고 크게 들리는 소리. 그 생각이 맞다면 아까 전화를 걸었던 사람 또는 장난치는 사람 또는 눈에 보이지 않는 행위자가 지금 다시 걸고 있는 것이다.

바움가트너는 전화에서 수화기를 들어 올리고 당황하여 자신 없는 목소리로 여보세요,하고 내뱉어 본다 — 마지막에 물음표가 붙은, 여보세요. 정적이 뒤따르자, 그는 자신이 꿈을 꾸고 있는 게 틀림없다고, 깨어 있으니 꿈일 리는 없지만 그래도 그럴 수밖에 없다고 혼잣말을 한다. 그때 애나가 그에게 말을 한다, 살아 있을 때 그녀의 목소리, 다름 아닌 그 울림이 큰 목소리로 말을 한다. 그를 달링과 마이 달링 맨이라고 부르며, 죽음은 어느 누가 지금까지 상상했던 것과도 다르다고, 그들 둘과 다른 모든 유물론자의 내세가 없다는 가정은 틀렸지만 기독교도, 유대교도, 이슬람교도, 힌두교도, 불교도와 다른 모든 교도의 내세 또한 잘못된 생각이라고 설명해 준다. 신의 벌이나 상은 없고, 나팔 소리도 지옥 불도 없고, 하늘의 축복이 머무는 나무 그늘도 없고, 어떤 인간도 나비나 악어나 매릴린 먼로의 환생으로 지상으로 돌아가지도 않는다. 죽음 뒤에 실제로 일어나는 일은 〈아무 데도 아닌 거대한 곳〉으로 들어가는 것이다. 그곳은 어떤 것도 보이지 않는 검은 공간, 소리 없는 무의 진공, 망각의 공허다. 다른 죽은 사람과 접촉하는 일은 전혀 없고, 위나 아래에서 온 사절이 다음에 일어날 일을 알려 주지도 않는다. 따라서 그녀는 자신의 현재 상태가 얼마나 오래 지속될지 전혀 모른다, 현재라는 말이 이런 장소에서도 의미 있는 용어라면. 장소라는 말도 가당치 않아, 그냥 아무 데도 아닌 곳, 무한히 이어지는 무(無)로부터 하나 빼온 텅 빈 무에 불과하지만. 그녀는 아무것도 보지 못하고 아무것도 듣지 못한다. 그녀에게는 이제 몸, 과거의 철학자들이 연장(延長)[13]이라고 표현하던 것이 없기 때문인데, 이것은 곧 그녀가 지치지도 배고프지도 않고 통증이든 쾌감이든 그 어떤 것도 전혀 느끼지 못한다는 뜻이다. 공간에서 그녀를 측정한다면, 공간이라는 말이 그녀에

13 데카르트의 용어로, 그는 물리적 공간을 차지하는 실체를 연장이라고 불렀다.

게 의미 있는 용어일 때의 이야기지만, 그녀의 크기는 아마 아원자 입자만 할 것이다. 우주적인 〈무엇〉의 가장 단순하고, 가장 작은 조각일 것이다. 원한다면 그녀를 생각하는 〈무엇〉이라고 불러라, 아니면 영(靈), 아니면 그를 둘러싼 거대하고 형체 없는 것의 방출물, 아니면 아주 간단하게 단자(單子)라고. 생각을 하다 보면 가끔 상상하고 있는 걸 볼 수 있다, 마음의 눈으로 분명하게 볼 수 있다, 그녀에게 마음이나 눈 같은 게 있다면 말이지만. 하지만 없다. 그럼에도 그걸 분명히 볼 수 있다. 거의 전에 지상에 살아 있을 때 볼 수 있었던 것만큼이나 분명하게.

바움가트너는 아무 말도 하지 않는다. 말을 하고 싶지만, 수백 가지를 말하고 수백 가지를 묻고 싶지만 입을 열어 말할 힘이 사라진 듯하다. 상관없다, 그는 혼잣말을 한다, 굳이 왜 말을 할까? 이 전화는 당장이라도 툭 끊어질 수 있고, 그가 원하는 것은 오로지 그녀의 목소리에 계속 귀를 기울이는 것뿐인데, 시간이 다 되어 애나가 다시 어둠으로 사라질 때까지.

그녀는 어떤 것도 확신하지 못한다, 그녀는 그렇게 말한다. 하지만 그녀가 이런 이해할 수 없는 내세의 삶, 의식적 비존재라는 이 역설적 상태를 계속 유지하게 해주는 존재는 그라고 생각한다. 이런 상태는 언젠가는 끝날 것이다, 그녀의 느낌으로는. 하지만 그가 살아 있고 그녀에 관해 계속 생각할 수 있는 한 그녀의 의식은 그의 생각에 의해 깨어나고 또 깨어날 것이며, 심지어 가끔 그의 머릿속으로 들어가 그의 생각들을 듣고 그의 눈을 통해 그가 보는 것을 볼 수 있다. 어떻게 그런 일이 벌어지는지도 전혀 모르고, 어떻게 지금 그와 이야기할 수 있는지도 이해하지 못하지만 그녀가 확실하게 아는 것 한 가지는 살아 있는 자와 죽은 자는 연결되어 있으며, 자신이 살아 있을 때 이룩했던 깊은 연결은 죽어서도 계속될 수 있다는 것이다. 한 사람이 다른 사람보다 먼저 죽으면 산 자가 죽은 자를 삶과 삶이 아닌 것 사이의 일시적 림보 같은 곳으로 계속 들어가게 할 수 있기 때문이다. 산 자마저 죽으면 그것으로 끝이다. 죽은 자의 의식은 영원히 소멸한다. 애나는 잠시 말을 멈추고 숨을 들이쉬었다가 다시 내쉬더니 그가 전화기를 든 이후 처음으로 질문을 한다. 지금 내가 한 말들 알아듣겠어? 바움가트너가 뭐라고 대답을 하기도 전에 애나의 숨이 멈추고, 말이 멈추고, 전화선이 죽어 버린다.

3

그 꿈을 꾸고 나서 바움가트너 내부에서 뭔가가 변하기 시작한다. 연결이 끊긴 전화기의 벨이 울린 게 아니라는 것, 애나의 목소리가 들린 게 아니라는 것, 죽은 자가 의식적 비존재 상태로 계속 사는 게 아니라는 것은 그도 잘 알고 있다. 그러나 꿈의 내용이 아무리 비현실적이었다 해도 그는 그것을 현실적 경험으로서 체험했으며, 그가 그날 밤 잠에서 살아 낸 것들은 대부분의 꿈과는 달리 그의 생각에서 사라지지 않았다. 그 이후로 엿새가 흘렀다. 짧은 시간이었지만 바움가트너는 이제 새로운 내적 공간으로 밀려 들어와 있는 느낌, 또 삶의 환경이 바뀌어 버린 느낌이다. 이제는 창 없는 지하방에 갇혀 있는 게 아니라 지상 어딘가에 있다. 여전히 방에 갇혀 있는 것일 수도 있지만 이 방에는 적어도 외벽 위쪽에 창살 달린 창이 하나 있는데, 그것은 곧 낮에 빛이 쏟아져 들어오며, 바닥에서 몸을 쭉 뻗고 고개를 드는 각도를 잘 잡기만 하면 하늘에 둥둥 떠가는 구름을 살필 수도 있다는 뜻이다. 그게 상상력의 힘이야, 그는 속으로 말한다. 아니, 그냥 간단하게, 꿈의 힘. 사람이 허구의 작품에서 전개되는 가상의 사건으로 인해 변화를 겪을 수 있듯이 바움가트너는 꿈에서 자신에게 스스로 해준 이야기로 인해 변화를 겪었다. 따라서 이제 창 없던 방에 창이 생겼다면, 누가 알랴, 그리 머지않은 미래에 창살도 사라져 마침내 바깥공기 속으로 기어 나갈 수 있는 날이 올지.

자신의 생각이 육체를 떠난, 에테르가 된 어떤 내세의 삶에서 애나를 지탱해 주고 있다고, 자신이 그냥 지상에 살아 있는 것만으로도 그녀에게 〈아무 데도 아닌 거대한 곳〉에 있는 그녀의 아원자 입자만 한 전초 기지에서 그와 연락을 유지할 수 있는 힘이 생긴다고 믿는 것은 터무니없지만, 자신이 그 터무니없는 것을 지어 낸 사람임을 고려할 때 그것을 즉각 내쳐 버릴 수도, 또 그게 어느 정도 영적 위안을 주었다는 것을 부정할 수도 없다. 애나가 물에 빠진 날 이후로 그는 한 번도 그녀와 접촉이 끊긴 적이 없었다는 것이 사실이기 때문이다. 따라서 이제 그가 그녀 생각을 하고 있다는 것을 그녀가 알고 있는, 그녀 생각을 하고 있는 그를 그녀가 느낄 수 있는, 그녀 생각을 하고 있는 그를 그녀가 생각할 수 있는 대안 세계를 그가 떠올렸다면 거기에 어떤 진실이 없다고 누가 말할 수 있겠는가? 아마도 과학적 진실은 아니겠지만, 입증 가능한 진실은 아니겠지만, 감정적 진실은 있을 것인데, 결국 중요한 건 오직 그것 뿐이다—이 사람이 무엇을 느끼는지, 그리고 그런 느낌을 어떻게 느끼는지. 철학적, 미학적, 정치적 문제에 관하여 책 아홉 권과 그보다 짧은 글을 수없이 쓴 유명한 저자, 지난 34년 동안 사랑받아 온 프린스턴 교수, 손에 잡히는 것들의 영역에서 삶을 보낸 나이 들어 가는 현상학자, 인간 지각의 신비한 존재론적 늪에 허리까지 빠진 채 터벅터벅 걸어온 외로운 나그네 S.T. 바움가트너는 마침내 종교를 발견했다. 또는 종교는 없지만, 살아 있다는 것의 의미에 관해 좋은 질문을 해야 할 의무는 있다—절대 답을 할 수 없다는 걸 안다 해도—고 믿는 사람에게 종교라 해도 좋을 만한 것을.

그로부터 엿새 뒤 창살이 사라진다. 벽을 올라가 그 구멍으로 꿈틀거리며 나갈 방법을 궁리하기도 전에 방의 벽들도 사라지고, 그는 넓게 트인 곳에 나와 서 있다. 어딘가 전원 지대 한복판에 있는 초원으로, 집도 전신주도 인간 존재의 흔적도 전혀 보이지 않는다. 사방으로 무릎까지 오는 풀이 둘러싸고 있고 위의 잿빛 하늘은 시커메지는 묵직한 구름으로 꽉 채워져 있다. 몇 분 안에 비가 올 것 같다. 그는 두 손을 주머니에 찔러 넣고 걷기 시작한다.

그렇게 해서 바움가트너는 움직임에서 얻을 수 있는, 생기를 북돋는 고유 수용성(固有 受容性) 쾌감을 재발견한다. 한 발을 다른 발 앞으로 내밀어 공간 속에서 몸을 앞으로 미는 간단한 행동, 쿵쾅거리는 심장의 박자에 맞추어진 몸 전체, 팽창했다 수축하는 허파, 두 다리의 꾸준한 왼쪽-오른쪽-왼쪽-오른쪽 운동. 그 뒤 며칠 안에 성큼성큼 걸음을 내딛게 되자 그의 앞에 펼쳐진 광대한 내적 초원을 계속 가로지르게 되고, 그럴수록 자신에 대한 믿음도 커진다. 속도가 과거보다 느려진 게 무슨 상관이랴. 이따금 소나기의 공격을 받고 동쪽에서 불어오는 거칠고 들쑥날쑥한 바람에 두들겨 맞는 게 무슨 상관이랴. 몸을 곧게 세우고 걸을 수 있는데. 이제 심장, 허파, 다리의 박자가 동조하여 오랜 시간 멀리까지 몸을 이동시켜 주게 되자 바움가트너는 정신도 새로 맑아졌고, 미래를 대하는 태도도 대담해졌다. 즉시 미래를 향한 행동에 나서야 한다는 것을 이제 알고 있다—그러지 않으면. 어차피 그는 일흔 살이고, 머뭇거릴 여유는 없다.

우선 그는 퇴직할 때가 왔다고 결론을 내린다. 현역으로 가르치는 의무에서는 물러나 의미는 없지만 이름은 당당한 명예 교수라는 지위만 가진 채, 학과에서 자신의 자리를 다음 세대의 젊은 피에게 물려줄 것이다.

스스로 자신을 방목장에 내놓는 것[14]이지만, 영원한 망명으로 들어가는 건 아니다. 도서관의 모든 시설을 이용하는 특권이나 프린스턴 이메일 주소를 계속 사용할 권리로 대학과 연결을 유지하는 것은 허락될 것이기 때문이다. 여러 학과에 있는 동료들과 맺은 많은 우정은 전과 다름없이 이어질 것이고, 혹시라도 마음이 내키면 강연, 토론, 비공식 모임에는 계속 나가겠지만 그의 직업이 가진 모든 부담스러운 면은 자비롭게도 홀연히 사라지게 될 것이다. 이제 끔찍한 위원회 회의도 없고, 불만을 품은 학생들과 학점을 놓고 실랑이하는 일도 없고, 관료적인 헛소리도 없어진다. 다른 말로 하자면, 족쇄에서 풀려난 독립적인 삶을 얻는다 — 거기에 그가 현역일 때 받던 보수와 비슷하거나 그보다 약간 많은 월 연금 소득. 지난 몇 달 동안 그의 내부에서는 새 책의 형태가 잡혀 가고 있었다. 그가 과거에 시도했던 어떤 것과도 닮지 않은 색다르고 특이한 기획, 다른 자아들과의 관계 속에 있는 자아에 관한 심각하면서도 희극적인, 유사 허구적 담론으로 제목은『운전대의 신비』다. 그는 이 기획에 가능한 한 많은 시간을 쏟고 싶은데, 이제는 시간이 핵심이고 자신에게 그 시간이 얼마나 남았는지 알 수 없기 때문이다. 단지 물통을

---

14 원래 늙은 경주마를 은퇴시킨다는 뜻.

걷어차기[15]까지 몇 년이나 남았는지가 아니라, 더 중요한 것으로서, 정신 또는 몸 또는 그 둘 모두 자신을 저버리기까지 활동적이고 생산적으로 살 수 있는 삶이 몇 년이나 남았는지. 통증에 시달리는 천치 같은 무능력자가 되어, 읽거나 생각하거나 쓰지도 못하고, 누가 4초 전에 한 말도 기억하지 못하고, 더는 그걸 세울 정력을 그러모으지도 못하는 것, 생각하고 싶지도 않은 끔찍한 일이다. 그때까지 5년? 10년? 15년? 날과 달이 이제 점점 더 빠르게 쏜살같이 지나가니, 얼마 남았건 그 시간도 눈 깜빡할 새에 지나가 버릴 것이다. 그런데 학교의 굴레에 묶인 채 꺽꺽거리며, 책상 위로 등을 구부린 채 끝도 없는 학생의 과제 여백에 논평을 적는 일을 한다는 건 얼마나 끔찍한가. 안 돼, 그런 일이 일어나도록 내버려두지 말아야 한다. 종말이 왔을 때, 적어도 자기 글에 쓸 문장을 마지막으로 애써 끄집어내다 심장이 멎는 위엄을 부여받기를. 세상을 지배하는 권력에 굶주린 광인들에게 마지막으로 큰 소리로 좆 까라고 떠들다 멎으면 더 좋고. 아니면 사랑하는 여자와 심야 밀회를 하러 거리를 걸어가던 도중에 영혼을 하늘로 날려 보내면 더욱더 좋고.

　사랑하는 여자의 이름은 주디스이고, 그게 바움가트너가 즉시 행동에 나서기로 결정한 다음 일이다 ── 이

　15 죽는다는 뜻의 관용어.

번 주에, 이 순간에, 바로 지금. 지난 2년간 그녀와 점점 친밀해지고는 있었지만, 그런 결심이 가능해진 건 그 꿈 때문이었다. 이렇게 애나가 그를 붙들고 있던 손을 갑자기 놓아 버리기 전 10년 동안 그는 스스로 가하는 고문 때문에 애나와 주디스 사이의 몇 년 동안 그의 삶에 들어왔다 나간 남편이 죽거나 이혼하여 혼자인 여자와 맺었던 몇 번의 관계 가운데 어느 것에도 온몸을 던져 뛰어들지 못했다. 그러나 이번은 다르다. 이번에는 사랑에 빠졌다. 이번에는 다시 결혼을 시도할 준비가 되어 있다. 물론 그녀가 받아 주어야 하고, 그것은 결코 확실치 않지만 가능성은 커 보인다 — 바라는 바로는.

이제는 주디스를, 그것은 오직 꿈이 그와 유령 애나와의 관계에서 새로운 전기를 만들어 냈기 때문에 생각해 볼 수 있는 일이다. 꿈 덕분에 그는 이제 과거의 방들로 들어가도 그곳에 갇힐 거라는 두려움에서 벗어나게 되었다. 그 방들에 들어갔다가 다시 나오는 경험을 이미 했기 때문에 자신의 에너지를 온전히 현재에, 즉 주디스에게 쏟을 준비가 되었다. 이것은 또 바움가트너가 염두에 두고 있는 현재가 그득하게 부풀어 미래로 흘러넘칠 수밖에 없다는 뜻이기도 하다 — 그녀의 답이 싫다가 아니라 좋다이기만 하다면.

그는 이 순간, 이 지금을 고대하며 지난 세 주의 대부분을 그때의 세계에 푹 잠긴 채 열여덟 살 소녀 애나를 처음 잠깐 보았을 때부터 해변에서 죽은 쉰여덟 살의 여자로서 마지막으로 보았을 때까지 40년의 여기저기를 되새기고 회고하고 떠돌며 보냈다. 묘하게도 혼자라는 느낌이 들지 않았다. 애나가 옆에 있었다. 여행하는 내내 그들은 함께 걷고, 함께 이야기하고, 서로 말을 건네고 귀를 기울이면서 기억의 궁전을 떠돌고 방을 들락거리고 희미하게 불이 밝혀진 회랑을 걸었다. 그 40년에 걸쳐 그들에게 일어났던 크고 작은 수많은 일을 다시 찾아가 보았다. 말할 필요도 없이 그녀는 육신으로 그와 함께 있지 않았지만, 그는 얼마인지도 모르는 긴 세월 동안 들추지 않았던 그녀의 편지와 원고를 실로 오랜만에 훑어보며 다시 그녀의 목소리를 찾았고, 그와 다른 사람들이 그녀의 삶 전체에 걸쳐 찍었던 헤아릴 수 없이 많은 사진을 들여다보며 그녀의 몸을 다시 발견했다. 물론 진짜 몸이 아니었고, 진짜 목소리가 아니었다 — 하지만 거의 진짜. 죽어 버린 전화의 연결이 끊어진 선으로 죽은 아내가 자신에게 말하는 목소리에 귀를 기울인 남자에게 부여된 기억의 힘이란 그 정도로 대단한 것이었다.

서류 캐비닛 맨 아래 서랍의 상자에는 애나의 마지막 자전적 글이 담겨 있다. 그녀가 죽음을 1년도 남겨 놓지 않은 시기에 쓴 것이지만, 먼 과거로 거슬러 올라가 바움가트너가 어떻게 또 왜 또 어떤 환경에서 마침내 결혼 이야기를 꺼냈는지 다루고 있다 —— 1972년 11월의 그 위태로웠던 늦은 밤, 애나의 끝이 될 수도 있었지만 결국 그렇게는 되지 않은 시간에.

자연 발화

나는 대학을 졸업했을 때 S를 사랑하고 있었다. 이제 나는 희미하게라도 관심이 가는 사람이 달리 전혀 없었으며, 이것은 곧 내 심장이 완전히 그의 손안에 있다는 뜻이었다. S도 내가 그를 사랑하는 만큼 나를 사랑했기 때문에 그의 심장도 완전히 내 손안에 있었고, 그래서 우리는 우리를 연인이라고 생각할 수 있었다. 중요한 모든 일을 똑같은 눈으로 보고 갈라설 의사가 전혀 없는, 서로에게 푹 빠진 두 외톨이. 그런 확신에도 불구하고 함께 산다는 생각은 떠오르지 않았으며, 둘 가운데 누구도 결혼이라는 말은 한 번도 꺼낸 적이 없었다. 우리는 계획을 짜기에는 아직 너무 어렸고, 미래에 관해 어떤 분명한 생각을 갖기에는 너무 불안정하여, 어떤 필요 때문에 앞일을 생각해 보는 일이 있다 해도 그 생각은 다음 몇 주나 몇 달을 많이 넘어가지 않았던 듯하다. 아직 스물다섯이 되지 않은 S에게 미래란 봄 중반까지 메를로퐁티에 관한 박사 논문을 끝내 철학 박사 학위를 받는 것이었고, 그는 그다음 일은 그때 가서 결정할 생각이었다. 막 스물두 살이 된 나에게 미래란 격언 비슷한 짧은 운문을 계속 써나가면서 처음 얻은 상근직에 적응하는 것이었는데, 이 일에서 나는 일주일에 총 57달러 50센트를 받았다.

헬러 북스는 당시 신생 업체로 아직 문학 출판사의 꼴을 제대로 갖추지도 못한 상태였으며 가을에 첫 책들을 내놓으려고 서두르고 있었다. 예산은 빠듯했다. 너무 빠듯해서 그해 여름 스물여덟 살의 모리스 헬러와 일을 하는 사람은 세 명뿐이었다. 즉 상급 편집자, 제작 관리 담당, 나. 팀에서 가장 어린 나는 하급 편집자 겸 모리스의 비서라는 두 역할을 맡고 있었는데, 모리스가 나를 고용한 것은 번역 소설이 출판사의 핵심이었고 내가 우연히도 프랑스어와 스페인어가 유창하기 때문이었다. 우리 모두 밑바닥 수준의 보수를 받고 있었고, 매일 아침 웨스트브로드웨이 남쪽에 있는 초라한 사무실로 통근했다. 그곳은 세계 무역 센터 건설 현장에서 북쪽으로 불과 열 블록 떨어져 있었으며, 당시에는 아직 이름이 없었지만 지금은 트리베카[16]라고 알려진 동네의 정중앙에 있었다. 19세기 산업용 건물들로 이루어진 이무인 지대에는 소수의 예술가가 꼭대기 층을 다락방

---

16 Tribeca, Triangle below Canal, 즉 커널 스트리트 밑의 삼각형이란 뜻.

으로 꾸미고 살았으며 5시만 지나면 사방이 깜깜해졌다. 1970대 초에는 그곳의 월세가 맨해튼 남쪽 어느 곳보다도 낮았고, 모리스는 한 푼이라도 아껴야 하는 상황이었다.

35년이 지난 지금도 벽 삼면에 금속 서가와 캐비닛이 늘어선 그 작지도 크지도 않은 사무실에서 책상에 앉아 힘들게 일하던 우리 넷의 모습이 눈에 선하다. 거의 꾸미지 않아 원래 모습 그대로인 낡은 꼭대기 방의 위는 주석 천장이었고 아래는 긁히고 파인 나무 바닥이었다. 에어컨은 없었으며 거리를 바라보는 벽을 따라 거대한 창 세 개가 있어 늘 풍부한 빛을 공급해 주었다. 여름에 실내가 더워지면, 사실 늘 더워졌는데, 산업용 스탠드 선풍기 세 대를 켜고 5초마다 머리를 헝클어뜨리는 강풍이 불어와 주기를 기다릴 수밖에 없었다. 그 선풍기들이 한여름의 땀을 잠깐이나마 식혀서 마음은 편해졌지만 젊은 여자의 위쪽 머리는 얼마나 끔찍하게 엉겼던지. 그래서 나는 근무를 쉬게 된 첫 토요일에 미용실로 가「네 멋대로 해라」의 진 세버그의 사진, 또「로마의 휴일」의 오드리 헵번의 사진을 보여 주며 그 둘의 중간으로 해달라고 말했다. 그렇게 나의 머리카락은 잘려 나갔는데, S가 그 잔뜩 자른 짧은 머리 덕분에 기막히게 멋져 보인다고 말하는 바람에 나는 그 머리를 그대로 놔두었고 그 이후로 지금까지 짧은 머리로 돌아다니고 있다.

사무실이 중심가에 있었으니 나도 사무실에 걸어다닐 수 있는 범위 내 어딘가에, 이왕이면 14번 스트리트 아랫동네에 사는 게 합리적이었겠지만 빌리지[17]의 가장 지저분한 쥐덫도 내 사정권에서는 벗어나 있었다. 끈질기게 세 주 동안 탐색한 뒤 내가 할 수 있었던 최고의 선택은 그 전 4년 동안 내가 붙어 살던 곳인 동시에 간절히 떠나고 싶어 하던 지역인 모닝사이드하이츠에 그대로 머무는 것이었다. 바너드의 친구가 그 동네의 클레어몬트 애비뉴에 있는 아파트에서 나간다고 해서 그 애의 빈자리로 들어가 다른 세 여자애와 함께 그 크고 추한 소굴에서 살게 되었다. 둘은 컬럼비아 대학원생이고 다른 하나는 슬픈 눈에 점점 희망을 잃어 가는 배우 지망생으로 남쪽으로 불과 몇 블록 떨어진 브로드웨이 식당에서 웨이트리스 일을 했다. 운도 좋지. 사는 곳에서 걸어갈 수 있는 일자리라니. 반면 나는 일주일에 다섯 번 IRT[18]를 타고 116번 스트리트에서 체임버스 사이를 왔다 갔다 해야 했는데, 그 거리는 10킬로미터 정도였고 하루에 통근에 쓰는 시간은 두 시간에 가까웠

17 그리니치빌리지를 가리킨다.
18 Interborough Rapid Transit, 뉴욕 지하철 노선의 하나.

다. 일은 노력할 만한 가치가 있다, 그렇게 느꼈지만 아파트는 혐오스러웠다. 마약쟁이들과 더불어 정신병원들이 문을 닫은 뒤 거리로 내던져진 미친 사람 무리가 우글거리는 황폐한 동네에 자리 잡은, 벌레가 들끓고 부서져 가는 쓰레기장이었다. 〈즐거운 도시〉라는 별명을 가진 세계 수도가 무법이 판치는 거친 곳이던 시절. 뉴욕은 벽돌 하나씩 해체되고 있었다. 재정이 바닥나면서 한 주가 다르게 수치가 올라가고 있었다 — 강도가 늘고 살인이 늘고 총기 범죄가 늘고 강간이 늘었다. 우리 동네에는 주삿바늘 좋아하는 인간들이 너무 많아, 나는 아주 게슴츠레한 눈에 갈망을 담은 그 말라빠진 사람들 앞을 지나칠 때마다 저절로 주먹이 꽉 쥐어지면서 드디어 나에게도 잭나이프가 눈앞에서 펼쳐지면서 떨리는 목소리로 이걸, 저걸, 또 내가 가지고 있는 다른 모든 걸 당장 내놓지 않으면 목을 그어 버리겠다는 말이 들려올 차례가 온 게 아닌가 하는 생각이 들었다.

다행히도 탈출 기회들이 있었으니, 대학원을 나온 젊은 직장인으로 살았던 초기의 그 몇 달 동안 나는 반은 S의 방에서 잤다. 하지만 아니, 우리가 설사 그 시점에 함께 살고 싶었다 해도, 실제로 그렇지는 않았지만, 그곳에서는 그게 가능하지 않았을 것이다. 내 연인의 초소형 셋집은 딱 방 하나로 이루어져 있었으며, 그 방은 단 한 사람이 조금이나마 편안함을 느끼며 살 만한 공간적 여유도 없었기 때문에 두 사람이 장기 점유하는 것은 생각도 할 수 없는 일이었다. 행복한 한 쌍이 그 비좁은 원룸 아파트를 함께 쓰는 것을 상상해 보라. 벽돌 벽을 내다보는 더러운 창문 두 개, 신혼 침대 대신 우유 상자 아홉 개 위에 올려놓은 발포 고무 매트리스, 많은 시간을 글을 쓰며 보내는 두 사람, 게다가 한 사람은 하급 편집자이기도 한데, 이 두 사람이 공동으로 사용해야 할 책상 하나와 의자 하나, 책이 넘쳐 나는 선반 여섯 개짜리 책꽂이 하나, 얕은 금속 개수대와 오븐 없이 화구 두 개짜리 스토브만 있고 오븐이 있어야 할 공간에는 호텔용 미니바 냉장고를 억지로 끼워 넣은 작은 부엌, 초소형 식탁과 쓰지 않을 때는 식탁 밑에 밀어 넣어야 하는 낮은 스툴 두 개, 옷걸이들이 걸린 수평봉 하나짜리 옷장과 대롱거리는 코트들과 셔츠 자락들 밑의 납작한 서랍장, 그리고 마지막으로 구식 발이 달린 욕조가 들어가 있고 그나마 비어 있는 한쪽 벽에는 또 책의 탑 몇 개가 쌓여 있는 욕실. S는 자신의 엘리베이터 없는 3층 방에 관해 아무런 망상을 품고 있지 않아 그곳이 말할 수 없이 끔찍하다고 언제든 인정할 준비가 되어 있었지만, 나는 내 인생의 가장 행복한 시간 가운데 일부를 그곳에서 보냈다. 지금 그 시간을 돌이켜 생각할 때마다 내 눈에 주로 떠오르는 것은 우리 둘이 황홀한 폭식 같은 밤의 섹스에 푹 빠져 벌거벗고 침대에서 굴러다니며 서로를 게걸스럽게 탐하던 순간들이다. 또는 S가 아직 잠에서 깨지 않았을 때 사무실에 출근하려고 일찍 일어나 서두르다가 발을 멈추고 매트리스에 널브러진 그를 바라보던 순간. 나는 헝클어진 머리에 사람을 사로잡는 눈을 가진 나의 총명하고 다리가 긴 남자, 나의 동지, 나의 씹 친구, 오랫동안 먼 길을 함께 갈 나의 재기 넘치고 푸른빛이 바래지 않는[19] 벗을 바라보다가, 인사도 없이 그를 두고 가기가 싫어서 그의 몸 위 허공에 나의 은방울꽃 화장수를 대여섯 번 칙칙 뿌리곤 했다. 그가 눈을 떴을 때 나의 일부가 여전히 그곳에서 그와 함께 있게 하려고.

그러다가 11월 22일, 추수 감사절 전날이자 댈러스에서 케네디가 암살당한 지 9년째가 되는 날, 수요일의 밤이 왔다. 유난히 긴 근무 뒤 모리스가 빌리지의 프렌치 레스토랑에서 직원들에게 명절 전야 저녁을 샀다. 이것이 세 시간 또는 세 시간 반에 걸쳐 진행된 시끄럽고 활기찬 행사가 되었고, 우리 문학 전사들의 명랑한 작은 무리가 마지막 남은 코냑을 해치운 뒤 나는 7달러에 잔돈 몇 푼이 든 핸드백을 들

19 자신의 생각에 충실하고 성실하다는 뜻.

고 셰리든스퀘어의 지하철역으로 가면서 116번 스트리트까지 쭉 일반 IRT를 타고 갈지 아니면 14번 스트리트에서 급행으로 갈아타고 96번 스트리트에서 다시 일반으로 갈아탈지 궁리했다. 15시간 동안 너무 많은 일 또 너무 많은 음식과 고투를 벌인 뒤 11시에 집으로 가는 약간 취한 사람의 심사숙고였다. 한 번에 갔는지 갈아탔는지는 기억나지 않지만 12시가 되기 15분 전쯤 우리 동네로 돌아갔다. 어두운 11월 밤, 냉기가 뼛속까지 스며들고 허공에 걸린 안개에 덮인 가로등은 흐릿하게 빛나는 잔털이 달린 원광(圓光)에 싸여 있었다. 달은 구름 뒤에 숨어 있고 하늘에 별은 없었다. 우선 브로드웨이와 116번 스트리트가 만나는 모퉁이, 그다음에는 강을 향해 116번 스트리트를 따라 내리막길, 거기에서 직각으로 방향을 틀어 클레어몬트 애비뉴에 들어서면 집까지는 여섯 블록이었다. 첫 두 블록에는 심야의 배회자가 몇 명 있었지만 그다음부터는 아무도 없었다. 그곳부터 집까지는 어둡게 뻗은 길로, 아파트로 가 침대에 미끄러져 들어가는 상상을 하며 보도를 또박또박 걷는 나의 발소리밖에 없었다. 그때 119번 스트리트와 120번 스트리트 사이 어디에선가 어둠으로부터 한 남자가 나타나더니 서두르지 않고 느릿느릿 몸을 한 바퀴 돌리며 보도 한가운데 우뚝 서서 내

길을 막아섰다. 너무 어둡고 안개가 너무 심하게 끼어 보이는 건 별로 없었다. 덩치가 있는지 비리비리한지, 늙었는지 젊었는지, 도무지 알 수가 없었다. 심지어 얼굴조차. 그의 얼굴은 내 얼굴에서 불과 몇 센티미터 떨어져 있었지만 흰자위가 한두 번 희번덕번쩍인 게 전부였다. 암호 같은 인간, 밤 속의 얼룩. 하지만 냄새는 맡을 수 있었다. 그의 입에서 천천히 흘러나와 내 얼굴로, 내 코로, 그 아래 내 몸으로 들어오는 시큼한 숨을 나는 들이마셨다. 이윽고 그가 말했다.「다 토해 내, 아니면 이 칼이 네 창자 속으로 들어갈 거야.」그의 잭나이프가 찰칵 펼쳐지는 소리가 들렸다. 분명히 칼이었을 것이 내 얼굴을 향해 올라오는 게 보이자 머릿속의 모든 것이 느려지기 시작했다. 그리고 이런 느려짐은 내가 내 죽음을 보고 있다는 뜻임을, 이것이 내 삶의 마지막 순간들이라는 뜻임을 깨달았다. 또는 깨달았다고 생각했다. 몇 초나 더 남았을까, 나는 생각했다. 숨이 가빠져 내 숨으로 뱉어지는 그의 숨에 내 숨을 뱉어 내다가 문득 그날 아침 굽이 없는 신발을 신었다는 게 기억났다. 이게 지상에서 내 마지막 순간들이라면, 나는 속으로 생각했다, 굴복하지 않고 끝까지 버텨 보는 게 낫다. 그래서 나는 핸드백을 열어 7달러를 넘겨주고 돈이 너무 적다는 이유로 그가 나를 칼로 찌르기를 기다리는 대신 몸을 돌려 달아났다. 있는 힘을 다해 뛰었다. 6학년 때 프랭키 보일이 나를 추월해 달린 이후로 그렇게 뛰어 본 적이 없었다. 프랭키가 나에게 죽음을 앞지르는 법을 훈련시켰다면 그렇게 뛰라고 했을 것이다. 나는 그곳에서 멀어졌다. 안개 긴 11월 밤에 클레어몬트 애비뉴를 단숨에 달려 내려갔다. 칼을 든 남자로부터 탈출하기 위해 있는 힘을 다해 뛰었다. 내가 갑자기 튀는 바람에 남자가 깜짝 놀라 나를 쫓아오지 못한다고, 아니면 남자가 너무 느리거나 너무 약해 쫓으려는 시도도 못 한다고 느꼈지만, 그래도 계속 달렸다. 116번 스트리트까지 가서 언덕을 올라갔고, 브로드웨이를 따라 다섯인가 여섯인가 일곱 블록을 내려간 다음 멈추어 잠시 숨을 돌릴 때 내 방향으로 빠르게 달려오는 택시를 보고 손을 들었는데, 보라, 택시가 내 앞에서 멈추었다. 나는 차에 올라타 콜럼버스와 앰스터댐 사이의 85번 스트리트로 가달라고 말했다. 나는 겨울 코트 속에서 땀을 흘리면서 떨고 있었다. 더운 동시에 추웠다. 머릿속은 완전히 텅 비어 아무런 생각도 떠오르지 않았다.

85번 스트리트가 다가오자 S가 없을까 봐 안달이 나기 시작했다. 혹시 농구 친구들과 어디 술집에 가 있거나, 철학자 친구를 만나러 나갔거나, 콜럼버스 애비뉴 82번 스트리트와 83번 스트리트 사이의 심야 식당에서 탈색한 금발의 몸매 좋은 웨이트리스와 시시덕거리고 있거나. 아파트 초인종을 누르면서 대답이 없을 경우에 대비했다. 대답이 없었다. 다시 확인해 보자는 생각으로 한 번 더 눌렀지만, 이번에도 대답이 없었다. 나는 작은 현관의 금 간 바닥에 주저앉아 초인종과 우편함이 줄줄이 달린 벽에 등을 기댄 뒤 눈을 감고 다음 행동을 생각해 보려 했지만 여전히 머릿속은 텅 비어 아무런 생각을 할 수 없었다. 한바탕 울고 나면 나아질지도 모른다. 속으로 그렇게 말하며 앉은 채 눈물을 짜내려 하고 있는데 S가 나타났다. 늦은 밤의 담배를 한 대 피우러 나갔다 오는 길이었다. 집을 비운 시간은 10분도 되지 않았다. 그 시간 말고는 밤 내내 집에서 논문을 쓰고 있었다.

그는 물론 놀랐고 몹시 걱정했으며 화를 억누르지 못했다. 그곳으로는 돌아갈 수 없다, 나는 그에게 말했다, 클레어몬트 애비뉴와 122번 스트리트가 만나는 그 동네는 이제 끝이고 다른 곳을 찾아볼 것이다, 하지만 그동안은 어떻게 해야 하나? 여기 함께 있으면 되지 뭐가 문제인가, 그가 대답했다, 당연한 것 아닌가? 하지만 너무 작지 않나, 내가 말했다.

「물론 작지.」 그가 말했다. 「하지만 잠깐뿐인데 뭐. 어쩌면 한 달, 기껏해야 두 달. 그동안 큰 데를 찾아

보면 되지. 이건 어차피 전차한 곳이야. 그렇지 않아도 2월 1일까지는 비워 줘야 했어. 중심가 쪽으로 가도 돼, 완전히 그 안쪽으로. 그럼 너는 걸어서 출근하면 되고 IRT와는 작별 키스를 할 수 있지.」

「함께 살자, 그런 뜻이야? 확실해?」

「너는 오늘 밤에 죽을 뻔했어. 그랬다면 나는 어떻게 됐을까 생각하니 절대적으로 확실해졌어. 그 어느 때보다 확실해. 사실 나는 너를 처음 봤을 때부터 확실해지기 시작했어. 지금은 아주 확실해서, 애나, 단지 너하고 살고 싶을 뿐 아니라, 영원히 함께 살고 싶어.」

「영원히?」

「영원히.」

「지금 청혼하는 거야?」

「바로 그거야. 나하고 결혼하자는 거야. 빠르면 빠를수록 좋아.」

나는 무슨 말을 해야 할지 몰라서 아무 말도 하지 않고 그 전례 없는 무모한 생각을 허공에 그대로 띄워 두었고 S는 욕실로 들어가 욕조의 수도를 틀었다. 지금 필요한 건 뜨거운 물에 오래 몸을 푹 담그는 거다, 그가 그렇게 말했다. 그래서 나는 욕실에 들어가 옷을 벗고 물에 누워 눈을 감았고 S가 두툼하고 부드러운 스펀지로 몸을 살살 문질러 주었다. 욕조에서 물이 찰방거리는 소리에 귀를 기울이던 게 기억난다. 그 소리 말고는 아파트에서 아무런 소리도 들리지 않았다. 세상에서 아무런 소리도 들리지 않았다. 그렇게 몇 시간은 흐른 듯한 느낌이 들었고, 이윽고 나는 눈을 뜨고 웃음을 터뜨리기 시작했다. 그리고 잠시 후에 그래, 하고 대답했다.

46년 뒤 바움가트너는 평생 두 번째로 청혼을 준비하고 있으며, 가장 큰 걱정은 그가 너무 나이가 많다는 이유로 주디스가 거절하는 것이다. 애나와는 나이 차이가 겨우 두 살 반이었다. 주디스와는 열여섯이며, 쉰네 살의 그녀는 여전히 쿵쾅쿵쾅 전력으로 질주하고 있는 반면, 그는 이제 쿵쾅쿵쾅 질주하는 것이 아니라 칙칙폭폭 나아가고(가장 좋을 때) 때로는 심지어 씨근씨근 움직이고(가장 나쁠 때) 있다. 지금까지는 그런 차이가 섹스 부분에서 전혀 심각한 문제를 일으키지 않았고, 그가 생각할 수 있는 다른 어떤 부분에서도 마찬가지였다. 그가 아는 한 현재의 직접적이고 일상적인 흐름에는 그들의 서로에 대한 애착을 위협할 것이 전혀 없다. 하지만 청혼은 이 방정식에 새로운 요소를 추가하면서 그녀가 미래를 생각하도록 밀어붙일 수밖에 없고, 그녀는 지금으로부터 10년 또는 20년 뒤 인생이 자신에게 어떻게 보일지 생각하다가 팔구십 먹은 남자

옆에서 잔다는 생각에 부리나케 달아나 버릴 수도 있
다. 고맙지만 사양하겠어요, 멋지게 차려입은 영감님,
도대체 무슨 말씀을 하시는 건가요? 바움가트너는 자
신을 기다리고 있을지도 모르는 수모가 두렵지만 동시
에 청혼을 할 용기를 내지 못하면 스스로 자신을 겁쟁
이라고 경멸하며 울화를 못 견디는 노인으로, 생의 마
지막 날까지 후회에 시달리고 비틀거리는 프루프록[20]
으로 천천히 퇴화해 갈 것임을 알고 있다.

　그녀의 성은 포이어이며 프린스턴에서 영화를 가르
치고 있다. 2000년대 초에 캠퍼스에 왔으니 케이프코
드 사고가 있기 오래 전이라 애나와 친해질 시간은 충
분했다. 애나는 1930년대와 1940년대의 옛날 미국 영
화에 미쳐 있었기 때문에 그 시대 영화들에 관해 지금
살아 있는 누구보다 많이 아는 듯한 주디스는 그녀의
이상적인 대화 상대였다. 당시에는 주디스가 아직 조
지프 프레더릭슨 — 한때 장래가 촉망되었으나 실패한
소설가로, 당시에는 인기는 있지만 이류에 속하는 범
죄물을 쏟아 내며 먹고 살고 있었다 — 과 결혼한 상태
였기 때문에 두 부부는 이따금 함께 레스토랑에서 식
사를 하기도 하고 양쪽 집을 오가며 가벼운 저녁 파티
를 하기도 했다. 바움가트너는 처음부터 주디스를 좋

---

20 T. S. 엘리엇의 시 「J. 앨프리드 프루프록의 연가The Love Song of
J. Alfred Prufrock」에 나오는 인물.

아했고 그녀의 남편은 그보다는 덜 좋아했지만, 당시 그에게 가장 중요한 건 그녀와 애나가 죽이 아주 잘 맞는다는 것이었다. 애나는 친구가 많았지만 가까운 친구는 거의 없었는데, 이 친구와는 가까운 사이로 발전하고 있는 것처럼 보였기 때문이다. 그러다 애나가 죽었고, 그것으로 끝이었다. 주디스는 그가 녹아내리던 초기 몇 달 동안 그에게 과하다 싶을 만큼 잘해 주었으며 — 전화로 여러 번 긴 이야기를 나누고, 사전 약속 없이 잘 있나 확인하러 들러 주었으며, 이 때문에 그는 그녀를 처음보다 훨씬 더 좋아하게 되었다. 그녀 자신이 애나의 죽음에 큰 슬픔을 느낀다는 점도 어쩐 일인지 그에게 위로가 되었다. 그러다 그녀는 1년짜리 안식년을 떠났고, 돌아왔을 때 바움가트너는 이미 프린스턴, 뉴브런즈윅, 브루클린, 맨해튼, 그리고 한번은 심지어 멀리 롱아일랜드 동쪽 노스포크스와 사우스포크스 사이에 있는 작은 땅인 셸터아일랜드까지 돌아다니며 다양한 과부나 이혼한 여자를 닥치는 대로 정복하고 다시 옮겨 가는 일을 시작한 뒤였다. 아무런 결과도 얻지 못하는 쓸데없는 짓을 하고 다닌 셈이었지만 그 단기간 장난 같은 관계를 맺는 짓을 되풀이한 덕분에 바쁘게 정신없이 살 수 있었고, 당시에는 의심의 여지 없이 그게 그가 찾을 수 있는 또 할 수 있는 전부였다. 주디스와 연락은 했지만 전만큼 친밀하지는 않았고 연락

하는 간격도 점점 더 벌어졌다. 그러다가 2014년 크고 억센 사내 조 프레더릭슨이 자기 나이의 반밖에 안 되는 동네 부동산업자와 뉴멕시코로 달아나는 바람에 주디스는 갑자기 이혼 과정을 밟는 시련에 시달리게 되었는데, 그게 1년 이상 시간을 끌었다. 그때부터 그녀는 다시 전화를 걸어 그의 조언을 구하기 시작했으며, 그가 애나처럼 귀한(그녀의 표현이었다, 귀한) 사람과 오랫동안 좋은 결혼을 유지한 사람이기 때문에 그런 폭풍 속에 있는 자신이 나아갈 방향을 인도해 줄 거라는 믿음이 생긴다고 그의 조언을 구하는 이유를 설명했다. 그러다가 그녀는 그가 지혜롭다고 했는데, 이것은 애나 외에는 아무도 그를 두고 사용한 적이 없는 표현이었다. 그가 지혜롭기 때문에, 그녀는 말했다, 다른 누구보다 그를 신뢰한다. 이렇게 인정해 주는 발언에 바움가트너는 기분이 좋은 동시에 어리둥절하여 헛기침을 몇 번 하다가 아이들은 그 일을 어떻게 받아들이느냐고 물었다. 다행히도, 주디스는 말했다, 둘 다 그녀의 편이며, 한 명씩 어머니가 마침내 그 시시껄렁한 인간(콜로라도주 볼더에서 과학 기술 계통 직장에 다니는 스물네 살짜리 에릭의 표현)이자 그 자기중심적인 마초 똥 덩어리(버클리에 다니며 다큐멘터리 영화 제작을 목표로 삼고 있는 스물두 살짜리 리비의 표현)를 치워 버리게 되어서 다행이라고 속을 털어놓았다. 바움가트너는 웃음을 터뜨리며, 이미 반은 성공한 것 같네요, 주디스, 하고 말했는데, 그때 주디스도 함께 웃음을 터뜨리면서 시작된 느리고 품위 있는 춤이 이렇게 임박한 청혼으로 이어진 셈이다.

바움가트너는 한참 생각한 끝에 애나와 주디스 사이의 수많은 크고 작은 차이 가운데도 가장 큰 건 바로 이점, 주디스는 어머니이고 애나는 아니었다는 점이라고 생각했다. 그와 애나 둘 다 함께 아이를 만들기를, 어쩌면 하나보다 많이 만들기를 바랐고 결혼 후 6년쯤 뒤에 진지하게 그 일에 달려들었지만 아이는 생기지 않았다. 그들이 생각할 수 있는 모든 각도에서 또 뒤틀린 자세로 밤과 아침과 오후에 수백 번 피임 없이 섹스를 해도 운이 따르지 않자 그들은 각자 또는 함께 의사를 만나 보기 시작했다. 처음에는 이 무리의 의사들, 다음에는 저 무리의 의사들, 마지막으로 또 다른 무리의 의사들. 그 의사들 모두 그와 애나 모두 날 때부터 유전적으로 아기를 만들 능력이 없었다는 데 의견이 일치했다. 있을 법하지 않은 일이었지만 세 번이나 증명된 의학적 사실이었고, 그 말은 결국 그들 둘 다 어떤 짝을 만났든 자식 없는 결혼 생활을 했을 거란 뜻이었다.

강한 충격이었다. 말할 필요도 없이 그들이 함께 직면해야 했던 가장 강렬한 충격이었다. 그러나 적어도 그들은 실망감을 함께 나눌 수 있었다. 자신들이 받은 나쁜 패에 똑같이 책임이 있었기 때문이다. 그 덕분에 상황이 달랐다면 있었을지도 모르는 원한이나 말 없는 비난은 모두 제거되고 그들은 전과 다름없이, 어쩌면 전보다 더 깊이 서로를 계속 사랑할 수 있었다. 어느 날 아침 한두 시간 입양 이야기를 해보았으나 둘 다 마음이 아주 뜨거워지지는 않았다. 모르는 사람의 아기는 원치 않는다, 그들은 그렇게 결론을 내렸다. 자신들의 아기를 갖거나 아니면 갖지 않는다. 운명이 갖지 않는 쪽이라고 선언했으면 받아들이는 것 외에 다른 선택이 있겠는가. 시간이 지나갔다. 세월이 흐르면서 그들은 흔히 말하는 영원히 젊은 부부, 결혼한 다른 사람들 대부분이 떠안는 책임이나 걱정으로부터 자유로운 상태에서 천천히 나이 들어 가는 아이들 한 쌍, 종종 동정받고 가끔 부러움을 사는 바움가트너와 블룸, 자식이 없기 때문에 오직 서로와 자신들의 일을 위해 살게 되는 불임 부부가 되었다. 바움가트너에게는 애나와 함께 산 그 모든 세월 내내 그것으로 충분했다. 아니, 충분한 것 이상이었다. 지금도, 자식을 만드는 데 성공했으면 그들의 인생이 어떻게 달라졌을지 지금 생각해 보아도, 여전히 충분하다고 말할 수 있다. 충분한 것 이상이라고 할 수는 없지만, 충분하다.

그게 첫 번째이지만 — 모성 — 다른 수많은 차이도 있다. 우선 외모의 극단적 대비. 길게 보면 이것은 바움가트너에게 중요하지 않은 문제지만 그래도 주목할 만은 하다. 애나는 늘씬한 수영 선수의 몸에 가슴은 작고 골반은 좁으며 두 팔은 길고 어깨는 사각형으로 우아하게 틀이 잡혔다. 머리는 짧고 불그스름한 갈색이며 눈은 잿빛 섞인 타는 듯한 녹색이다. 이와 대조적으로 더 부드럽고 더 동그스름한 주디스는 골반이 넓고 하체가 크며 가슴도 풍만하다. 눈은 짙은 갈색에 풍성한 머리카락도 짙은 갈색이다. 애나를 볼 때마다 눈에 들어오던 번득이는 아름다움은 없지만 그래도 그가 보기엔 유혹적인, 깊은 매력이 있는 여자다. 당장이라도 튀어 오를 듯하고 속도가 빠른 애나와 달리 동작이 느리고 께느른한 느낌이지만, 볼 때마다 환대하는 따뜻한 얼굴로 그를 끌어들여 자신의 궤도에 붙들어 두는데, 그는 주의 깊게 열중한 채로 그곳에 머물며, 전에 애나 곁에 있을 때 살아 있다고 느꼈던 것과 모든 면에서 똑같이 살아 있다고 느끼게 된다. 다른 어떤 여자 곁에서도 그런 느낌을 받은 적이 없다. 오직 애나와 주디스뿐이다 — 그래서 아마 그가 그들 둘과 사랑에 빠졌고 그들과 결혼하고 생의 마지막까지 함께 살기를 바라는 것일 터이다. 처음에는 그 여자와 지금은 이 여자와.

　다른 몸, 거기에 또 다른 기질. 그것은 어느 정도는 타고난 특질들, 그와 더불어 유아기와 막 아장아장 걸음마를 떼던 시절 어머니가 어루만지고 안고 돌본 방식의 결과이겠지만, 동시에 그들이 유년 시절 거의 똑같았던 환경에 서로 다르게 반응한 결과이기도 하다. 바움가트너는 힘겹게 살아가던 중간 계급 하층 집안에서 태어난 무일푼의 인간이었기 때문에, 애나와 주디스의 어린 시절 그들을 둘러싼 부와 안락을 생각하면 여전히 입이 떡 벌어지곤 한다. 바움가트너와 마찬가지로 무일푼의 가족에서 태어난 닥터 리오 블룸은 스스로 노력하여 의대에 들어간 뒤 이비인후과 의사로 개업하여 성공을 거두었으며, 그 결과 1954년에 아내와 하나뿐인 자식을 데리고 브루클린의 크라운하이츠 구역에 있던 방 두 개짜리 아파트에서 뉴저지주 리빙스턴의 교외 타운에 있는 커다란 복층 주택으로 옮겨 갔고, 이곳은 애나가 14년 뒤 고등학교를 마칠 때까지 그녀의 본적이 된다. 그 풀과 나무가 가득한 빛나는 영토에서 어린아이는 아버지의 돈이 제공할 수 있는 모든 축복을 흠뻑 받았다. 자기만의 널찍한 방, 장난감이 넘쳐 나는 선반과 상자, 피아노 교습, 발레 교습, 수많은 책, 고급 옷, 건강에 좋고 푸짐한 음식, 여름 캠프, 특별 주문 케이크를 둘러싼 생일잔치, 개, 첫 번째 개가 죽은 다음의 다른 개, 한마디로 그녀가 원하는 모든 게 있었다. 그녀가 원하든 원치 않든. 대부분 그녀는 원치 않았다. 적어도 열한 살 또는 열두 살이 넘어 스스로 생각하게 된 뒤에는 원치 않았다. 그 시점에서 중간 계급 상층의 상층 출신 응석받이라는 삶의 조건에 대한 그녀의 태도는 맹목적 동조에서 퉁명스러운 저항으로, 거기에서 다시 전면적 반항으로 바뀌어 나갔다. 부모가 자신을 사랑한다는 것을 알았고, 자신도 의지와는 달리 그들을 사랑한다는 것을 알았지만, 동시에 그들이 자신들을 이른바 승자로 만들어 준 바로 그 시스템의 바퀴에 깔린 수많은 궁핍한 사람의 불행에 겉으로는 경악하는 척하면서도 기실 돈이 만물의 척도라는 미국의 신화를 신봉하고 있다는 이유로 그들을 혐오했다. 부모에게는 잘된 일이다, 애나는 그렇게 생각했다. 하지만 그녀 자신은 그것과 아무런 상관이 없었고 앞으로 그런 터무니없는 상황의 일부가 되고 싶지 않지만 당장 무력하고 무능한 10대로서 그녀가 할 수 있는 일은 부모가 다스리는 왕국 안에서 자신의 독립된 영토를 개척하려고 노력하는 것밖에 없었다. 그 땅을 방어하는 것은 쉽지 않아 그것을 놓고 그 뒤로 오랫동안 수없이 전투를 치러야 했지만, 그녀는 조금씩 부모가 자신이 그어 놓은 경계를 존중하도록 훈련시켰으며, 학교에서 좋은 성적을 받으니 어떤 비난도 면제받아 마땅하다고, 자신의 세계관이 부모의 것과 다르다면 부모가 그냥 그것을 받아들여야 한다고 주장했다. 사실 그녀에게 읽기를 장려한 사람은 부모 아닌가. 그래서 이제 그녀가 책의 세계로 이주하여 시인이 되겠다고 결심했으니 부모는 그녀가 많은 친구와는 달리 지난 1~2년간 다른 방식으로 탈선하지 않은 것을 다행으로 여겨야 한다. 예를 들어 데비와 앨리스는 떨을 피우는 꽃의 아이들[21]이 되었고, 통통한 모린은 자신을 봐주는 모든 남자애한테 다리를 벌렸으며, 앤절라는 퇴학당한 자동차 도둑과 사랑에 빠졌다. 따라서 그녀의 부모는 운이 좋은 것이 아닌가, 그녀는 부모에게 말하곤 했다, 이렇게 착한 딸을 낳았으니.

고등학교 마지막 학년 첫 몇 주 중 언젠가, 생각이 더욱더 집요하게 미래를 겨누게 되자 애나는 부모와 타협을 보았다. 대학에 가고 싶다, 그녀는 그렇게 말했다, 대학에 가야만 한다. 부모도 그녀를 대학에 보내고 싶어 하고 또 얼마든지 비용을 댈 마음이 있다는 걸 알기 때문에 그녀는 대학 4년 동안 지낼 수 있는 돈을 기쁜 마음으로 ― 또 고마운 마음으로 ― 받겠다. 하지만 그것으로 끝이다, 그녀는 선언했다, 그 뒤로는 완전히 독립한 성인으로서 부모, 친척, 또 다른 누구의 도움도 받지 않고 혼자서 해나가겠다. 아버지 리오와 어머니 레이철은 이 선언에 애나가 예상하던 것보다 훨씬 차분하게 반응했다. 감당하기 힘든 고집스러운 딸이 5년 뒤에나 닥칠 일을 이야기하고 있고, 그때가 되면 충분히 성장해서 마음이 바뀔 가능성도 크다고 보았기 때

21 히피를 가리키는 말.

문임이 틀림없었다. 훌륭한 자세야, 아버지가 애나에게 아주 합리적인 태도로 말했다, 하지만 어려운 상황에 처하면 어떻게 할 생각인데? 네가 천천히 굶어 죽어가는데도 우리가 아무것도 하지 않고 방관만 하기를 바라는 거야? 애나는 웃음을 터뜨렸다. 아니요, 물론 그건 아니에요, 그녀가 말했다. 대화가 그렇게 방향을 틀게 되자 부모는 딸에게서 곤경에 처하면 즉시 연락을 하겠다는 약속을 받아 낼 수 있었다. 그 뒤로도 실랑이가 좀 이어졌지만 결국 애나는 곤경이란 극히 심각하고 위급한 상황이 아니면 유리를 깨지 마시오와 비슷한 뜻임을 부모가 인정하도록 강요할 수 있었다.

부모는 물론 그녀를 과소평가했다. 5년이 지나고 열일곱 살 애나는 스물두 살 애나가 되었으며, 그녀는 바너드 대학 총장에게서 학사 학위를 건네받는 순간 부르주아 미국 공주의 보좌에서 내려와 곧장 서커스로 달려갔다. 그 지저분한 서커스 대형 천막의 주된 볼거리가 클레어몬트 애비뉴의 그 쓰레기장, 웨스트 55번 스트리트에 있는 바움가트너의 훨씬 작은 쓰레기장, 헬러 북스의 낮은 보수의 일자리라는 것은 중요하지 않았다. 중요한 점은 그녀가 자기 두 발로 서 있고 자신의 길로 가고 있다는 사실이었다. 어느 날 아침 바움가트너는 그녀의 얼굴에 가상의 마이크를 들이대며 장난스럽게 물었다. 미스 블룸, 경제학자와 사회학자 대부분은 미스 블룸의 이 새롭고 반(半)프롤레타리아적인 삶을 가속화된 사회적 하강 이동의 극단적 예로 해석하고 있습니다. 거기에 대해 한말씀? 그러자 애나는 대답했다. 감사합니다, 미스터 바움가트너. 내가 그 교수들에게 할 말은 이것뿐입니다. 니들이 지금까지 본 건 아무것도 아니야, 이것들아!

그러다 11월 22일 밤이 왔고, 그 밤은 애나가 죽음과의 싸움에서 흐릿한 안개와 두려움을 헤치고 나아간 달리기로 승리를 거두는 데서 시작하여 기회가 생긴 첫 순간에 바움가트너와 결혼을 하겠다는 환희에 찬 서약을 하는 것으로 끝났다. 다음 날 오후 그들은 애나의 부모 집에서 추수 감사절 저녁을 먹으러 포트 오소리티 터미널에서 리빙스턴으로 가는 버스를 탔다. 거기까지 가는 데 걸린 101분 동안 바움가트너는 집을 구하는 문제가 극히 심각하고 위급한 상황에 당연히 해당한다고 애나를 설득할 수 있었다. 그들은 지금보다 큰 공간으로 이사해야 하는데, 임대 계약서에 서명하는 순간 첫 달 치 월세, 마지막 달 치 월세, 한 달 월세에 해당하는 임대 보증금을 내놓아야 ― 모두 한꺼번에 ― 하는 상황이라 실제로는 이사를 할 경제적 여유가 없다는 게 냉정한 현실이다. 그는 부모의 적선을 받지 않겠다는 결심에 공감하고 그녀가 탯줄을 끊어 버린 많은 이유를 이해하지만, 이날은 그들에게 결혼 계획을 발표하기로 한 날이고, 발표 뒤에 따를 수밖에 없는 흥분 상태에서 애나의 어머니는 결혼식 이야기를 시작할 것이다. 딸의 결혼식은 틀림없이 오랜 세월 어머니의 머릿속에서 춤을 추며 돌아다니고 있을 것이고 이제 엄청난 비용을 들인 호화찬란한 행사로 만개할 것이며, 그들 둘 다 그 끔찍한 전망을 견딜 수 없지만, 어떤 식으로든, 바움가트너는 말했다, 그들이 좋아하든 싫어하든, 부모는 그들에게 수천 달러를 쓰게 될 것이다. 따라서 그들이 할 수 있는 유일하게 분별력 있는 행동은 부모에게 그 돈을 쓸모없고 덧없는 하루짜리 행사에 내버리지 말고 그것을, 적어도 그 일부를 딸과 사위의 미래에 투자하라고 설득하는 것이다. 그러면 그들은 어딘가에서 괜찮은 아파트를 구해 함께 살며 좋은 출발을 할 수 있다. 나한테 맡겨, 바움가트너가 말했다. 네 부모님은 20년간 연습했기 때문에 너하고 논쟁하는 모든 수법을 꿰고 있을 테지만, 나하고는 한 번도 엮여본 적이 없으니, 네가 나한테 이 일을 맡기면 우리가 이길 확률이 더 커질 거야. 시청 결혼식, 나는 그걸 제안할 거야. 그분 둘만 증인으로 참석하는 거지. 그다음에 우리 넷이 미드타운의 멋진 식당에 가서 근사한 점심을 먹는 거야. 네 어머니가 반대하면서 얼마나 실망스러운지 모르겠다고, 아니, 정말 상심하고 낙담했다고 말씀하시면, 내가 두 분에게 두 주쯤 뒤에 우리를 위한 파티를 열어 주시면 어떻겠냐고 제안해서 기분을 돌려놓는 거야. 토요일 오후에 부모님 집에서 파티를 열자. 큰 결혼식에 드는 비용의 1천 분의 1 정도로 오픈 하우스라고 부르던가, 그런 걸 하자. 거기서 두 분은 꼭 맞는 섹시한 검은 칵테일 드레스를 입은 너를 네 두 할머니와 다섯 아주머니와 네 아저씨와 열두 사촌과 수십 명의 부모님 친구에게 자랑할 수 있을 거라고, 내가 그렇게 작은 연설을 마무리하고 나면 네 선량하고 실용적인 아버지가 좀 별나지만 아주 똑똑한 네 어머니를 돌아보며 말할 거야, 저 친구 말이 합리적이네, 레이철, 저 아이들이 그렇게 원한다면 그런 결혼식을 하게 해 줘야지. 애나는 웃음을 짓더니 눈을 가늘게 뜨고 마치 처음 보는 사람처럼 바움가트너를 살폈다. 말해 주세요, 그녀가 말했다, 어쩌다 그렇게 음모나 꾸미고 한 입으로 두말하는 인간이 되신 건가요, 헤르 바움가르트너?[22] 헤르 바움가르트너는 대답하는 대신 신부가 될 여자의 입술에 키스하며 말했다, 마지막으로 한 가지만, 애나. 어젯밤 클레어몬트 애비뉴에서 있었던 일은 한마디도 안 하기, 동의? 동의, 그녀가 말했다. 오늘은 하지 않고, 내일도 하지 않고, 영원히 한마디도 하지 않을 거야.

결혼 선물 1만 달러는 그들이 애나의 부모에게서 받

---

22 미스터 바움가르트너를 독일어식으로 부른 것.

은 유일한 돈이었지만 당시에는 어마어마한 액수였기 때문에 그들은 이제 하늘을 쳐다봐도 그게 언제 무너지나 걱정할 필요가 없었다. 그들은 웨스트빌리지의 배로 스트리트에 방 두 개 반짜리 아늑한 아파트를 구했고, 이듬해 가을 바움가트너가 뉴스쿨 철학과에 조교수로 자리를 잡자 둘 다 걸어서 출근할 수 있게 되었다. 그다음 12년 동안은 아무것도 달라지지 않았다. 그들은 배로 스트리트의 피난처에서 계속 살았고, 애나는 계속 헬러 북스에서 일하며 하급 편집자에서 상급 편집자로 승진하고 번역도 시작했으며, 바움가트너는 계속 뉴스쿨에서 가르치면서 조교수에서 부교수로, 이어 정교수로 올라가고 읽기의 현상학과 공포의 정치학에 관한 책들을 썼는데, 그 모든 단어를 아파트 뒤쪽 가장 작은 방에서 썼으며 복도를 따라가면 나오는 또 다른 작은 방에서 애나는 시를 쓰고 저자들의 원고를 편집하고 책을 번역했다. 핵심은 이런 것이었다. 이때가 그들이 함께 산 인생 초기 황금시대였으며, 만일 고집스럽고 이상주의적인 애나가 자신을 위해 싸우던 전쟁을 그들 둘을 위한 전쟁으로 바꾸어 부모의 돈을 받는 약간의 양보를 하지 않았다면 그 모든 일이 일어날 수는 없었다는 것.

주디스의 경우에는 모든 게 똑같았지만 거꾸로였다. 뉴욕 교외(코네티컷주 웨스트포트) 출신의 멋들어진 굽 달린 신발을 신고 다니는 유대인 가족, 맨해튼의 법률 법인에서 열심히 일하는 야심 많은 아버지, 책을 많이 읽지만 돈벌이는 하지 않는 어머니, 남녀 두 동생과 함께 지내며 애나가 받았던 것과 똑같은 혜택을 담뿍 받고 자란 유년 시절. 하지만 어린 주디스는 전투적인 애나와는 달리 자신이 태어나면서 얻은 좋은 삶을 그대로 받아들였고 아무런 의문을 품지 않았다. 고등학교 때는 놀랍게도 응원단 단장, 1학년 때는 학년 대표, 최고의 성적에다 수많은 친구, 그러다 50킬로미터를 가뿐하게 올라가 예일에 들어간[23] 승자 소녀. 비슷한 배경에도 불구하고 그녀와 애나는 공통점이 전혀 또는 거의 없어, 바움가트너는 자신이 어쩌다 그렇게 서로 다른 두 여자에게 완전히 반하게 되었는지 잠시 자문해 볼 때마다 이 없다는 것 때문에 어리둥절해진다. 있는 그대로이고 솔직하며 자연스러운 애나, 그리고 그리고 이제 침착하고 세련된 주디스, 인상이 강렬하고 자신감에 찬 주디스, 모든 주요 영화제에서 심사 위원으로 일하고 지금까지 책 네 권을 썼고 현재 다섯 권째를 쓰는 중인 영화계의 주요 인사. 반면 엄청난 문학적 재능을 남의 작품을 번역하는 데 바치고 자신의 시를 세상에 드러나지 않게 감춤으로써 자신의 가장 훌륭한 부분을 숨긴, 열의가 넘치지만 내향적인 애나.

23 웨스트포트에서 예일 대학까지 거리가 50킬로미터 정도다.

주디스는 이 시들을 읽었으며 그게 얼마나 탁월한지 알고 있다. 아홉 달 전쯤의 어느 날 밤, 주디스가 자신에게 얼마나 큰 의미가 있는지 마침내 깨닫고 나서 얼마 지나지 않아 그는 그녀와 대화를 시작하면서 장난스럽게 반농담으로 애나가 초기 시, 아주 오래전이라 주디스는 그때 초등학교 2~3학년밖에 안 되었을 텐데, 어쨌든 그때 쓴 시에서 그가 포이어라는 이름의 여자와 장차 로맨틱한 관계를 갖게 될 것임을 예언했다는 황당하고 괴상한 이론을 줄줄 늘어놓았다. 그렇다니까요, 그는 그날 밤 그녀의 거실 소파에 나란히 앉아 그녀에게 말했다, 정말 그렇다니까, 거기에 다 적혀 있었다니까요. 그러고는 계속해서 독일어로 불을 뜻하는 포이어Feuer라는 성을 생각할 때마다 애나의 〈어휘〉라는 짧은 시도 떠올리게 된다고 설명했다. 이름 없는 아주 작은 꽃, 아스팔트에서 튀어나와 애나를 자신의 마법 안에 가두어 버린 타오르는 빨간 점에 관한 시. 애나의 이름 블룸Blume은 독일어로 꽃이라는 뜻이기 때문에 어떤 묘한 연금술적 과정에 의해 불이 된 꽃은 사실 포이어가 된 블룸이라고, 횃불이 애나에게서 주디스에게로 건네진 것이라고 그는 상상한다. 시의 끝에는 그가, 헤르 바움가르트너 자신이 거리 건너편에서 단춧구멍에 타오르는 꽃이자 불을 꽂고 애나를 향해 싱긋 웃는 아주 작은 악마의 모습으로 등장한다. 그렇게 싱긋 웃는 것은 행복하기 때문이고, 애나가 준 선물에 감사하고 싶기 때문이다. 그 선물이란 바로 당신이에요, 소중한 주디스, 바움가트너는 말했다, 나의 밝게 타오르는, 어둠 속에서 켠 성냥처럼 빛나는 불의 여인이에요.

그것은 주디스에게 그녀가 이제 그의 마음속에서 애나와 어깨를 나란히 하고 있다고 말하는 방법이었고, 주디스가 그의 손을 잡아 자기 입으로 들어 올려 키스했던 순간 바움가트너는 자신이 하고자 하는 바를 그녀가 이해했다고 확신했다. 노골적인 사랑 고백으로 모든 걸 잃을 위험을 무릅쓰기에는 너무 일렀고, 그래서 마침내 그녀에게 자신의 벌거벗은 영혼을 드러낼 용기를 얻는 순간을 향해 내딛는 첫발로서 이 얼토당토않은 문학적 분석이라는 우회적 시도를 했던 것이다. 그날 밤 이후에도 그들은 계속 전에 하던 대로 일주일에 두세 번 만나, 그의 집 또는 그녀의 집에서 저녁을 함께 해 먹은 다음 영화를 보거나 아니면 영화는 보지 않고 일이나 주디스의 아이들이나 백악관의 위뷔왕[24]이나 그들의 과거 이야기를 계속하다가 함께 자리에 누워 아침까지 잤다. 똑같은 일과였지만 바움가트너는 그들이 이제 더 가까워지고 있고 그들 사이의 눈에 보

24 알프레 자리의 풍자 소극 『위뷔왕』(1896)에 나오는 인물로, 여기서는 트럼프를 비유하는 말.

116

이지 않는 모든 벽(조심성? 자기 의심? 두려움?)이 점차 무너지고 있다고 느꼈다. 그러다가 바움가트너는 그 꿈을 꾸고 애나와 함께 길에 나서 기억의 궁전을 오래 걸어 다녔고, 그러고 난 뒤에는 조심성, 자기 의심, 두려움은 천천히 녹아 사라졌다. 공통점이 전혀 없다는 것 때문에 여전히 혼란스러웠으나, 그것을 삶에 대한 그의 비일관적이고 결함 있는 접근 방식을 보여 주는 또 하나의 증거라고 해석하는 대신, 이제는 그 없다는 것을 긍정적인 힘으로 보고 있다. 주디스는 애나가 아니고, 혹시라도 그녀를 설득하여 결혼하게 된다면 그가 그녀와 영위하는 삶은 애나와 함께 살았던 삶의 연속이 아니라 완전히 다르고 새로운 것이 될 터인데, 그처럼 오래 산 사람이 어떻게 그 이상을 요구할 수 있겠는가? 다시 시작할 기회. 그다음에 어떤 좋은 또는 나쁜 일이 벌어지든 그 회오리를 뚫고 다시 한번 달려 나가 볼 기회.

2018년 8월 11일 토요일. 저녁 7시, 바움가트너는 오른쪽 팔오금에 장미 열두 송이를 얹고 왼손으로 가시 없는 줄기를 단단히 쥔 채 그의 집에서 주디스의 집까지 네 블록을 걸으러 나선다. 오늘 밤 어디에서 어느 순간에 그 질문을 던질 것인지 궁리하고 있다. 늦게보다는 빨리가 낫다, 그는 생각한다. 뒤로 미루면 째깍째깍 시간이 흐를수록 그의 초조함만 늘 것이기 때문이다. 빨리 저지를수록 좋다면 즉시 행동에 뛰어드는 게 어떨까? 그러자 머릿속에서 그 장면이 전개되기 시작하는데, 그는 그것이 대체로 다음과 같이 펼쳐질 거라고 상상한다. 그녀가 문을 열자마자 꽃을 건넨다, 주디스는 미소를 지으며 고맙다고 하면서 그의 뺨에 입을 맞춘다, 그런 다음 둘은 부엌으로 가서 꽃의 포장지를 풀고 그걸 담을 만한 큰 꽃병을 찾는다, 부엌은 아늑하고 친밀한 공간이기 때문에 인생이 바뀔 어려운 질문을 하기에 그 집에서 가장 좋은 장소라는 데 의심의 여지가 없다, 주디스가 가지 하단부를 잘라 내는 동안 그는 꽃병에 물을 채운다, 개수대에서 물이 담긴 꽃병을 들어내 그녀에게로 가져가 카운터에 내려놓으면 주디스는 장미를 꽃병에 넣고 잠시 이리 꽂아 보고 저리 꽂아 보며 수선을 떨다가 마침내 일을 마무리한다, 그 시점에 뒤에서 그녀에게 다가가 두 팔로 그녀의 허리를 감싸고 몸을 앞으로 기울여 입이 그녀의 목을 스칠 때 깊은 속을 털어놓는 아주 작은 목소리로 말한다, 내가 쭉 생각해 봤는데…….

크랜베리 습지, 때로 몰려다니는 모기, 길고 습한 여름의 땅 뉴저지 중부에서 또 한 번의 더운 오후가 저물고 있다. 자기 집 문을 닫는 순간 예상한 대로, 바움가트너는 주디스의 집이 있는 도로에 이르렀을 때 이미 셔츠가 젖도록 땀을 흘리고 있다. 해가 지려면 한 시간은 더 있어야 하지만 하늘은 이미 잠식해 오는 땅거미와 어둠의 희미한 첫 조짐을 드러내고 있으며, 이제 구름 가장자리를 따라 분홍색과 주황색이 슬쩍슬쩍 보이기 시작하고, 멀리서 제비 떼가 급강하한다. 땀과 끈적한 피부의 시간을 보상해 주는 작은 시각적 경이들. 이제 바움가트너는 주디스로 향하는 블록을 걸어가고 있고 여섯 집만 더 가면 된다. 허파가 조여드는 느낌이고 위가 뒤틀리기 시작하지만, 불안감이 몸 전체로 퍼지는 와중에도 그는 힘껏 걸음을 재촉한다. 설사 마지막에 죽는 한이 있어도 이 일은 끝을 봐야만 한다는 걸 알기 때문이다. 주디스의 집 앞 보도에서 왼쪽으로 방향을 튼 뒤 잠시 발을 멈추고 팔에 걸린 꽃의 위치를 바로잡고, 가다가 또 잠시 발을 멈추고 허파에 바람을 새로 채워 넣고, 잠시 후 마침내 그는 초인종을 누르고 있다.

처음 얼마간은 모든 게 그가 상상한 대로 흘러가지만, 주디스가 꽃을 꽂으면서 수선을 떨고 나서 그는 뒤에서 다가가 두 팔로 그녀를 안은 뒤에 내가 쭉 생각해봤는데……가 아니라 이걸로 충분해 — 아니면 더 원해?라는 질문으로 시작한다. 뜻도 모호하고 표현도 어설픈 문장이라 주디스는 선뜻 이해하지 못한다. 이걸로가 무슨 뜻이냐, 그녀가 묻는다. 그녀가 뭘 더 원해야 하는 거냐? 아주 이상한 질문이다, 그녀가 말한다, 그녀는 그냥 이 순간에 지금 있는 자리에 있는 것만으로도, 그녀는 부엌에 서 있고 그가 두 팔로 그녀의 몸을 안고 입술을 그녀의 목에 닿게 하는 것만으로도 완벽하게 행복하기 때문이다. 이미 충분한 것 이상인데 어떻게 더 원할 수 있겠느냐? 바움가트너는 분명하게 말하지 못한 걸 사과한다. 이 순간을 말하는 게 아니다, 그가 말한다, 이 순간은 이보다 낫거나 더 완벽할 수 없다. 하지만 그도 그녀와 똑같이 느끼고 있기 때문에(그녀의 목에 키스하면서), 또 지난 몇 년간 함께 이룬 것이 아주 깊고 아주 좋기 때문에(다시 그녀의 목에 키스하면서), 그녀가 그냥 이대로 가는 걸 바라는지 아니면 변화를 좀 주는 걸 바라는지 알고 싶어서 그런 멍청한 질문을 했다(다시 목에 키스하고 두 손으로 가슴을 쓰다듬으면서). 사실, 그는 말한다, 일주일에 두세 번은 이제 그에게 충분하지 않아서 둘이 함께 더 많은 시간, 가능한 한 많은 시간을 보내고 싶기 때문이다. 혹시 그녀도 똑같은 생각을 한 적이 있는지 궁금하다. 한 적이 없다면, 그런 생각에 찬성하는가 아니면 반대하는가?

아, 주디스가 말한다, 이제 이해가 된다. 그의 그 크고 강력한 뇌 속에서 작은 팽이 1백 개가 돌아가고 있는 것 같은데, 아무래도 좀 앉아서 이야기를 하는 게 좋을 듯하다, 그렇지 않은가? 그녀는 그의 품에서 왼팔을 풀어내 부엌 식탁을 가리키고 바움가트너가 두 팔을 내리자 주디스는 우아하고 가벼운 슬리퍼를 신은 발로 소리 없이 냉장고로 가서 차가운 와인을 한 병 꺼내 온다. 그러는 동안 바움가트너는 카운터 위의 찬장에서 잔을 두 개 꺼내고 바로 그 아래 서랍에서 코르크 따개를 꺼낸다. 그가 그것들을 식탁에 올려놓을 때쯤 주디스는 그것들 바로 옆에 병을 내려놓고 있다. 둘 다 의자를 끌어내 식탁에 마주 보고 앉는다. 이렇게 중요한 순간이 갑자기 그에게 들이닥친다.

바움가트너는 와인을 따고 두 잔에 따른다. 그들은 서로 상대를 향해 잔을 들어 올리고 한 모금 마신다. 둘이 잔에서 입을 떼고 잔을 식탁에 내려놓자 주디스가 입을 연다.

그들은 함께 멋진 곳에 이르렀다, 그녀가 말한다, 그녀는 그와 함께 있는 게 지금까지 어떤 남자와 함께 있었던 것보다 행복하다. 그건 확실하다. 그녀는 그를 사랑하고, 그가 그런 식으로 말을 한 적은 없지만, 그도 그녀를 사랑한다는 것을 안다, 그리고 이제 그의 정신이 움직이는 방식을 좀 더 섬세하게 이해하게 되었기 때문에 함께 더 많은 시간을 보내자는 식으로 말을 꺼낸 것이 앞으로 3~4분 안에 그녀에게 묻고자 하는 훨씬 큰 질문을 하기 위한 그 나름의 사전 준비 작업임을 알고 있다.

나를 꿰뚫어 보고 있군요, 응? 바움가트너가 말한다.

그렇지는 않아요. 그냥 지난 두 달 동안 나 자신도 같은 생각을 6백 번 정도 했을 뿐이에요.

그래서 어떻게 결론이 났나요?

생각할 때마다 짜릿한 일이라고 결론이 났어요. 생각할 때마다 무서운 일이라고 결론이 났어요. 결론을 내릴 시간이 더 필요하다고 결론이 났고, 당장은 지금까지 해온 것처럼 계속하고 나머지는 미래가 결정하게 놓아두고 싶다고 결론이 났어요.

그녀의 마지막 말이 안으로 들어와 자리를 잡으면서 바움가트너는 정신이 멍해지기 시작한다. 머리가 이상해진 느낌이다. 두개골이 갑자기 팽창하고 공허가 그 안을 채우는 듯하다. 공허가 점점 늘어나면서 마침내 그는 눈앞이 캄캄해지고 어지러운 상태로 멀리, 아주 멀리 떠내려가고 있다. 마치 권투 선수처럼, 그는 생각한다, 체급이 다른 선수와 싸우는 권투 선수처럼, 레프트 훅에 된통당했지만 아직 의식은 있고, 아직 카운트가 열에 이르지는 않았다. 그는 다리가 후들거리지만 링 바닥에서 천천히 몸을 일으켜 간신히 이렇게 말한다. 우리가 함께 자기 시작하기 전, 8년 동안 혼자 살면서도 그다지 외로움을 느끼지도 않고 견딜 만한 수준의 고통스러운 고립 상태를 어느 정도 견뎌 나가고 있었지만, 당신이 내 삶으로 들어온 순간 내 삶은 다른 삶이 되어 버렸고, 나는 이제 혼자 사는 게 싫어졌어요. 우리가 내 집에서 함께 밤을 보낸 뒤 당신이 아침에 떠나면 나는 그 모든 방의 텅 빈 공간에 좌초한 채 당신이 거기 나와 함께 계속 있기를 바라게 돼요. 우리가 여기에서 함께 밤을 보내면 아침에 여기를 떠나 그 텅 비고 귀신 들린 집으로 돌아가야 하는 사람은 내가 되죠. 외로움은 사람을 죽여요, 주디스. 그건 사람의 모든 부분을 한 덩어리씩 먹어 치우다 마침내 온몸을 삼켜 버려요. 다른 사람들과 연결되지 않은 사람에게는 삶이 없는 것과 같죠. 운이 좋아 다른 사람과 깊이 연결되면, 그 다른 사람이 자신만큼 중요해질 정도로 가까워지면, 삶은 단지 가능해질 뿐 아니라 좋은 것이 돼요. 우리가 가진 것은 좋은 거지만 이제는 이 정도 좋은 걸로는 충분하지가 않아요, 어쨌든 나에게는 충분하지 않아요. 내가 이해할 수 없는 건 어째서 나와 결혼한다는 생각이 당신에게 두려움을 주느냐는 거예요.

주디스의 눈이 강렬하게 집중하는 것이 보인다. 그는 그녀가 생각을 모으는 것을 지켜본다. 이윽고 그녀가 더없이 부드럽게 말한다. 우리 둘은 상황이 완전히 달라요, 사이. 당신은 오랫동안 아름다운 결혼 생활을 하다 애나를 잃었고 그로 인해 긴 세월 무너져 있었어요. 나는 결국 경멸하게 된 남자와 길고 모진 결혼 생활을 하다 벗어났고, 그 남자가 짐을 싸서 나갔을 때 몹시 기뻤어요. 그게 불과 4년 전이에요. 그 이후로 나는 자유로운 여자가 됐어요. 물론 여전히 내 직장에서 해야 할 일은 있지만 그 외에는 내가 나의 상급자고, 내가 내리는 모든 결정은 온전히 나만의 판단에 따른 거예요. 그래서 내가 뉴욕에 그렇게 자주 가는 거예요 — 거기 있는 게 좋기 때문에. 나는 온갖 일에 초대를 받고, 내가 가고 싶은 회의나 시사회나 개봉 행사가 있으면 참석해요. 그렇게 부산 떨며 다니는 걸 즐기고, 그게 나에게 힘을 주죠. 그러다 프린스턴으로 돌아와 강의를 하고 당신과, 내가 사랑하는 남자와, 이 남자가 나를 견뎌주는 한은, 그게 영원하기를 바라지만, 그런 한은 계속 사랑하고 싶은 남자와 함께 있어요. 내가 어떻게 그 이상을 바랄 수 있겠어요? 이건 내가 늘 꿈꾸던 삶이에요, 사이, 그리고 나는 그 삶 한가운데 있고, 최대한 충실하게 그 삶을 살아 내고 있어요.

대화는 한 시간 반 동안 이어지지만 20~30분쯤에 접어들자 둘은 이미 했던 말을 반복하고, 문제에 접근하는 방법만 약간 달리한 채 이미 짚었던 문제를 되짚고 있다. 다음에 어떻게 할 것인가를 둘러싼 둘의 입장이 대조를 이루기는 하지만 각자 상대의 관점을 이해하고 또 심지어 공감할 수 있기 때문이다. 그러나 바움가트너는 주디스의 자유, 자율, 자기실현에 대한 갈망을 지지하기는 하지만, 그는 그녀에게 말한다, 그들이 함께 살면 그런 것들이 사라질 거라고 생각하는 게 납득이 되지 않는다. 그러자 대화는 그들의 첫 결혼이라는 민감한 주제로 이어져, 그와 애나는 같은 집에 함께 살면서도 둘 다 자유와 자기실현을 찾아낸 반면, 주디스는 신랄하고 허세가 심한 조 때문에 점점 숨이 막히는 느낌이었다는 이야기가 나온다. 이게 그녀가 뛰어드는 것을 망설이는 이유이고, 그녀가 말한다, 그는 얼른 뛰어들고 싶어 다이빙대에서 펄쩍펄쩍 뛰고 있는 이유이다. 그녀에게는 시간이 필요하다, 그녀는 말한다. 따라서 준비가 되지 않은 상황에서 결정을 내리라고 밀어붙이면 안 된다. 정확한 지적이다, 바움가트너는 깨닫는다. 그녀의 말은 거의 경고에 가깝다. 그래서 그는 자신의 논리를 계속 밀어붙이기보다는 뒤로 물러선다. 이 모든 이야기는 애나나 조와 관계가 없고, 이 문제가 그녀보다 그에게 다급한 것은 그녀에게 그보다 시간이 많기 때문인데, 시간이라는 단어를 그녀가 어떻게 해석하느냐에 따라, 그녀가 최종 결정을 내리기 전에 그가 죽을 가능성도 크다, 하고 말하기 직전에 입을 다문다. 이렇게 전략적 후퇴를 하여 입을 다문 덕분에 방의 온도가 내려가기 시작하고 오래지 않아 그녀는 그에게 작지만 중요한 양보를 해준다. 현재 그들이 만나는 방식에서 어려운 점 하나는 일주일에 두세 번이라는 게 너무 막연하다는 거다, 그가 말한다. 화요일과 목요일은 둘로 대체로 고정되어 있지만 세 번째 날이 늘 골치를 썩인다. 만날 수 있는지 없는지 확인하려고 불안한 마음으로 정신없이 전화나 문자를 하고, 만날 수 있으면 또 언제 어디에서 어떻게를 정하느라 더 정신이 없어지고, 만날 수 없으면 결국 기대만 부풀리다가 흐지부지되고 마는, 속에 든 게 없는 햄버거처럼 되고 마는 일에 그렇게 헛된 노력을 기울인 자신에게 넌더리가 나는 걸 피할 수가 없다. 큰 문제에 답을 하려면 당신한테 시간이 더 필요하다는 점에는 이의가 없어요, 그가 말한다. 하지만 훨씬 작은 이 문제에 관해서는 우리가 세 번 만나는 걸로 합의하면 둘 다 훨씬 나아질 거예요, 지금은 보통 토요일이 되는 것 같은데, 그럼 토요일로 합시다, 지옥문이 열리든 홍수가 나든. 혹시 토요일에 당신이 뉴욕에 가고 싶으면 나도 함께 가서 당신이 갈 계획인 회의든 시사회든 개봉 행사든 참석하고, 그런 다음에 근사한 호텔에서 밤을 보내고 일요일 아침에는 룸서비스로 브런치를 주문하는 거야. 물론 당신이 2번 스트리트의 은밀한 구석에 어떤 조니 핫팬츠[25]를 감추어 둔 게 아니라면 말이지. 그런 거라면 나도 고집을 부리지 않겠어.

바움가트너가 어설프게 영화의 억센 남자를 흉내 내자 주디스는 자지러지며 웃음을 터뜨린다. 나한테 그럴싸한 소리 하려고 하지 마셔, 아저씨, 그녀가 말한다. 내 평생 조니는 한 사람뿐이야, 알아들어? 그리고 그

25 아주 매력적이고 화끈한 남자를 가리킨다.

사람 이름 이니셜은 당신 이름 이니셜하고 똑같아, 알 아들어? 그러니 아가리 닥치고 키스나 해줘.

그렇게 대화는 끝난다. 주디스는 그의 청을 거절했지만 동시에 약간의 부스러기를 제공했고, 그것에 그는 고마움을 느껴야 마땅하고, 실제로 그는 고마움을 느끼는 것 같다. 그러나 그렇게 많은 것을 바란 뒤에 그렇게 적은 것을 얻는 걸로 마무리가 되고 나니 자신이 궁전의 뒷문을 두드려 왕의 설거지 담당 하녀에게 왕비가 먹다 남은 부스러기를 좀 달라고 구걸한 거지의 지위로 전락했음을 깨닫게 된다.

다음 날, 그러니까 애나의 10주기 나흘 전 오후에 집으로 걸어오면서 그는 자신이 평생 딱 한 번 결혼할 운명임을 알게 된다. 주디스는 그가 포기하고 떠나거나 계속 그녀의 규칙에 따라 게임을 하겠다고 합의할 때까지 그를 밀쳐 낼 것이고 그러다 그녀가 그를 떠나는 날이 찾아올 것이다. 그는 그녀에게는 너무 늙었고, 그녀는 절대 그와 결혼하지 않을 것이다. 그녀 나름의 방식으로 그를 사랑하기는 하지만, 아마도 그가 그녀를 사랑하는 만큼 사랑할 테지만. 그래도 그는 그녀의 삶에서 조와 보낸 세월에 입은 상처를 치유하는 휴지기에 불과하며, 일단 완전히 자기 발로 서게 되면 그녀는 그보다 젊고 흥미로운 사람의 품에 안길 것이고 그걸로 끝일 것이다.

어차피 이 모든 일이 다음 아홉 달 안에 일어나기 때문에, 주디스는 바움가트너를 떠나 다른 남자에게로 갈 뿐 아니라 UCLA의 영화학과 학과장 자리를 받아들여 뉴저지를 떠나 캘리포니아로 가기 때문에, 그 몇 달의 자세한 이야기는 하지 않아도 될 것이다. 대신 바움가트너가 2018년 8월 12일 주디스의 집에서 돌아오고 나서 한 시간 뒤 손에 펜을 들고 책상에 앉아 있는 것으로 이 장을 끝마치겠다. 그는 오랜 세월에 걸쳐 써온 짧은 우화를 하나 더 끄적이고 있다. 서랍에 던져 놓고 아무에게도, 심지어 애나에게도 보여 주지 않은 아무것도 아닌 하찮은 글. 그래도 그는 극단적 압박감을 느끼는 순간이 오면 그런 걸 쓰는 일을 계속하고 있으며, 그날 오후 사랑을 향한 마지막 시도였다고 느끼던 것의 죽음을 애도하느라 바움가트너의 기분이 가장 낮게 가라앉아 있었던 만큼, 아마도 이 이상한 작화증(作話症)의 결과물은 독자가 그 특정한 날 그 특정한 순간 우리 주인공의 마음 상태를 이해하는 데 도움을 줄 것이다.

종신형

내가 막 열일곱 살이 되었을 때 북부 지방 법원 재판관은 평결을 내리고 그가 문장을 만드는 인생이라고 부르는 형을 선고했다. 반세기도 더 된 일인데, 그 이후로 나는 제7교도소 3층 감방에서 혼자 살았다. 그 벌이 가혹하다고 생각하는 것은 사실이지만, 그래도 당국의 처사에서 인정할 만한 것을 인정하자면, 내 감방 문은 한 번도 잠긴 적이 없다. 나는 언제라도 내가 여기서 걸어 나갈 수 있다는 걸 의심한 적이 없다. 실제로 그러고 싶은 유혹을 느끼지 않은 것도 아니지만, 나도 결코 완전히 이해할 수 없는 이유로 그냥 남아 있는 쪽을 택했다.

내 교도관은 이제 노인, 나보다 늙지는 않았다 해도 적어도 나만큼은 늙은 노인인데 한 번도 나에게 말을 한 적이 없다. 50여 년 동안 하루 세 번 내 식사를 갖다주었고, 처음 20년 동안은 하루에 세 번 안에 들어와 내가 탁자에서 등을 구부리고 문장을 만드는 것을 보며 웃음을 터뜨리곤 했다. 다음 20년 동안은 손으로 입을 가리고 킬킬거렸다. 지금은 그저 고개를 저으며 한숨을 쉴 뿐이다.

내 방에서 두 칸 떨어진 곳에도 죄수가 있었다. 브론슨인가 브라운슨인가 하는 남자로, 가끔 우리는 형편없는 음식과 침대의 얇은 담요를 헐뜯는 대화를 했지만 브론슨인가 브라운슨인가는 지난 5~6년 동안 나에게 말을 건 적이 없다. 그것은 아마 그가 죽었다는 뜻이리라. 어느 날 밤 내가 잠든 사이에 그를 내간 게 분명하다.

요즘 복도가 적막한 것으로 보아 내가 이 감옥의 독방 구역에 마지막 남은 사람인 듯하다. 외롭다고 생각하겠지만 그렇게 나쁘지는 않다. 문장을 만드는 데는 큰 노력이 요구되고, 큰 노력은 큰 집중을 요구하며, 문장들로 이루어진 작품을 구축하려면 하나의 문장에 반드시 다음 문장이 따라와야만 하기 때문에 하루 종일 큰 집중이 요구되는데, 이는 나에게 며칠이 빠르게 지나가 버린다는 뜻이다. 마치 시계가 기록하는 한 시간이 1분에 불과한 것처럼. 50여 년이 며칠처럼 빠르게 지나가고 나니 내 인생이 흐릿하게 한 덩어리로 쏜살같이 흘러가 버린 듯한 느낌이다. 나는 늙었지만, 날들이 아주 빠르게 지나가는 바람에 나의 많은 부분이 아직 젊게 느껴진다. 따라서 손에 연필을 쥘 수 있고 눈앞의 문장을 볼 수만 있으면 여기 도착한 아침 이후 해온 일과를 똑같이 할 생각이다. 마침내 더 할 수 없는 순간이 오면 일어나 떠나면 그뿐이다. 그때 너무 늙어 걸을 수 없다면 교도관에게 도와달라고 할 것이다. 그는 기쁜 마음으로 나를 배웅해 줄 게 분명하다.

4

1년 하고 한 달 뒤, 바움가트너는 똑같은 방 똑같은 책
상에 앉아 방금 쓴 문장을 그대로 놔둘지 지우고 다시
시작할지 고민하고 있다. 결국 지우지만 다시 시작하
기 전에 의자에서 일어나 열린 창으로 걸어가 뒷마당
을 내려다본다. 9월 중순의 햇빛이 가득한 찬란한 오
후, 집 안으로 뛰쳐 들어와 멱살을 잡고 발길질을 하며
바깥으로 내몰고 무례하게 괴롭혀 대는 그런 날들 가
운데 하루이기 때문에 바움가트너는 책상으로 돌아가
세 번째인가 네 번째로 문장을 붙들고 씨름하는 대신
날씨의 유혹에 굴복하여 방을 나가 뒷마당으로 가서
뒤쪽 테라스와 층층나무 사이 중간쯤에 있는 접이식
의자에 앉는다. 셔츠 왼쪽 앞주머니를 더듬어 보니 비
어 있다. 선글라스가 없다. 어제 침실에 놓아둔 게 틀림
없는데, 오늘 오후는 빛이 유난히 밝기는 하지만 그걸

찾으러 다시 집 안으로 어슬렁어슬렁 들어가고 싶은 마음이 들지는 않는다. 이런 날이라면, 그는 속으로 말한다, 해가 세상을 밝게 비추는 일을 하도록 놓아두고 보호되지 않는 맨눈으로 그 모든 것을 전부 받아들이는 게 낫다.

고개를 들고 눈을 가늘게 뜬 채 허공을 보는데 새 한 마리가 머리 위를 지나간다. 저렇게 하얀 구름이라니, 그가 속으로 말한다. 저렇게 푸른, 그가 몇 년간 본 가장 푸른 하늘에 붙어 있는 저토록 순수하고 흰 구름. 놀랍다, 그는 생각한다. 지구에는 불이 붙었고, 세상은 타오르고 있는데, 그래도 지금 당장은 이와 같은 날이 있으니 즐길 수 있을 때 이런 날을 즐기는 게 낫다. 이게 그가 보게 될 마지막 좋은 날일지 누가 알겠는가 ─ 말이 나온 김에, 어떤 종류든 마지막 날일지? 그렇다고 내일 아침 새들이 깨기 전에 자신이 갑자기 죽을 거라고 생각한다는 건 아니지만 사실은 사실이고 숫자는 거짓말을 하지 않는다. 그는 이제 일흔하나이고 바로 여섯 주 뒤에 또 한 번의 생일이 도사리고 있으며, 일단 그 수확 체감[26] 영역에 들어선 이상 모든 내기는 무효다.

바움가트너는 발치의 풀을 살필 요량으로 아래를 보

---

26 투입된 자원에 비례하여 생산성이 증가하지 않고, 그 증가분이 상대적으로 줄어드는 현상을 말하는 경제학 용어.

지만 눈이 남쪽으로 내려가던 중 진행이 중단되고 만다. 한때 평평했던 곳에 불거진 작은 똥배와 바지 지퍼가 보였기 때문이다. 지퍼는 생각했던 것과는 달리 채워져 있는 게 아니라 열려, 활짝 열려 있다. 바움가트너는 경악한다. 또! 그는 자신에게 소리친다. 그래, 계속 이래라, 이 멍청아, 머지않아 네 이름도 잊어버리겠다.

얼마 전, 40대와 50대 초반 시절 자기보다 나이 많은 친구나 동료가 화장실을 다녀온 뒤 지퍼를 올리는 걸 잊고 나오는 게 눈에 띄기 시작했다. 허리띠 바로 아래 헛간 문이 입을 떡 벌리고 있는 것도 모르고 레스토랑의 자기 자리로 느릿느릿 돌아오곤 하던 70대 중반과 80대 초의 머리카락이 하얗게 센 친구들. 처음에 바움가트너는 이 해로울 것 없는 실수가 재미있었다. 그러다가 재미있는 동시에 슬퍼졌다. 그러다가 슬프기만 하고 재미는 없어졌다. 그때쯤에는 볼 만큼 봐서 열린 바지 앞자락이 종말의 시작임을, 세상의 바닥으로 내려가는 긴 비탈로 가는 첫걸음임을 알고 있었기 때문이다. 이제 그 일이 자신에게도 벌어지기 시작하자 ─ 지난 두 주 동안 네 번─ 그 클럽의 정회원이 되는 데 몇 달 또는 몇 년이 걸릴지 궁금해진다.

할 수 있는 것이 없다, 그는 생각한다, 전혀 없다. 지퍼를 채우는 걸 잊지 않으면, 손에 돋보기를 든 채로 돋보기를 찾아 집 안을 뒤지러 돌아다닌다. 또는 두 가지 작은 일, 거실에서 책을 꺼내고 부엌에서 주스 한 잔을 따르는 일을 하러 아래층에 내려갔다가 주스는 들지 않고 책만 들고 오거나, 아니면 책은 들지 않고 주스만 들고 오거나, 그도 아니면 1층에서 어떤 세 번째 일에 정신이 팔리는 바람에 둘 다 들지 않고 애초에 1층에 왜 내려갔는지도 잊어버린 채 빈손으로 위층으로 돌아온다. 젊었을 때는 그런 짓을 하지 않았다는 말, 이런저런 배우나 작가 이름들을 잊거나 상무 장관 이름이 머릿속에서 지워진 적이 없었다는 말이 아니라, 나이가 들수록 그런 일이 더 자주 일어난다는 말이며, 그런 일이 너무 자주 일어나는 바람에 이제 자신이 어디에 있는지도 잘 알지 못한 채 현재 속에서 자신을 더는 따라잡지 못하게 되면 결국 사라진 셈이 된다는 말, 아직 살아는 있으나 사라진 셈이 된다는 말이다. 전에는 그걸 노망이라고 부르곤 했다. 지금은 알츠하이머라는 표현을 쓰지만, 이거든 저거든 바움가트너는 설사 자신이 종국에는 그렇게 된다 해도 아직 거기까지는 갈 길이 멀다는 것을 알고 있다. 그는 아직도 생각할 수 있고, 또 생각할 수 있기 때문에 아직도 쓸 수 있고, 이제는 문장을 마무리하는 데 시간이 조금 더 오래 걸리기는 하지만 결과는 대체로 같다. 좋다. 『운전대의 신비』가 진행되어 가는 게 좋고, 오늘은 일찍 일을 중단하고 이 근사한 오후에 뒷마당에 나와 앉아 생각이 원하는 대로 흘러가게 내버려두는 것도 좋다. 단기 기억이란 걸 이렇게 짚어 가다 보니 장기 기억도 생각하게 되고, 장기라는 말과 함께 먼 과거의 이미지들이 마음의 저 먼 구석에서 깜빡거리기 시작하여, 갑자기 무엇을 발견할 수 있나 보기 위해 그곳의 덤불과 관목을 뒤져 보고 싶은 충동을 느낀다. 그래서 바움가트너는 하얀 구름과 푸른 하늘과 녹색 잔디를 계속 보는 대신 눈을 감으며 의자에 등을 기대고 얼굴을 하늘로 들어 올린 채 자신에게 긴장을 풀라고 말한다. 세상은 그의 눈꺼풀 위에서 타오르는 붉은 불이다. 그는 계속 숨을 들이쉬고 내쉬고, 들이쉬고 내쉰다. 콧구멍으로 공기를 들이쉬고 약간 열린 입으로 내쉰다. 그러다가 20~30초 뒤에 자신에게 기억하라고 말한다.

첫 번째로 되살아나는 기억은 1956년 봄 워싱턴으로 떠났던 가족 여행이다. 늘 과로로 녹초가 된 상태인 부모가 딱 한 번 뉴어크 밖으로 떠나는 여행을 감행할 만큼 오랫동안 힘과 시간을 짜냈던 때, 바움가트너 가족 네 식구가 라이언스 애비뉴에 있는 아파트가 아닌 장소에서 처음으로 자본 때였다. 아파트 아래층에는 별로 남는 것이 없는 부모의 사업체 트로카데로 패션스가 있었는데, 그곳은 동네 중간 계급과 중간 계급 하층 여자들의 요구를 충족시키는 양장점이었다. 여행을 떠날 때 바움가트너는 여덟 살 반, 어린 나오미는 아직

다섯 살이 되지 않았다. 어린 시절 바움가트너가 학교를 빼먹는 것을 허락받은 유일한 날이었던 그 금요일 아침 7시 아버지는 트로카데로 패션스 문에 안내판을 걸었다. 〈월요일에 돌아옴.〉 그런 다음 그들 넷은 가족용 차, 1950년 클링커스빌 조립 라인에서 굴러 나온 우그러진 파란 셰비에 줄을 지어 올라탔고, 구름이 하얗고 하늘이 푸르던 찬란한 아침에 나라의 수도를 향해 떠났다. 그 아침은 기이하게도 오늘 오후와 비슷한 오후가 되었고, 아마 그래서 바움가트너는 지금 그 이야기를 기억하고 있을 것이다. 그들은 목적지에 도착하자 호텔(이름 앞에 정관사가 붙어 있다는 것만 기억날 뿐 이름 자체는 잊었다)에 투숙했는데, 이 호텔은 그와 동생이 처음 가본 호텔이었으며, 어머니 말로는 어머니와 아버지도 13년 전 캐츠킬스로 신혼여행을 다녀온 이래 처음 가본 호텔이었다. 당시 요정 공주, 사악한 마법사, 타이츠와 벨벳 모자 차림의 젊고 영웅적인 구혼자 이야기들로 머리가 꽉 찼던 나오미에게 그 호텔은 아주 크고 화려하여 마법에 걸린 성일 수밖에 없었고 아마 실제로도 그렇게 생각했을 게 분명하다. 그러나 바움가트너의 덜 몽롱한 눈에는 카펫이 해지고 욕실 천장에 물 자국이 번진 그곳이 좀 추레하고 낡아 보였다.

　그들은 2시가 조금 지나 호텔에 들어갔고, 그와 부모

가 짐을 푸는 동안 나오미는 방들을 왔다 갔다 뛰어다니고 침대를 급강하 공격했다. 그렇게 잠시 지체한 뒤 그들은 완벽한 5월의 날씨에 구경거리를 탐사하러 나갔다. 의사당 돔, 백악관, 대법원 건물, 꽃이 핀 벚나무, 몰, 오벨리스크, 거대한 대리석 의자에 앉아 있는 시성(諡聖)된 인물. 그러나 넷이서 도시의 거리들을 걸어 다니는 동안 그의 동생은 점차 흥분하더니 뭔가에 점점 더 불안해하다가 마침내 울음을 터뜨렸다. 워싱턴에 가고 싶어! 동생이 고함을 질렀다. 지금 워싱턴에 있잖아, 바움가트너와 부모가 동생에게 말했다. 주위를 봐. 네 눈에 보이는 게 다 워싱턴이야. 아니야, 동생은 고집을 부렸고, 얼굴에서 눈물이 줄줄 흘러내렸다. 이 워싱턴 말고—진짜 워싱턴! 아무도 동생이 무슨 이야기를 하는 건지 이해하지 못했다. 달리 달랠 방법이 없었기 때문에 바움가트너의 아버지는 계속 걷기 위해 동생을 안아 들었다. 2분이 채 되지 않아 아이는 잠이 들었고, 30분 뒤 호텔로 돌아오자, 문을 통과한 뒤 바로 몇 초 만에 잠에서 깼다. 동생은 로비를 둘러보며 미소를 지었다. 이거지, 동생이 말했다. 이제 진짜 워싱턴으로 돌아왔네.

어렸을 때 동생이 그를 얼마나 떠받들었는지. 주기적으로 영혼을 흔들어 아이를 궤도에서 밀쳐 내는 감정의 폭풍이 몰아치는 동안 동생을 지켜 주고 설득하고 위로해 주고, 자신의 왼쪽 어깨에 사는 눈에 보이지 않는 사람들이 오른쪽 어깨에 진을 친 악한 자들을 끝도 없이 괴롭히는 이야기로 아이를 즐겁게 해주던 오빠. 그런 경이로운 이야기를 지어내 아이를 우주의 공격으로부터 막아 주던 막강한 사이. 그때는 아이가 그를 얼마나 우러러보았던지. 그러나 그는 동생을 점차 조금씩 방기했다. 그가 그 자신의 유년에서 벗어나 비틀비틀 사춘기로 들어가면서, 서서히 집이 자신에게 좋은 곳이 아니라는, 비좁고 추한 아파트와 아래층의 형편없는 옷 가게가 싫다는 암울한 결론에 이르렀고, 그 결과 그것들로부터 떠나 친구들의 세계에 애착을 갖게 되었기 때문이다. 오래지 않아 그 세계는 뉴어크 너머의 큰 세계가 되었다. 운 좋은 사이는 아주 영리한 학생이라 열두 살이 되었을 때 한 학년 월반을 허락받았고, 그다음에는 생일이 11월이라 딱 열여섯 살이 되었을 때 위퀘이크 고등학교를 졸업하고 4년 장학금을 받아 멀리 촌구석 오하이오 평지의 오벌린 대학으로 떠났으며 — 그곳도 3년 반 만에 쏜살같이 통과했다 — 그 바람에 열두 살짜리 나오미는 양장점 위 울적한 아파트에서 혼자 모든 것을 알아서 해나가야 했다. 따라서 아이의 어린 시절 자비로운 왕자는 무정하고 꽤씸한 두꺼비toad로 변해 버린 셈이었다. 아니, 똥turd으로. 아니, 똥 모양의 두꺼비로.

그는 동생이 자기에게 원한을 품은 것을 탓하지 않지만, 자신도 너무 어렸고 스스로의 삶에 겹겹이 싸여 있었기 때문에, 공교롭게도 자신과 같은 부모를 두게 된 연약하고 걱정적인 작은 피조물, 세 살 때 그의 방을 차지하게 된 —그 바람에 그는 잠은 거실의 소파 겸용 침대에서 자고 숙제는 학교 도서관이나 같은 동네 디키 빈바움의 집에서 해야 했다— 피조물에게 책임감을 느낄 수 없었다. 사실 그가 동생 나이였을 때 그를 지켜 준 사람은 없었기에 그는 동생도 스스로 자기 앞가림을 해나갈 수 있을 것이라고 생각했다. 그 생각은 맞기도 하고 틀리기도 했다. 동생이 평균적인 여자로, 아주 예민한 신경증 환자이지만 발광해 날뛸 만큼 제정신을 놓지는 않는 여자로 성장했다는 의미에서는 옳았고, 대학에 갈 만큼 똑똑하고 또 다양한 젊은 남자의 눈길을 끌 만큼 예뻐서 그들 가운데 하나와 결국 결혼했다는 의미에서도 옳았지만, 그에 대한 적대감을 결코 놓아 버리지 못했다는 의미에서는 틀렸다. 그는 장학금을 받고 파리에서 학부 1년을 보낸 청년 거물, 심장 잡음이라는 허위 진단으로 징병 신체검사에서 떨어진 직후 즉시 알 수 없는 지역으로 떠나 가끔 엽서를 보내는 것 외에는 집에 전혀 나타나지도 않으면서 일곱 달 동안 전국을 떠돌며 잡일 —미줄라에서 목수 보조, 세인트폴에서 짐꾼, 시카고에서 주방 보조, 찰스턴에서 페인트공 — 을 하고, 컬럼비아 대학원에 진학하여 또 1년을 파리에서 보낸 뒤 누가 죽은 프랑스 철학자에게 쥐 똥구멍만큼이라도 관심을 가지기라도 하는 것처럼 메를로어쩌고에 관한 박사 논문을 쓰고, 뉴스쿨에서 조교수라는 편한 일자리를 잡은 세상에 모르는 게 없는 박사였다. 반면 그녀는, 이류에 불과한 동생은 몬트클레어 주립 교대를 졸업하여 열한 살, 열두 살짜리 아이들이나 가르치는 고루한 선생이 되었고, 현실의 삶이라는 도랑에 빠지는 바람에 구름 위로 머리를 내밀고 으쓱거리면서 빌어먹을 지식인입네 젠체해 보지 못했다. 바움가트너는 동생에게 되풀이해 말하곤 했다. 네가 짐작하는 거하고는 반대로 말이다, 나오미, 나도 사실 너하고 생각이 같아. 네가 없으면 미래도 없을 기야. 하지만 나는 없어도 미래가 잘 굴러가. 비교 불가야. 우리 둘 다 선생이지, 맞아. 하지만 네가 하는 일이 내 일보다 훨씬 중요해. 그 말에 나오미는 대꾸하곤 했다. 하!

바움가트너는 생각을 중단하고 자신이 도대체 뭘 하고 있는 건지 자문한다. 뭐 하러 죽은 말에게 돌아가서 때려 대고 있는가,[27] 손 갈퀴와 장난감 삽을 들고 숲속을 기어다니며 아주 오래전 과거의 작은 보물을 파내야 할 때에. 예를 들어 열두 살 때 처음으로 위스키를

27 헛수고를 한다는 뜻.

한 모금 몰래 마셨을 때 코가 따끔거리고 목이 타던 느낌, 사춘기 때 처음 아래가 딱딱해지는 것을 경험할 때 몸 전체로 퍼지던 그 신비한 온기, 열다섯 살에 처음으로 「마태 수난곡」을 들었을 때 눈물이 차오르며 몸이 가루가 되는 듯하던 느낌. 또는, 조금 방향을 틀어서 가보자면, 꼬마였을 때 허리까지 쌓인 눈을 헤치며 걸어가던 순간, 또는 조금 컸을 때 나무를 타던 순간, 또는 그보다 더 컸을 때 검은 오토바이 재킷을 입고 유대인을 박해하던 멍청이에게 마주 주먹을 날리던 순간을 되새긴다든가. 또는, 어쩌면 더 적절한 것으로, 왜 다른 더 중요하다고 여겨지는 순간들은 영원히 사라진 반면 우연히 마주친 덧없는 순간들은 기억 속에 끈질기게 남아 있는지 살펴본다든가. 예를 들어 고등학교 졸업식은 이제 완전히 사라졌고, 첫 자전거의 색깔은 지워졌고, 뉴스쿨에서 가르치기 시작한 첫 학기에 일주일에 세 번 이른 아침 소크라테스 이전 철학을 가르치던 수업에 왔던 학생들은 어떤 것도, 이름 하나 얼굴 하나도 남아 있지 않지만, 반세기 전 기차에서 본 어린 소녀는 기억이 나고, 그 이후로 수백 번이나 생각하게 되었는지. 왜 그 소녀, 말도 나누어 보지 않은 그 아이는 남고, 그 열넷 또는 열다섯 학생은 한 명도 남지 않았을까?

길에서 떠돌던 시간, 침묵과 육체노동과 가차 없는

자기 검열의 모진 몇 달이 끝날 때쯤이었다. 1968년, 피와 불이 넘실대던 묵시록적인 해, 미국의 집단적 신경 쇠약의 해 늦여름이었고, 그는 찰스턴에서 뉴욕까지 가는 길의 작은 시골 역마다 모두 정차하는 바람에 출발해서 도착할 때까지 스물네 시간이 걸리는 값싼 완행열차를 타고 있었다. 기차를 타고 예닐곱 정거장 갔을까, 한 어린 소녀가 어머니와 함께 기차에 올랐고, 둘 다 바움가트너의 상상으로는 일요일에 교회 갈 때의 차림이었다. 이 경우는 흑인 교회였다. 소녀와 어머니는 흑인이었으니까. 짐 크로[28]가 법적으로는 사망 선고를 받았지만 아직 숨을 쉬고 있던 시절의 두 흑인 남부인, 그들이 인종 무차별 열차에 올라타 샅샅이 훑어보는 백인의 눈초리 밑에서 긴 시간 여행을 한다는 것은 가장 훌륭한 겉모습으로 가장 위엄 있고 침착하게 행동해야 한다는 뜻이었다. 모녀는 바움가트너의 두 줄 앞쪽 통로 건너편에 앉았고, 북쪽을 바라보는 그와는 반대로 남쪽을 향하고 있었기 때문에, 그는 가는 길 내내 아무런 방해를 받지 않고 그들을 똑똑히 볼 수 있었다. 그가 잘못 기억하는 게 아니라면 그들의 여행은 아홉 또는 열 시간 뒤 워싱턴에서 끝났다. 그들이 먹을 걸 싸왔는지, 아니면 가는 길에 뭘 먹었는지는 생각나지 않지만, 분명하게 기억나는 것은 어린 소녀가 하얀

28 미국 남부에서 시행됐던 흑인 차별 법.

장갑, 오늘 오후 머리 위로 떠다니는 하얀 구름만큼이나 새하얀 장갑, 전혀 때가 묻지 않은 하얀 장갑, 색깔은 잊었지만 풀을 먹이고 다림질을 한 파티 드레스, 하얀 발목 양말, 발에는 거울처럼 매끈한 메리 제인 차림이었다는 것이다. 인상적으로 차려입은 작은 사람. 그것은 소녀가 어머니의 세심한 돌봄을 받고 있다는 증거였다. 그러나 바움가트너에게 그보다 훨씬 인상적인 것은 그 어린아이가 기나긴 여행 내내 줄곧 유지하고 있는 자기 통제력이었다. 소녀는 그 긴 시간 동안 줄곧 허벅지에 두 손을 포개고 어깨를 뒤로 젖히고 등을 꼿꼿이 세워 절묘하게 직선을 이룬 자세로 꼼짝 하지 않고 앉아서 가끔 고개를 돌려 창밖을 보거나, 가끔 어머니의 귀에 대고 뭔가 소곤거리거나, 가끔 어머니가 자기 귀에 대고 소곤거리는 말을 듣고 응답으로 고개를 끄덕이거나 젓거나 미소를 지었다. 소녀에게 인형은 없었다. 느리게 움직이는 기차의 지루함을 잊게 해 줄 책도 장난감도 없었다. 그 말은 소녀가 다만 거기 앉아 앞쪽 중간쯤에 시선을 두고 바움가트너가 늘 생각하고 꿈꾸고 혼잣말을 해온 것과 같이 생각을 하거나 꿈을 꾸거나 혼잣말을 하고, 나오미가 그 나이 때 그랬던 것과는 달리 전혀 안달하지 않고, 나오미가 그 나이의 두 배가 되어서도 계속 그랬던 것과는 달리 전혀 징징거리거나 불평하지 않는다는 뜻이었다. 바움가트너는 이

특별한 소녀를 계속 살피다가 아이가 그렇게 행동하는 것이 자부심 때문인지 두려움 때문인지 아니면 둘 모두 때문인지 자문해 보게 되었다. 어머니가 여행 동안 어떻게 행동해야 한다고 일러 준 것은 틀림없었지만, 그런 가르침이 기대와 달리 행동하지 않았을 때 따르게 될 가혹한 벌의 위협을 동반했는지까지 아는 것은 불가능했다. 예를 들어 매타작을 한다든가, 아니면 다른 무서운 벌을 내린다든가. 그러나 그보다 가능성이 큰 것으로, 바움가트너가 느끼기에, 그 어머니는 친절한 어머니, 상황 때문에 경계는 하고 있지만 미국의 현재를 어떻게 살아가야 하는지 말만큼이나 모범으로 훈련시키는 친절한 어머니로 보였기 때문에, 또 소녀가 어머니를 우상화하면서 모든 일에서 어머니를 흉내 내고 싶어 했기 때문에, 소녀가 군말 없이, 그러나 동시에 두려움도 없이 어머니가 하라는 대로 따르고 있는 것 같았다. 결국 어린 소녀는 어머니 어깨에 머리를 기대며 눈을 감았고, 잠이 들었다. 어머니는 팔을 소녀의 몸에 두르고 소녀를 한참 굽어보다 창 쪽으로 고개를 돌리고, 워싱턴으로 가는 길 내내 바깥의 지나가는 풍경을 살폈다.

2년 뒤 다른 열차에 다른 아이가 있었는데 이 아이는 열 내지 열한 살 소년으로, 이번에는 지하철이었다. 어디에서 와서 어디로 가는 것인지 이제는 기억나지 않는, 터널을 돌진하는 파리 메트로였다. 1년 중 어느 때인지, 하루 중 어느 때인지도 기억나지 않지만 초저녁이었던 것 같다. 열차에 사람이 상당히 많고 역에 새로 설 때마다 더 많아졌기 때문이다. 바움가트너는 의자한곳에 앉아 있었고 다른 많은 사람은 서서 기둥이나머리 위의 손잡이를 붙들고 있었다. 시끄럽고 낡은 메트로 열차의 금속 바퀴는 쇠 철로를 따라 거슬리는 소리를 내며 달렸고 광택제를 바른 예쁜 문에는 은손잡이가 달려 있었는데 그것을 밀어 올리면 문이 튕기듯이 열렸다. 여전히 그 풍경이 눈에 선하고, 마치 그런것들이 손에 만져지는 듯하다 ― 사라지지 않는, 그러나 오래전에 사라진 과거에서 떠내려온 지워지지 않는부유물. 어느 순간엔가 눈앞에 소년과 아버지가 있다는 것을 알았으니, 그가 읽던 책이나 신문에서 눈을 잠깐 들어 올렸던 게 분명하다. 그들은 그의 바로 앞에 서서 기둥 하나를 같이 잡고 마주 보고 있었다. 대체로 말없이 서 있다가 가끔 한쪽이 다른 쪽에게 몸을 기울여무슨 말을 했지만 열차 바퀴 소리가 너무 시끄러워 바움가트너는 알아들을 수 없었다. 열 또는 열한 살짜리소년은 중키에 잘생겼으며 마르지도 뚱뚱하지도 않았고 피부가 검지도 희지도 않았다. 아직은 미완의 작품이지만, 아버지와 함께 외출을 나온 생각이 깊고 행동이 방정한 아이처럼 보였다. 바움가트너는 아이의 표정에서 조용한 만족감 같은 것을 찾아낸 듯했는데, 그 것은 아버지와 단둘이 외출을 나오는 게 드문 일임을 암시했다. 아버지는 그저 인간의 살덩어리에 지나지 않는 것처럼 보였는데, 뱃살이 늘어지고 얼굴이 잿빛 인 이 남자는 하급 관리나 은행 직원이나 어디 사무직 종사자일 것 같았다. 이 따분한 느낌의 남자는 30대 후 반이나 40대 초반 위로는 보이지 않았지만, 벌써 자신 의 일 또는 인생 혹은 세상에 짓눌려 부서진 나머지 다 시는 자기 발로 설 가망이 없어 보였다. 어쨌든 바움가 트너는 그렇게 상상했고, 그러면서도 자기가 아마 틀 렸을 거라고 속으로 말했다. 어쩌면 총명하고 장래가 유망해 보이는 소년은 현재 좀도둑이자 미래의 권총 강도이고, 지친 아버지는 힘과 내적 강인함의 모범일 수도 있었다. 그렇게 왔다 갔다 추측을 해보던 중에 — 지금까지도 추측했던 것들이 바움가트너에게 생생하 게 살아 있는데 — 소년이 몸을 기울이며 아버지에게 무슨 말을 했고, 잠시 후 아버지가 팔을 뒤로 빼더니 소 년의 따귀를 후려갈겼다. 전혀 알 수 없는 이유로 후려 친 강하고 난폭한 따귀 — 권총 소리처럼 고막을 강타 했고, 소년의 가슴으로 발사되는 총알처럼 빨랐다. 49년 동안 바움가트너는 소년이 도대체 무슨 말을 했 기에 그런 극단적이고 모욕적인 반응을 끌어냈을지 궁 리해 보았다. 절대 답을 얻을 수 없다는 것을 알면서도 도대체 그게 무엇이었을지 계속해서 자문했다. 소년은 너무 어리벙벙하여 2~3초 동안 그냥 그 자리에 고정된 듯 서 있다가 손을 들어 올려 맞은 뺨에 대고 눌렀다. 그때쯤에는 몹시 따끔거렸을 것이다. 그러다 잠시 후 고개를 숙이고 바닥을 내려다보았으며, 얼굴이 비참하게 구겨졌다. 눈에 고이는 눈물을 도로 밀어 넣으려고 안간힘을 쓰고 있었다. 아버지는 자기 손에서 터져 나온, 또 아들을 공격하도록 몰아붙인 격분에서 물러나 자신이 한 짓에 몸서리를 치며 자기 나름의 드러나지 않는 고통을 들여다보고 있었다. 아버지가 된 이후 처음으로, 아버지는 아들에게 무한의 권력을 갖고 있으며 그 권력을 남용하면 압제자나 폭력배가 된다는 것을 조금이나마 이해하게 된 것 같았다. 남자가 무슨 생각을 하고 있건 차마 아들에게 말을 걸지는 못했는데, 아들은 이제 본격적으로 울고 있었지만 여전히 시선을 바닥에서 들어 올리지 않았다. 완전히 당황한 아버지는 호주머니에 손을 넣어 손수건을 꺼냈고 그것을 소년이 볼 수 있도록 아주 낮은 각도로 내밀었지만, 소년은 바닥에서 눈을 떼려 하지 않았다. 결국 손수건을 받아 그것으로 얼굴을 가렸지만 여전히 고개를 들려하지 않았다. 아버지는 아무 말도 하지 않았다. 20초 뒤 열차가 바움가트너의 목적지에 도착했다. 그는 자리에서 일어나 문 쪽으로 걸어가 문이 열릴 때까지 금속 손잡이를 움직여 플랫폼으로 나섰다. 그리고 마지막으로 돌아보았지만, 소년과 아버지는 열차에 새로 탄 승객 무리에 가려 보이지 않았다.

그의 아버지는 그의 따귀를 때린 적이 없었다. 주먹을 날린 적도, 발길질을 한 적도, 심지어 손바닥으로 엉덩이를 때린 적도 없었지만, 바움가트너의 아버지는 늙은 아버지였으니 만일 더 젊고 더 힘이 있었으면 가끔 흠씬 두들겨 팼을지 누가 알랴. 1905년 바르샤바에서 출생, 1965년 뉴어크에서 사망. 현대의 기준으로 보자면 긴 삶은 아니지만 하루에 담배 네 갑을 피우고 주로 보르시수프, 절인 청어, 삶은 달걀로 이루어진 식단으로 생명을 유지했으니 어떻게 망령이 들 때까지 버티기를 기대할 수 있겠는가? 폐암이 아니라 폐색전이었는데, 결국은 똑같은 결과를 낳지만 더 빠르고 더 효율적이었다. 커다랗게 엉긴 것이 다리를 타고 올라가 왼쪽 허파에 침입하고, 1분 뒤면 우주의 먼지 한 톨이 된다.

지난 5분 새 두 번째로 바움가트너는 생각을 중단하고 자신이 도대체 뭘 하고 있는 건지 자문한다. 그가 가장 하고 싶지 않은 일은 가족 생각을 하며 오후를 보내는 것이지만, 워싱턴 가족 여행을 기억하면서 과거를 향한 작은 유람을 시작했고, 그게 여동생에 대한 그 모든 어처구니없는 것들로 이어졌고, 이제 아버지에게까지 이르렀다. 그 주제에서 방향을 틀어 보려고 하지 않은 것은 아니지만, 열차의 아이들에 관한 그 두 이야기를 불러내 소녀와 어머니 또 소년과 아버지 생각을 했을 때 그는 동시에 자신과 부모 생각을 하고 있었다. 이제 분명해졌는데, 그 아이들이 그 긴 세월 자신을 쫓아다닌 것은 자신이 그들을 어린 시절 자신의 대역으로 보았기 때문이다. 따라서 자신의 의지를 거슬러 들어가 버린 영역에서 빠져나올 길이 없다면 — 사실은 정확히 자신의 의지를 따라 들어간 것이지만 — 그래 젠장, 바움가트너는 자신에게 말한다, 늙은 말에 안장을 얹고 어디 끝까지 한번 가보자.

티컴세. 무엇보다 먼저, 어쩌면 다른 모든 것을 젖혀두고 그것부터, 성질 잘 내고 늘 반대를 일삼는 그의 아버지가 그에게 부여했던 중간 이름, 바움가트너가 그 끔찍한 시모어를 버리고 S. T. 바움가트너라는 이름으로 책에 서명하고 직업 생활을 하게 해주었던 이름부터. 그것은 백인 미국인 가족이 20세기 중반에 태어난 아들에게 지어 주기에는 정말이지 특이하기 짝이 없는 이름이었으며, 하물며 폴란드와 폴란드 동쪽 지역들을 거쳐 뉴어크에 정착한 유대계 미국인의 아들에게는 말할 것도 없었다. 하지만 독학을 하면서 비상하게 책을 많이 읽은 아버지, 자칭 무정부-평화주의자이자 신을 믿지 않는 투사는 티컴세라는 이름의 쇼니족 인디언 추장을 지금까지 살았던 다른 어떤 미국인보다 높이 쳐 그 이름을 명예 훈장으로 아들에게 하사했다. 아버지가 죽고 나서 며칠 뒤 아직 열일곱 살에 불과했던 바움가트너는 아버지의 유품 가운데 우표가 붙지 않은 두툼한 봉투를 발견했는데 거기에는 이렇게 적혀 있었다. 〈인생의 첫날을 맞이한 아들에게.〉 편지는 그의 열세번째 생일에 건네줄 작정이었으나 역시 아버지답게 어딘가에 넣어 두었다가 까맣게 잊어버린 듯했다. 그럼에도 마지막 문단은 노친네 특유의 화려하고 잔뜩 부풀려진 문체로 티컴세가 왜 자신에게 그렇게 특별하게 중요한 인물인지 설명한다……. 그는 용기와 인간성과 최고의 지성을 갖춘 사람으로서 서로 멀리 떨어져 이질적으로 살아가던 자신과 같은 처지의 사람들을 단결시켜, 쇼니 민족을 비롯하여 이 피에 젖은 불행한 운명의 대륙에 뿔뿔이 흩어져 살아가던 다른 모든 인디언 민족을 파괴하러 나선 유럽 침략자들에게 저항했기 때문이다. 설사 그 투쟁에서 그가 죽었다 해도, 티컴세는 훌륭하게 싸웠다. 그리고 그것이 너, 생각하고 행동하고 세상에 참여할 수 있는 인간이 되는 긴 여정의 첫 시간을 맞이한 나의 갓 태어난 아들에게 내가 요구하고자 하는 것이다 — 오직 이것뿐 다른 것은 없다. 훌륭하게 싸우는 것.

그때도, 54년 전에도, 바움가트너는 아버지가 그 글

을 쓰면서 아마 술에 취해 있었을 것임을 깨달았다. 그리고 지금 나이 들어 가는 아들로서 그 아버지에 대한 착잡한 기억들을 정리하려 하자 자신도 모르게 그의 생각은 그 편지로 흘러가, 그 세 페이지 반짜리 편지를 쓰게 된 상황을 상상해 보게 된다. 마흔두 살 된 남자가 막 처음으로 아버지가 되었다. 젊은 아내와 갓난아기를 병원에 두고 라이언스 애비뉴 양장점 위의 텅 빈 아파트로 돌아왔다. 그는 부엌 카운터에 있는 호밀빵 덩어리에서 한 조각을 잘라 내고 청어를 조금 준비하고, 작은 유리잔과 슬리보비츠[29] 한 병이 이미 기다리고 있는 식탁에 앉는다. 그는 먹고 마시고, 먹을 게 사라진 뒤에도 두세 잔 더 마신다. 그에게는 엄숙하지만 의기양양한 순간, 평생 다른 어떤 때와도 다른 시간이다. 감정의 큰 파도가 일어 정신이 강인하고 때로는 마음마저 차갑고 단단한 이 남자를 삼킨다. 그의 내장에서 대양이 일렁이다 목구멍을 타고 올라오며 그 자신으로부터 그를 끌어내고, 그 순간 그는 자신이 얼마나 작은지 깨닫는다. 우주를 구성하는 다른 수많은 작은 것들과 연결된 작은 것. 잠시 자기 자신을 떠나 삶이라는 둥둥 떠다니는 거대한 수수께끼의 일부가 된 느낌이 얼마나 좋은지. 마흔두 살에 마침내 아버지라, 그는 생각한다.

[29] 중부와 동부 유럽의 슬라브 국가에서 널리 마시는 전통적인 자두 브랜디.

42년의 실패와 좌절, 그러다 이제 적어도 이 하룻밤, 적어도 이 몇 시간 동안은 행복을 닮은 어떤 상태로 있을 법하지 않은 전환이 이루어졌다. 그래서 그는 술병과 잔을 모아 아파트 맞은편 끝에 있는 여분의 방, 오직 그만 들어갈 수 있지만 나중에 바움가트너에게 넘겨지고 결국 나오미에게 넘겨지는, 그러나 1947년 11월의 이 밤에는 아직 아버지의 배타적 영역이던 곳으로 간다. 장식 없는 가로 3미터 세로 3.5미터짜리 막힌 공간에는 책상과 의자 하나씩, 그리고 책장 몇 개가 전부다. 선반마다 대부분 헌책방에서 구한 너덜너덜한 무정부주의와 사회주의 문헌이 유럽과 미국 역사에 관한 책 수십 권과 섞여 있다. 그보다 좀 덜 낡은 책들은 모두 공공 도서관에서 빌린 것인데 바닥에 아무렇게나 쌓여 있고, 다수는 반납일이 오래전에 지났다. 아버지는 술병과 잔을 책상에 내려놓는 김에 한 잔 더 따라 그것을 마시고, 왼쪽 맨 위 서랍에서 백지 한 묶음을 꺼낸 다음 만년필 뚜껑을 열고 삶의 첫 번째 날을 맞이한 아들 시모어 티컴세 바움가트너에게 편지를 쓰기 시작한다. 편지에서 그는 나은 세상, 더 정의로운 세상을 건설할 희망, 정글의 법칙(자본주의)이나 기계의 법칙(마르크스주의)이 아니라 유기적 과정과 성장이라는 자연법칙으로 운영되는 평등한 사람들의 사회, 민주적 공동체주의라고 부르는 새로운 질서에 기초한 사회에서 살아갈 희망에 관해 말한다. 언어는 과장되고 메시지는 약간 불분명하지만 말투는 부드러운 설득 조다. 바움가트너는 아버지가 그 후 오랜 세월 정치적 포효를 내뿜을 때마다 쏟아 내던 그 모든 분노와 냉소에 비추어 볼 때, 그가 태어난 날 밤은 노친네가 높은 말에 올라탄 듯한 오만에서 내려와 자기 내부에서 타오르고 있는 이상주의의 깊은 곳을 드러낸 순간임을 알게 된다. 다른 건 몰라도 그건 인정해, 바움가트너는 자신에게 말하며 다시 하늘을 쳐다보고 천천히 지나가는 구름의 움직임을 좇는다. 적어도 그건 인정한다, 그리고 그와 더불어 티컴세도. 그 이름은 시모어라는 이름을 지은 실수를 만회했으며, 그 덕분에 그는 세상에는 S. T.가, 또 친구나 연인에게는 사이가 되었고, 거의 기억도 나지 않는 먼 과거에 속한, 지금은 죽은 초등학교 선생을 제외한 누구에게도 시모어는 아니었다.

그의 아버지는 〈폴란드인〉 야코프로 출발했지만 여섯 살에 이곳에 상륙하면서 〈풋내기〉 제이컵으로 이름을 바꾸어 달았다. 솔로몬과 이다 바움가르트너 사이에서 태어난 셋째로, 위로는 누나 둘 아래로는 쌍둥이 남동생이 있어 장남이 되었으며, 어린 나이에 아버지한테서 바늘과 실 작업으로 이루어지는 섬세한 기예를 익히는 훈련을 받았다. 아버지는 3세대 재단사로 1912년 뉴어크의 마켓 스트리트에 가게를 열고 언젠가 장남에게 사업을 물려주겠다는 희망으로 살았다. 어린 바움가트너가 아버지의 어린 시절에 관해 들은 바(주로 어머니한테)에 따르면, 어린 제이컵은 유능하지만 선뜻 나서지 않는 학생으로 자기 신발 외에는 누구 신발이든 대신 꿰어 주는 데 전혀 관심이 없었다. 그에게는 재봉틀을 다루는 고된 일보다는 책이 훨씬 매혹적이었으며, 열한 살이나 열두 살 때는 공부에 집중하기 위해 방과 후에 아버지 밑에서 시간제로 일하던 것을 그만두었고, 언젠가 4세대 넝마장수가 되는 덫에서 벗어나겠다는 지적인 갈망을 품었다. 우선 대학에 가고, 뒤이어 역사학으로 더 높은 학위를 따거나, 아니면 법을 공부하여 가난한 자와 짓밟힌 자 들을 옹호하는 좌익 변호사가 되거나, 그도 아니면 똑같이 짓밟히는 노동자들을 옹호하되 법을 우회하여 선동가와 조직가로서 무법의 삶을 살겠다 — 집세 거부 운동, 노동력 착취 현장에서 농성, 시가지에서 행진과 시위 조직. 제이컵은 그 길을 따라 작은 걸음을 수없이 내딛기 시작했지만, 경제적 형편의 제약 때문에 원래 상상하던 큰 걸음은 전혀 내딛지 못했다. 그래도 긍정적인 방향으로 움직이고 있다고는 느꼈다. 야학에 다니고 뉴어크 공립 도서관에서 주간에 일을 하면서. 하지만 경제적 압박 때문에 집에서 계속 살아야 했는데, 두 누나는 아무짝에도 쓸모없는 끈적끈적한 인간들과 결혼하여 막 다른 골목에 처박히고 두 남동생은 일자리도 얻지 못하는 백치들로 급속히 퇴행해 버렸다. 제이컵은 거기서 빠져나와야 한다, 그렇지 않으면 익사한다는 것을 알았지만 자신을 기다리고 있는 죽음과 진배없는 삶에 관한 그 모든 선견지명에도 불구하고 빠져나오지 못했다. 아버지는 시력이 나빠지고 몸이 상하다 결국 가게를 더 끌고 가지 못할 만큼 약해졌으며, 가게를 팔고 가족이 지옥으로 가는 걸 지켜보느냐 아니면 가게가 계속 숨이라도 쉬게 해야 하느냐 하는 양자택일 상황이 되었을 때 스물두 살의 제이컵은 야학과 도서관 일을 그만두고 마켓 스트리트의 가게를 떠안았다. 바움가트너가 들은 바로는 아버지에게 선택의 여지가 없었다. 하지만 당연히 선택할 수 있었다. 누구나 선택할 수 있다. 또 아버지의 선택이 반드시 그른 것은 아니었다, 비록 그것 때문에 남은 평생 비참한 기분으로 살아야 했다 하더라도. 반대의 선택을 해서 집을 뛰쳐나가 역사학 교수가 되거나 법률가가 되거나 얽매이지 않고 돌아다니며 문제를 일으키는 사람이 되었다면, 가장 힘든 상황에서 궁지에 몰린 가족을 내팽개쳤다는 용서받을 수 없는 죄 때문에 평생 자신을 괴롭혔을 것이다. 옳은 선택이냐 그른 선택이냐는 없고, 둘 다 결국에는 그른 것이 되어 버릴 옳은 선택만 둘 있는 상황이었다고 할 수 있다. 바움가트너의 아버지의 경우 책임감이 자신을 위한 욕망을 이겼으며, 그 덕분에 그의 선택은 명예로운 것, 심지어 고귀한 것이 되었다. 하지만 자기희생이 바보와 빈둥거리는 사기꾼 들에게 낭비되었다고 느끼기 시작하면 그 선택은 불가피하게 원한의 원천이 되고, 세월이 흐르면서 영혼에 심각한 손상을 주게 된다.

바움가트너가 등장했을 무렵 마켓 스트리트의 남성 복점은 라이언스 애비뉴의 양장점으로 바뀌어 있었다. 솔로몬과 이다는 사라진 지 오래고 제멋대로인 쌍둥이는 위호켄에서 보석상을 턴 죄로 복역한 뒤 캘리포니아로 흘러 들어갔고, 두 누나 가운데 위인 벨라는 마권업자 남편을 차버리고 퍼스앰보이 출신의 중고차 상인과 결혼했다가 나중에 그 남자도 찼으며, 그 뒤부터는 동생의 양장점 장부 담당 겸 관리인으로 오래 일했다. 한편 둘째 누나 에마는 딸을 둘 낳은 뒤 자리를 잡지 못하는 실직자 남편에게 버림받고 30대 중반에 폐렴으로 죽었으며, 고아가 된 두 딸은 벨라가 맡아 남동생한테 받는 봉급으로 키웠다. 라이언스 애비뉴 건물의 담보 대출 문서에 서명하기 1년 전인 1936년 제이컵은 모든 걸 다 내던지고 에이브러햄 링컨 연대에 입대하여 스페인 내전에서 프랑코의 파시스트 패거리와 싸울까 하는 생각을 머릿속에서 굴려 보았으나, 아무리 정의롭다 해도 어떤 전쟁에서든 무기를 드는 것에는 도덕적으로 반대했기 때문에 그 생각을 실행에 옮기지는 못했다. 큰 실수였다. 나중에 그는 바움가트너가 고등학교 2학년이던 어느 추운 겨울 술을 많이 마시는 바람에 경계심이 풀어져 아들에게 그렇게 말했다. 그는 그때 이미 서른하나였고 그 뒤로는 탈주할 기회가 더는 없을 터였기 때문에 큰 실수였다. 1939년 4월 중순 스무 살의 루스 오스터가 트로카데로 패션스에서 재봉사로 일하기 시작했고, 4년 뒤 제2차 세계 대전이 한창이던 때 바움가트너의 부모는 결혼했다.

라이언스 애비뉴의 가족을 다스리는 남자는 감당하기 힘들 만큼 불가해한 인간 수수께끼였기 때문에 바움가트너는 아버지가 누구인지 또 아버지와의 관계에서 자신은 누구인지를 두고 지속적인 불확실성 상태에 갇힌 채 소년 시절을 보냈다. 그는 그 아버지를 두려워하고 숭배했으며, 가끔 거의 사랑하기도 했지만, 아버지의 어떤 것도 이해가 된 적은 없었다. 가족을 위해 돈을 버는 게 주업인 작은 가족 사업체를 운영하며 40년 가까이 살아온 반자본주의적 자본가. 저열한 모욕과 고약한 성미를 드러내는 책망으로 자신을 위해 일하는 사람들을 학대하는, 인민의 종복이자 착취당하는 대중의 방어자, 자신도 억지로 했으니 아들도 자기만큼 고통을 겪어야 한다며 아들이 바르 미츠바[30]를 받게 한

30 유대교의 남자 성인식.

회개를 모르는 무신론자 — 하지만 이제 그런 쓰레기 같은 것은 마음에 둘 필요 없다, 바움가트너는 자신에게 말한다. 핵심은 모든 고함과 호언장담, 또 가끔 분출하는 잔혹성에도 불구하고 아버지는 방구석에만 처박혀 있을 뿐, 같은 마음을 가진 사람들로 이루어진 어떤 집단과도 힘을 합쳐 본 적이 없는, 또 정의라는 대의를 펼치기 위한 아주 작은 집단행동에라도 참여하기 위해 손가락 하나 까닥해 본 적이 없는 불운한 몽상가, 유령 혁명가, 머릿속에서만 투쟁의 삶을 살았을 뿐 자신이 상상하던 **훌륭한** 싸움은 전혀 하지 못한 자신에게 실망할 수밖에 없다는 것을 잘 알았던 단절되고 고립된 남자였다는 것이다. 결국에는 다 말뿐이었지만, 세월이 흘러가면서 점점 오그라드는 아버지의 지인 집단 가운데 누구도 아버지와 더는 그 말조차 하지 않으려 했다. 어린 시절 친구인 전직 고등학교 역사 선생이자 공산주의자 밀턴 프라이버그만 예외였는데, 그는 히틀러와 스탈린이 1939년에 조약을 맺자 탈당했으나 1950년대 초 매카시의 숙청 때 교사직을 잃었다. 이 퉁퉁하고 피로에 시든 남자는 이제 콜리어 백과사전에서 조사원으로 생계를 유지했으며, 파시즘과 싸우는 전쟁 때문에 피로에 지친 비전투원이자, 바움가트너의 초췌하고 키가 껑충한 아버지이자, 슬픈 얼굴에 머릿속은 책 때문에 혼란에 빠진 폴란드계 미국인 돈키호테이자, 2층 침실에 처박혀 에마 골드먼의 자서전을 일곱 번째 읽느라 바빠 아내와 누나한테 일을 떠맡기는 식으로 라이언스 애비뉴의 작은 양장점을 운영하던 luftmenschen(공기 인간들)[31]의 왕과 모이셰즈 레스토랑에서 매주 만나 저녁을 먹었다. 잔 비워, 오랜 친구, 프라이버그는 아버지에게 말하곤 했다, 나도 한잔할 테니 슈납스 한 잔 더 해. 그런 다음에 소매를 걷어붙이고 714번째로 끝장을 볼 때까지 싸워 보자고. 이 집에서 불을 끄고 우리를 쫓아내기 전에 우리 둘 중 하나가 세상을 구할 수 있는지 한번 보자고.

그럼에도 그의 아버지에게는 한 가지, 바움가트너가 열 살이나 열한 살 때 느끼기 시작했고 그러다 열두 살 때 학교에서 8학년을 건너뛰면서 확실하게 알게 된 중요한 한 가지가 있었다. 아버지는 아들을 자랑스러워했다. 그렇다고 해서 노친네가 그런 말을 한 적이 있다는 건 아니고, 또 아들이 뛰어난 성적표를 건넬 때마다 바움가트너에게 자만하지 말라고 굳이 주의를 주고, 성적표에 뭐라고 적혀 있든 바움가트너도 다른 모든 사람과 마찬가지로 흙으로 빚어졌으며 다른 모든 사람과 마찬가지로 흙으로 끝날 것임을 일깨우지 않은 것은 아니지만. 그렇게 짐짓 심술궂은 태도로 아들을 상대하고 있었음에도 바움가트너는 아버지가 자신을 면

31 이디시어에서 나온 말로 몽상가를 가리킨다.

밀히 살펴보고 있고, 〈괴팍한〉 제이컵이 아들을 통해 자신의 소년 시절 투쟁을 되새기면서 은근히 아들에게 이 비루하고 작고 하잘 것 없는 곳에서 벗어나 훨훨 날아가라고, 집을 떠나 연약한 날개가 데려갈 수 있을 만큼 멀리 날아가라고 강력하게 권하고 있다는 사실을 알고 있었다. 그러다가 전혀 예상도 못하던 상황에서 1964년 3월 멀리 오하이오로부터 뉴어크의 흙으로 빚어진 소년에게 장학금 소식이 날아들었고, 바움가트너는 아버지에게 읽어 보라고 편지를 건네면서 아버지의 손이 떨리고 — 아주 약간이지만 — 또 눈에 안개가 끼는 것 — 아주 잠깐이지만 — 을 보았다. 이윽고 아버지는 등받이를 잡아 식탁에서 빼낸 의자에 앉아 손상된 허파에서 떨리는 숨을 길게 뱉어 내며 말했다. 찬장에서 술병 좀 가져와라, 사이. 한잔해야 할 때로구나. 바움가트너는 술병을 가져왔고 아버지는 그날 몇 번째인지도 모를 담배에 불을 붙였다. 아들도 자기가 피울 담배에 불을 붙인 뒤 둘은 각각 슬리보비치를 한 잔씩 들이켰지만 말은 더 없었다. 편지가 이미 모든 말을 했기 때문이다. 그래서 그들은 말없이 앉아 술을 마셨다. 처음 한 잔, 이윽고 두 번째 잔, 그리고 마지막으로 세 번째 잔. 아버지의 칭찬은 그 침묵 속에 있었다. 아주 작은 자극만 있어도 입에 거품을 무는 사람, 한 번에 몇 시간씩 지겹게 주절댈 수 있는 폭발하는 말주머니가 입을 다물고 아무 말도 하지 않음으로써 아들을 칭찬하고 있었다. 그날 밤으로부터 여섯 달 뒤 바움가트너는 오하이오로 떠났다. 그는 크리스마스 방학 때 뉴어크로 돌아왔다가 1월에 오하이오로 돌아가면서 6월에 두 번째 학기가 끝나고 나서야 다시 오게 될 거라고 생각했다. 그러나 2월에, 정확히 말하자면 2월 9일에 돌아왔다. 아버지의 예순 번째 생일에서 이틀 지난 날인 동시에 아버지가 죽고 나서 하루가 지난 날이었다.

바움가트너는 그 죽음 때문에 흔들렸지만 무너지지는 않았다. 더 많은 감정을 느끼기를 바랐지만 사실 그렇게 되지 않았다. 뉴어크에서 그 이상하고 불안한 일주일 내내 가게 문을 닫은 채 벨라 고모는 부엌에서 술을 엄청나게 마시며 죽은 남동생에게 큰 소리로 저주를 퍼붓고, 열세 살이 된 나오미는 자기 방에 숨어 흐느끼거나 뚱뚱하고 얼굴이 퉁퉁 부은 벨라 고모를 향해 입 닥치라고 소리를 질렀다. 바움가트너는 자신이나 두 미치광이보다 어머니가 더 걱정되었다. 완전히 정신 이상인 집안에서 유일하게 제정신인 지점, 유년을 통과하는 긴 행군 동안 바움가트너의 변함없는 위로자이자 보호자, 아버지보다 훨씬 힘든 환경에서 성장하여 아버지가 자기 자신에게 큰 기대를 가졌다가 그것에 부응하는 데 실패한 것과는 달리 아무런 기대 없이 인생을 살도록 훈련이 된 사람, 그녀와, 즉 자신의 젊은 신부와, 또 둘이 함께 만들게 될 두 자식과 함께 서 있는 곳을 제외하면 자신에 관해 더 발견할 것이 없었던 훨씬 나이가 많은(열네 살 차이였다) 남편과는 달리 자신이 누구인지 또 왜 이 땅에 놓여졌는지 발견해 가던 중에 결혼하게 된 젊은 여자.

어린 시절 바움가트너는 아버지 쪽과 비교할 때 어머니 가족에 관해서는 아는 것이 훨씬 적었다. 흐릿한 오스터 가계에는 아주머니도 아저씨도 사촌도 없었다. 살아 있는 친척이 한 명도 눈에 보이지 않았고, 따라서 그쪽 가족의 역사에 관해서는 무슨 말을 해줄 수 있는 사람이 한 명도 없었다. 오직 어머니뿐이었는데, 어머니도 아는 게 거의 없었다. 어머니가 해준 이야기라고는 그녀의 아버지 이름이 해리이고 그가 오스트리아-헝가리 제국의 동쪽 끝에 있는 갈리시아의 작은 도시에서 미국으로 이주했다가 결국 브루클린에 이르러, 그곳에서 바움가트너의 어머니는 이름을 알지 못하거나 잊어버린 어떤 여자와 결혼하여 역시 이름을 모르거나 잊어버린 아들을 서넛 낳았으며, 그러다가 제1차 세계 대전 중 어느 때, 아마도 1915년 아니면 1916년일 텐데, 7년인가 10년인가 12년인가 함께 살던 부인이 이혼 소송을 하여 남편의 계좌를 탈탈 턴 돈을 합의금으로 한꺼번에 받아 낸 뒤 곧바로 아들들을 데리고 시카고인지 클리블랜드인지 신시내티인지, 어쨌든 C

로 시작하는 중서부의 어떤 도시로 떠났고 그 뒤로는 다시 소식을 듣지 못하게 되었다는 것뿐이었다. 해리는 맨해튼으로 가서 서둘러 돈을 좀 끌어모아 건축 하청업자로 사업에 뛰어들었고, 1년 안에 빚도 갚을 만큼 사업에 성공했으며, 1918년 초에는 밀리 코플런이라는 이름의 여자와 결혼했다. 결혼 후 열세 달 뒤인 1919년 3월 7일 해리의 두 번째 부인은 바움가트너의 어머니 루스를 낳았고, 그로부터 딱 열여덟 달 뒤에 운도 지지리 없는 해리 오스터는 워싱턴스퀘어 근처 10층짜리 건물 전면에 걸쳐 놓은 비계에서 아래 보도로 떨어져 죽었다. 따라서 바움가트너의 어머니는 아버지에 관한 기억이 없고, 루스가 아직 세 살도 되지 않았을 때 밀리 역시 자식의 인생에서 사라졌기 때문에 어머니에 관해서도 아주 흐릿한 기억뿐이었다.

바움가트너의 어린 시절이 끝나가도록 어머니는 사라졌다는 말이 무슨 뜻인지 설명하지 않는 방식으로 그를 보호했다. 그는 당시에는 너무 멍청해서 더 구체적으로 말해달라고 다그치지 못하고 그게 죽음을 가리키는 또 하나의 표현, 떠났다라든가 갔다라든가 하직했다처럼 예의를 지켜 죽음이라는 말을 사용하지 않고 죽음에 관해 말하는 분명치 않은 표현 가운데 하나라고 결론을 내렸다. 바움가트너는 모두가 죽고 심지어 자신도 언젠가는 죽는다는 것을 알 만큼 나이가 들었지만 아직은 죽음이 노인에게만, 대부분 아주, 아주 늙은 사람에게만 온다고 생각할 만큼 철이 덜 들었다. 따라서 할머니의 죽음에서 혼란스러운 것은 할머니가 늙지 않았다는 점이었다. 어머니는 할머니가 열아홉 살 때 할아버지와 결혼했고 스무 살 때 딸을 낳았다고 했으니, 어머니가 세 살 생일을 맞이하기 전에 할머니가 사라졌다면 스물둘 또는 스물셋에 죽었다는 뜻이고, 이것은 일반적인 예순 또는 일흔 또는 여든의 죽음과 한참 멀었으므로 할머니에게 뭔가 끔찍한 일이 벌어졌다는, 버스에 치인다든가 비계에서 떨어진다든가 은행 강도 사건에서 오가는 총알에 맞는다든가 하는 일처럼 있을 법하지 않은 사고가 생겼다는 암시였다 — 예를 들어 어느 날 아침 정육점으로 걸어가는 길에 길거리에서 빵, 38구경 총알이 심장을 관통하여 죽었다든가.

그가 열네 살이 되었을 때에야 어머니는 마침내 마음을 열고 이야기를 해주었다. 그래, 어머니는 말했다, 할머니가 사라진 것은 사실이지만 그가 생각했던 것과는 달리 죽은 게 아니라 그저 재혼을 했을 뿐인데, 이번에는 가엾은 해리보다 나이가 훨씬 많고 부유한 사람이었다. 쉰 살의 이 홀아비는 첫 번째 결혼에서 낳은 장성한 자식이 셋 있었기 때문에 넷째를 기르는 일은 하고 싶지 않았고, 그래서 밀리와 새 남편은 변호사와 상의한 뒤 서류를 작성하여, 어린 루시의 법적 후견인 지위를 해리의 남동생 조지프, 강 건너 뉴어크의 금속 가공 공장에서 수리공으로 일하던 반문맹의 독신남에게 넘겼다. 이 계약에는 조지프가 조카딸을 기르는 것을 돕기 위해 현금 5천인가 1만 달러를 지불한다는 내용이 포함되었고(바움가트너의 어머니는 정확한 액수를 알지 못했다), 얼마 후 밀리와 새 남편은 뉴욕을 떠나 수천 킬로미터 떨어진 먼 도시로 이사했는데, 그곳에서 남편은 자신이 소유 또는 경영하던 사업체인지 기업인지의 새로운 지사를 설립했다. 런던이던가 로스앤젤레스던가, 바움가트너의 어머니는 잘 알지 못했다, 어쨌든 L로 시작하는 도시였다. 하지만 그게 그녀가 기억하는 전부였다. 조지프 삼촌이 할머니에 관해서는 한 번도 이야기해 주지 않았고, 할머니는 1922년 중반쯤에는 정말 말 그대로 사라져서 두 번 다시 딸을 보지 않았기 때문이다.

열네 살의 바움가트너는 그 말을 듣고 기겁했다. 밀리의 엄청난 무정함에 기겁하는 동시에 분노했다. 마치 사탕 껍질에 불과한 것처럼, 또는 새틴 드레스를 보기 흉하게 만드는 실보무라지처럼 어린 딸을 던져 버리는 어머니. 틱 — 손가락만 까닥하면 사라져 버린다는 듯이. 그 여자가 한 짓은 범죄였다, 그는 속으로 말했다, 인류에 대한 범죄. 따라서 작년에 아이히만이 전쟁 때 저지른 죄로 사형 선고를 받은 것처럼 가증스러운 할머니 밀리도 그 범죄로 교수형을 당해 마땅하다. 그러나 차마 이런 말을 입 밖에 내지는 못했다. 그때쯤 그의 마음은 부글부글 끓고 있었기 때문이다. 내부에서 점점 커지는 혐오를 표현할 말을 불러낼 수가 없었다. 간신히 입 밖에 낸 말은 한 문장이었다. 어머니를 강에서 팔아 버리고[32] 튄 거네요. 그러고는 2~3초 입을 다물었다. 할머니가 정말 밉겠어요.

아니, 어머니는 말했다, 할머니를 미워하지 않는다, 가엾게 생각한다. 바움가트너도 할머니를 심판하면서 마음이 증오로 가득해지기 전에 먼저 할머니가 어떤 상황에 놓였던 것인지 상상해 보아야 한다. 아름다움과 남자들을 끄는 힘 말고는 가진 게 아무것도 없는 젊은 여자가 20대 초에 남편을 잃었고, 손에는 처리하지 못한 청구서 더미와 어린아이뿐인데 의지할 친척도 없다. 그 여자의 선택지가 뭐겠는가? 일자리를 찾아야 하지만 일을 하러 가면 아이는 누가 돌보는가? 아이를 고아원에 보낼 수밖에 없고, 아니면 몸과 영혼이 나뉘지 않도록,[33] 설사 그러다 영혼을 잃는다 해도, 거리를 돌아다니며 몸을 팔아야 한다. 그런 상황에서 어떤 부자가 그 여자에게 빠진다. 아주 심하게 빠져서 어디 아파트에 감춰 두고 정부로 데리고 놀기보다는 결혼하고

---

32 원래 노예를 가족에게서 떼어 내 미시시피강에서 판 것을 가리키던 말.
33 간신히 연명한다는 뜻.

싶어 한다. 여자는 이게 자기한테 찾아올 유일한 기회 — 지옥을 빠져나갈 차표이자 새롭고 나은 삶을 향한 편도 여행 — 이고, 만일 그 삶을 차지하기 위해 딸을 포기해야 한다면 그렇게 해야 한다고 느낀다. 그러고 싶어서가 아니라 다른 선택지가 없다고 생각하기 때문에. 부자든 아니든, 바움가트너의 어머니는 말했다, 그 두 번째 남편이 지저분한 인간이었던 게 분명해 — 자기가 사랑한다고 하는 여자가 자식을 두고 그런 결정을 내리게 했으니. 이 이야기에서 미워할 사람이 있다면 그 사람이 네가 미워해야 할 사람이야, 사이. 그 여자가 나한테 끔찍한 짓, 이기적이고 수치스러운 짓을 하지 않았다는 게 아니라, 적어도 나는 그 여자가 왜 그랬는지 이해할 수 있다는 거고, 오랜 세월 생각을 해본 끝에 결국 이게 최선이었던 게 아닌가 하는 깨달음을 얻게 됐다는 거야. 만일 그 여자가 정말 그런 종류의 어머니였다면 그런 어머니 밑에서 자라지 않아도 되었던 게 나한테는 행운이었는지도 몰라. 대신 나에게는 조지프 삼촌, 너한테 이미 1백 번이나 말했지만, 세상에서 가장 착하고 가장 신사다운 분이 있었으니, 결국에는 모든 게 잘 풀린 거지. 내 어린 시절은 멋졌어. 충만하고 행복했어. 그리고 나의 어머니는 거기에서 아무런 역할을 하지 않았어. 영화에서 딱 한 장면에 나온 배우였는데, 나중에 아무도 좋다고 생각하지 않아 그 장면이 잘려 버린 거야. 그걸 뭐라고 표현하더라? 있잖아, 누가 영화에 출연했는데 영화관에 보러 갔을 때는 나오지 않게 된 거.

편집실 바닥에 쓰러져 죽었다.

그거야. 그 여자는 편집실 바닥에 쓰러져 죽었어.

바움가트너는 어머니가 그녀의 삼촌과 함께 행복했고 그의 돌봄을 받으며 잘 자랐다는 것을 의심하지 않는다. 그러지 않았다면 결코 훗날의 그 강하고 흔들림 없는 사람이 되지 못했을 것이기 때문이다. 조지프 삼촌 이야기만 나오면 조금 과장하는 경향이 있고, 또 어린 시절의 자신을 신화적 경이라는 막을 통해서 보는 경향, 즉 성자 같은 소박한 사람의 선의 덕에 구원을 얻는 빅토리아 여왕 시대 신파극의 버림받은 날라깽이로 보는 경향이야 있었겠지만, 어머니가 세 살 이후 살았던 현실 또는 상상의 세계가 무엇이든 그것은 어머니의 열여섯과 열일곱 살 생일 사이에 쉰네 살의 조지프가 금속 가공 공장에서 2교대 근무를 한 뒤 벼락같은 치명적 심장마비로 쓰러지는 바람에 갑자기 끝나 버리고 말았다. 그것은 어머니의 삶에서 단연 가장 큰 상실로, 아버지의 죽음이나 어머니의 사라짐과도 비교할 수 없을 정도였다. 어머니가 이제 완전히 혼자라는 것, 친구는 있지만 친척은 없는, 자기보다 나이 많은 조언자에게 기댈 수 없는 소녀라는 것이 피할 수 없는 사실이 되었기 때문이다. 최악은 이제 조지프 삼촌이 없다는 것이었지만, 삼촌은 죽어서도 여전히 어머니를 보살피면서 어머니가 삼촌 없는 삶으로 가능한 한 고통 없이 이행하게 해주고 있었다. 삼촌은 미국에 갓 도착한 청년 시절 이디시어를 하는 이민자들이 세운 상호 부조 협회인 〈노동자 서클〉, 과거의 〈데어 아르베터 링〉[34]의 충실한 회원으로 오랜 세월 조합비를 내왔고, 그 조합은 저가의 생명 보험도 들어 주고 장례비도 지원해 주었기 때문에, 바움가트너의 어머니는 조지프의 장례 비용을 낼 필요가 없었을 뿐 아니라 생명 보험금으로 6천 달러짜리 수표도 받을 수 있었다 ― 숭고하고 자비로운 〈노동자 서클〉이 시커멓고 절망적인 세상에서 일으킨 두 가지 기적이었다. 이 서클은 연극, 음악, 재봉을 가르치는 방과 후 프로그램도 운영하여 어머니는 어렸을 때 거기에 참석했으며, 또 호프웰정크션의 실번레이크에서 열리는 〈킨더 링〉[35]이라고 부르는 여름 캠프도 후원하여 조지프 삼촌은 어머니가 아홉, 열, 열하나, 열두 살 때 연달아 네 번 그곳의 세 주짜리 캠프에 보내 주었고, 어머니는 여러 차례 어린 바움가트너에게 그것이 어머니 인생에서 가장 멋진 여름이었다고 말했다.

34 Der Arbeter Ring. 노동자 서클의 이디시어 명칭.
35 Kinder Ring. 아동 서클이라는 뜻.

지금도 1935년 그 비참한 몇 달 동안 어머니가 겪었을 그 감당할 수 없이 짓누르는 외로움을 생각할 때마다 그는 여전히 가슴이 아프다. 불과 열여섯 살, 장차 어느 길로 갈지 아주 막연한 생각만 가지고 삶을 살아가던 평범한 고등학생이 하루아침에 혼자가 되어 자신을 완전히 책임지게 되었다. 갑자기 성인이 될 수밖에 없었던 준비되지 않은 10대. 어머니는 조지프 삼촌의 물건들에 둘러싸인 채 셰파드 애비뉴의 아파트에 그대로 머물고 있었지만 그해 말에는 삶의 다른 모든 것이 변했다. 고등학교에서 어머니가 가장 좋아하는 과목은 수학, 과학, 음악, 미술, 가정이었으며 영어, 역사, 프랑스어에서는 늘 고생했다. 똑똑하지 못해서가 아니라 읽는 데 문제가 있어서 속도가 너무 느려 수업을 따라갈 수 없었기 때문이다. 바움가트너가 나중에 알아낸 바로 어머니는 어린 시절 이래 난독증으로 고생했지만 선생 그 누구도 그 문제를 진단하거나 어머니에게 어떤 도움을 준 적이 없어, 다른 아이들에게 뒤처지면서 자신이 멍청하다고 생각하게 되었다. 매일 아침 학교에 들어갈 때마다 그 말이 머릿속에 울려 퍼졌고 발을 질질 끌면서 복도를 걸을 때면 수치감이 두 어깨를 짓눌렀다. 예쁘고 명랑하던 루스 오스터는 이제 누구도 어떻게 상대해야 좋을지 알 수 없는 수줍고 자신감 없는 소녀가 되었다. 조지프 삼촌이 죽고 나서 석 달 뒤 루스는 학교를 그만두었지만, 그 전에 재봉 선생님 만쿠소 부인과 오래 이야기를 나누었다. 이 선생님은 학생들 앞에서 루스가 자신이 가르쳐 본 가장 재능 있는 학생이라고 칭찬한 적이 있었다. 통통하고 어머니처럼 푸근한 미시즈 M은 루스의 두 손을 잡았고 대화 내내 그 손을 놓지 않았다. 만일 전문 재봉사가 되고 싶다면, 그녀는 말했다, 1년 집중 과정의 직업 학교에 들어가거나 어딘가에서 도제로 일을 시작하면 된다. 바움가트너의 어머니는 학교는 건너뛰고 바로 일을 하고 싶지만 어디에서 하느냐가 문제라고 말했다. 만쿠소 부인은 미소를 지으며 말했다, 그건 문제가 될 것 같지 않구나, 애야.

〈노동자 서클〉에서 일으킨 두 가지 기적 다음으로 만쿠소 부인은 세 번째 기적이었으며, 네 번째는 부인의 자매인 로절리 맥파든으로, 그녀는 뉴어크 시내 아카데미 스트리트에서 마담 로절리 양장점을 운영하는 전설적인 재봉사였다. 이것은 바움가트너에게 인간의 역사에서 벌써 몇 번째인지는 모르지만, 우리 모두 서로 의존하고 있고 어떤 사람도, 심지어 가장 고립된 사람이라 해도, 다른 사람의 도움 없이는 생존할 수 없다는 것을 증명해 주는 일일 뿐이었다. 로빈슨 크루소도 마찬가지인데, 만일 프라이데이가 나타나 구해 주지 않았다면 그는 죽고 말았을 것이다.

3년 뒤, 사장이 바움가트너라는 남자에게 정성껏 연

락해 준 덕에 루스는 비어 있던 트로카데로 패션스 수석 재봉사 자리에 채용되었다. 그녀가 직장을 옮기고 싶었던 게 아니라, 나이 들어 가는 마담 로절리가 이제 일을 그만두고 은퇴하여 남편과 함께 플로리다로 갈 계획이었기 때문이다. 바움가트너의 어머니가 즐겨 이야기한 대로 그녀는 그 가게에 취직하여 낮은 수습사원에서 신뢰받는 애제자로 성장하면서 탄력을 회복했지만, 이제 가게가 문을 닫게 되었으니 움직일 때가 되었다. 새로운 일자리는 마담 로절리의 사교계 상류층을 지향하는 사업과 비교하면 한참 아랫급이었다. 지금 가게의 고객은 교외의 부유한 여자들로 그들 다수가 줄줄이 걸린 값비싼 기성복을 그냥 지나쳐, 마담 로질리가 그들을 위한 맞춤 드레스나 그들의 딸을 위한 화려한 웨딩드레스를 디자인하는 뒷방으로 곧장 들어갈 만한 경제적 여유가 있었다. 그 모든 옷은 뒷뒷방에 있는 여성 여섯 명으로 이루어진 재봉사조 담당이었는데, 거기에서 어린 루시는 천천히 그러나 꾸준히 그들 가운데 가장 반짝이는 빛으로 떠오르고 있었다. 이제 트로카데로에 가면 맞춤 드레스를 만들 수는 없었지만, 그래도 그 시점에서는 그 자리가 손에 넣을 수 있는 최선으로 보였다. 보수도 괜찮았고, 가게도 그녀가 사는 곳에서 가까워 걸어 다닐 수 있었는데, 그것은 곧 이제 아침저녁으로 출퇴근 시간의 붐비는 버스에서 서서

갈 필요가 없고 또 교통비가 보수를 갉아먹는 일도 없어진다는 뜻이었다. 어차피 새 가게에 오래 있지도 않을 테니까, 그녀는 그렇게 생각했다. 길어야 1~2년. 그 다음에는 캘리포니아로 가서 할리우드 영화사 의상부에 자리 잡을 작정이었다. 상상해 봐, 그녀는 어린 바움가트너에게 말하곤 했다. 나폴레옹 전쟁을 그린 거대한 시대극 같은 데 사용할 의상을 만들거나 캐럴 롬바드가 윌리엄 파월과 함께 담배 연기 자욱한 뉴욕 나이트클럽에 걸어 들어가는 장면에서 입을 몸에 착 붙는 은은하게 빛나는 가운을 가봉하는 거야. 그랬으면 정말 기막히지 않았겠어? 네, 바움가트너는 말하곤 했다, 정말 기막혔겠네요. 하지만 계획대로 그렇게 하셨으면 좋았을 거라는 말을 하려고 할 때마다, 그랬다면 자기가 태어나는 일은 없었을 것임을 깨달았다. 그래서 더 말을 보태는 대신 그냥 앉아서 어머니에게 미소만 지어 주었다.

아버지가 죽은 뒤 라이언스 애비뉴에 돌아가 둘이 매일 밤늦게까지 부엌에 앉아 이야기를 나누던 그 괴상한 일주일 동안 바움가트너는 어머니한테 가게를 팔고, 건물을 팔고, 거기에서 벗어나라고 힘주어 말했다. 그 돈과 생명 보험금을 합치면 어디든 가고 싶은 데로 갈 수 있을 것이다. 어머니는 겨우 마흔여섯이니, 아직 젊고, 아직 생기가 넘치고, 아직 1백 가지 가능한 미래가 열려 있다. 뉴어크는 무너질 거다, 그는 말했다, 오래지 않아 이 도시는 박살 날 거다, 하지만 지금 어머니가 황소의 뿔을 잡고[36] 행동에 나서면 최악의 사태가 벌어지기 전에 떠날 수 있을 거다.

네 말이 틀렸다는 게 아니야, 사이, 하지만 내가 어디로 가니? 나오미는 아직 학교에 다녀. 나는 그 아이를 먼저 생각해야 해, 안 그러니?

멀리 가실 필요 없어요. 그냥 이 도시 밖으로만 나가세요. 메이플우드나 사우스오렌지나 웨스트오렌지나 몬트클레어로 가세요. 그곳에 가면 가엾은 나오미도 지금 있는 곳에서보다 훨씬 행복할 거예요. 갈등할 게 없어요. 어머니 자신을 위해 떠나는 게 저 아이를 위해 떠나는 것이기도 해요. 그러면 마침내 이 너저분한 아파트도 없애 버릴 수 있을 거예요.

가게를 닫으면 벨라는 어쩌고? 쿠키 카스텔라노스는? 또 메리 볼턴, 우리가 9월에 채용한 니그로 여자애는? 이게 그 아이의 첫 일자리고 지금 아주 잘하고 있는데 어떻게 그 애를 그냥 거리로 쫓아내?

벨라는 이미 사회 보장 혜택을 받고 있고, 곧 메디케어 보험도 들게 될 거예요. 법안이 올해 안에 통과될 게 틀림없으니까. 그러고도 부족한 건 벨라의 다 큰 두 조

---

36 문제에 정면으로 맞선다는 뜻.

카딸, 딩뱃하고 두퍼스[37]가 채워 줄 수 있고요. 쿠키하고 메리는, 누가 이 가게를 인수하고 싶어 하면, 계약서에 두 사람을 계속 채용해야 한다는 조항을 집어넣으세요. 만일 건물을 사는 사람이 가게를 닫고 싶어 하면 퇴직금을 많이 주고 ― 한 여섯 달 치 정도 ― 행운을 빌어 줄 수밖에 없어요. 둘 다 어리니 오래지 않아 자기 발로 설 거예요.

아주 간단하게 이야기하는구나.

실제로 간단하니까요.

그럼 나는 어떻게 돼? 내가 저 바깥 교외의 큰 집에서 뭘 해? 나오미가 학교를 마치고 집에 오기를 기다려? 진공청소기로 바닥 깔개의 먼지나 빨아들여? 솔리테어[38]를 해? 술을 마시고 주정뱅이가 돼? 나는 늘 일을 해왔어, 사이, 열여섯, 열일곱 살 때부터 지금까지 하고 있고, 평생 이 가게를 운영해 왔어. 나도 네가 이걸 대단치 않게 생각한다는 건 알아. 또 네 아버지가 마음 한구석에서는 늘 이 가게를 싫어했다는 것도 알지. 하지만 트로카데로 패션스가 비록 유행에 뒤떨어지는 여자들이나 입는 흔해 빠진 옷을 파는 가게라고 해도, 그 여자들이야말로 진짜 사람들이야. 그 사람들은 자신이 괜찮다고 느끼며 돌아다닐 자격이 있어. 그게 내

37 둘 다 멍청이라는 뜻.
38 혼자 하는 카드 놀이.

가 그동안 쭉 해온 일이야. 그 흔해 빠진 드레스를 가져다 치수를 조정할 때 디자인도 손을 대 몸에 맞추고 선이 적당히 살아 있게 만들어서 그걸 입은 여자들이 매력적으로 보이게 하는 거. 자기가 매력적이라는 느낌이 들면 자신이 괜찮게 느껴져. 살이 뒤룩뒤룩한 중년 여자들이 자신이 괜찮다고 느끼게 해주는 건 큰 도움을 주는 일이야. 안 그러니, 나라면 미츠바[39]라고 부를 거다. 그렇기에 나는 여기서 내가 해온 일이 자랑스러워, 사이. 나는 수고할 가치가 없는 일에 내 재능을 낭비했다고 생각하지 않아. 수고할 가치가 없는 사람은 없으니까, 그 사람이 누구든.

나도 알아요, 엄마. 그냥 이제는 수건을 던질 때가 되었다[40]고 생각한다는 거예요. 가게도 가게지만 뉴어크 자체도 문제예요. 엄마가 알아채기도 전에 엄마가 도와주던 그 모든 여자가 떠날 거고, 그러면 엄마와 가게와 나오미와 엄마가 보살피는 다른 모든 게 어떻게 되겠어요? 이사하세요. 제발 부탁하는데, 팔고 떠나세요. 그래서 일단 다른 데 자리를 잡고, 그런 다음 다시 일로 돌아가서 엄마가 원하는 만큼 오래 일하세요. 할리우드 영화사에서 일자리를 얻겠다던 엄마의 예전 꿈 기억나요? 봐요, 그 영화사들은 지금 다 죽었어요, 안 그

39 선행이나 덕행을 뜻하는 유대식 표현.
40 권투에서 기권을 표시하는 행동.

래요? 하지만 의상을 디자인하고 싶다면 요즘에는 뉴욕 극장가에 일이 많아요. 브로드웨이만이 아니라 오프 브로드웨이에도 또 오프 오프 브로드웨이에도 또 오프 오프 오프 브로드웨이에도. 틀림없이 도시의 누군가와 연결이 되어서 그 일을 시작할 수 있을 거예요. 하지만 극장이 너무 가파른 산이라서 지금 당장은 올라가지 못하겠다면, 다시 마담 로절리 생각을 해보세요. 그 사람 손님들은 다 방금 말한 교외 타운들과 다른 약 스물일곱 개의 타운에서 왔다는 거, 또 그런 타운들에는 돈 가진 사람이 많다는 걸 잊지 마세요. 엄마가 거기 가 살면서 그 근처 타운에 가게를 내면 그런 사람들이 죄다 달려올 거라는 데, 그리고 엄마가 알아채기도 전에 감당할 수 없을 정도로 일이 많아질 거라는 데 도넛에 달러까지 걸 수 있어요.

바움가트너의 어머니는 웃음을 터뜨리기 시작했다. 아버지 장례식 이후 처음으로 어머니 목에서 웃음이 쏟아져 나왔다. 이윽고 그녀가 말했다. 몇 년 전에 내가 맡았던 웨딩드레스 기억나니?

그걸 어떻게 잊어요? 내 평생 그렇게 웃어 본 적이 없을 것 같은데.

너한테 그런 일을 시켜서 미안해, 사이. 하지만 달리 부탁할 데가 있어야지. 쿠키는 키가 너무 작았고, 메리 전에 있던 아이는 너무 뚱뚱했잖아. 날짜는 다가오고 신부가 마지막 가봉을 할 준비는 해놔야 했으니. 네가 그때 몇 살이었더라?

열넷.

열넷. 그때 너는 쑥쑥 크기 시작했지. 그때는 165센티미터나 167센티미터 정도였을 텐데, 신부하고 딱 같은 키였어. 또 신부도 말랐지. 그 당시 너하고 몸집이나 몸매가 비슷했어. 가슴은 물론 빼고. 그래서 필요한 데를 손보는 동안 드레스를 좀 입고 있어 주겠냐고 너한테 물은 거지. 처음에 너는 싫다고 했지만 내가 다시 부탁하니까 네가 그랬지, 좋아요, 정말 그렇게 중요한 거라면. 그게 정말 기분이 좋았던 건 네가 나한테 화를 내지 않았다는 거야. 너는 드레스를 입었고, 2초가 지나자 발작을 일으키듯이 낄낄대다 쓰러졌지.

내가 열한 살인가 열두 살 때 봤던 그 웃기는 영화 생각을 하고 있었어요. 「뜨거운 것이 좋아」. 잭 레먼하고 토니 커티스가 드레스를 입고 껑충껑충 돌아다니고 섹시한 매릴린 먼로는 마치 반은 벗은 것처럼 살이 다 쏟아져 나올 것 같은 드레스를 입고 나왔죠. 그런데 나는 수전 슈워츠먼의 웨딩드레스를 입고 너무 창피하고 혼란스러워서 머리가 떨어져 나가라 웃음을 터뜨리고 있었고. 우리가 막 일을 끝낼 때쯤 해서 누가 들어왔는지 알죠.

네 아버지는 네가 웃는 소리를 들었을 거야. 그래서

무슨 일인가 하고 내려와 본 거지.

그리고 말했죠. 젠장, 루스, 아들한테 도대체 무슨 짓을 하는 거야!

그랬는데 네가 이렇게 말했지, 정말로 날 도와줬어. 걱정 마세요, 아버지, 지금 학교에서 「뜨거운 것이 좋아」를 하는데 내일 오디션이 있어서 연습 중이에요. 내가 어느 쪽 오디션에 나가는 게 좋을까요, 잭 레먼, 아니면 토니 커티스?

그랬더니 노친네가 큰 소리로 웃음을 터뜨렸는데 그건 내가 노친네를 안 그 모든 세월 동안 다섯 번째인가 여섯 번째 있는 일이었어요.

웃음을 그치고 나서 네 아버지는 우리한테 말했지. 뭐 누구도 완벽하진 않아.[41]

그러더니 차분하게 위층으로 돌아갔죠.

이날 오후에 세 번째인가 네 번째로 바움가트너는 생각을 하다 말고 고개를 쳐든다. 두툼한 구름이 해 앞을 지나가면서 잠시 하늘이 어두워졌고, 세상이 이렇게 갑자기 변하자 바움가트너는 마당을 둘러보며 다시 주변과 결합하려 한다. 또는 지금까지 생각하던 걸 소화하려 한다. 하지만 어떤 생각을 소화해야 하는지 잘 알 수가 없다. 그러다 의자가 불편하다는 것, 등이 아프

---

41 「뜨거운 것이 좋아」에 나오는 유명한 대사. 영화 속 남성이 자기가 좋아한 여자(잭 레먼 분)가 사실은 남자라는 게 드러났을 때 하는 말.

고 다리고 뻣뻣해지고 있다는 걸 깨닫고 일어서서 잠시 두 팔을 뻗고 다리를 하나씩 흔들어본 다음 허리를 굽혀 두 손끝을 발가락까지 내려 보려 한다. 요 몇 년 동안은 성공한 적이 없다. 하지만 손끝이 정강이 중간 정도까지밖에 내려가지 않는다 해도, 불편한 의자에 꼼짝 하지 않고 가만히 앉아 있는 상태에서 벗어나 그런 노력을 한다는 것 자체에 마음이 편해지고 기분이 좋아져서 허리를 폈다가 다시 굽히고, 마지막으로 한 번 더 그 동작을 반복한다. 이제 구름은 옮겨 가서 해는 가리지 않았지만 빛은 조금 변했다. 간신히 알아차릴 만큼 미세한 변화지만, 그런 변화로 인해 사물이 더 진해지고 결들이 선명하게 드러나는 느낌이다. 바움가트너는 더 편한 의자가 있을 기라 생각하고 그걸 찾아 마당을 돌아다니다 오후가 흘러가는 속도가 생각보다 약간 빨랐다는 것을 깨닫는다. 이제 곧 해가 땅과 만드는 각을 더 좁히며 기울어지면, 빛을 발하고 숨을 쉬는 것들, 밤이 내리면 점차 희미해지다 어둠 속으로 사라질 것들의 유령 같은 아름다움이 해가 비추는 세계를 흠뻑 적시는 순간이 찾아올 것이다. 그 사이에 바움가트너는 의자를 하나 더 시험해 보는데, 처음 의자보다 불편하다. 하나 더 시험해 보고 그것도 내친 다음 첫 의자로 돌아간다. 그게 아까 생각했던 것보다는 덜 불편하여, 다시 거기에 자리를 잡고 아까처럼 천천히 계획적으로 숨을 쉬면서 정신이 다음에는 어디로 자신을 데려갈 것인지 자문해 본다.

그의 생각은 애나의 얼굴로 훌쩍 뛰어간다. 그의 어머니 집에서 거실로 들어와 그에게 어머니가 방금 죽었다고 말해 주며 울던 애나의 얼굴. 바움가트너는 임종을 앞둔 어머니의 침대 옆에 열두 시간을 줄곧 앉아 있다가 잠깐 눈을 붙이러 거실로 나와 있었고 먼저 눈을 붙였던 애나는 침실에 그대로 있었기 때문에 어머니가 죽는 것을 지켜본 사람은 그녀가 되었다. 췌장암. 잔인한 여섯 달 동안 어머니의 작은 몸은 무시무시하게 말라 붙었고, 예순두 살로 죽었다.

암에 걸리기 전까지 어머니는 자신을 위한 새로운 삶을 꾸리고 있었다. 아버지가 죽고 나서 열여덟 달 뒤이자 뉴어크에 대한 그의 예언이 현실이 되기 — 그가 상상도 할 수 없었을 정도로 치명적이고 폭력적인 방식으로 — 1년 전인 1966년[42]에 라이언스 애비뉴의 가게를 팔았다. 어머니는 몬트클레어의 작은 2층 집에 나오미와 함께 자리를 잡았다. 고집스럽고 실수투성이인 나오미는 종종 비참한 상태에서 허덕였지만 그럼에도 고등학교 마지막 2년 동안은 그런대로 안정을 찾았고, 그 무렵 언제인가, 그의 생각으로는 1969년인데, 마담

---

42 스물여섯 명이 죽고 수백 명이 중상을 입은 뉴어크 폭동이 1967년에 일어난다.

루스 의상실이 문을 열었다. 부잣집 딸의 호화로운 웨딩드레스가 전문이었지만 남녀를 위한 다른 종류의 옷도 만들었고, 덤으로 쿠키와 메리도 어머니 밑에서 일하게 되어 남편을 만나고 자식을 낳기 시작한 뒤에도 가게를 떠나지 않았다. 그래서 어머니의 삶의 마지막 몇 주 동안은 쿠키와 메리도 집 안에서 자주 볼 수 있었다. 이제 결혼해서 한 살짜리 딸을 둔 나오미도 마찬가지였다. 어머니는 너무 젊어서 죽었기에 나이 든 여자가 될 기회를 얻지도 못했지만, 그래도 애나를 몇 년은 알 만큼, 애나를 몇 년은 사랑할 만큼 오래, 또 손녀 바버라를 알고 사랑할 만큼은 오래 살았다. 그 세월 내내 남자는 없었다. 재혼을 원한다는 생각을 드러내기는커녕 바움가트너가 아는 한 누구하고 데이트조차 한 적이 없었다. 1970년대 몇 년 동안은 나이가 위인 매기 월드먼이라는 여자와 가까운 친구가 된 것 같았는데, 그들의 우정의 성격을 바움가트너는 정확히 알지 못했다. 어머니를 위해서, 그는 두 사람이 사랑했기를 바라지만, 매기 월드먼은 어머니보다 3년 전에 죽었고, 따라서 그는 둘 사이에 무슨 일이 있었는지 또는 없었는지 절대 알 수 없을 것이다.

그의 생각은 어머니 생의 마지막으로부터 그 삶의 시작으로 흘러가더니 그 전의 몇 년, 몇 세기를 거슬러 밀고 올라가고, 그러다 문득 2년 전 우크라이나에 출장을 갔던 일과 어머니의 아버지가 태어난 도시에서 보낸 날이 떠오르기 시작한다. 그는 그해에 르비우에서 열린 연례 PEN 국제 대회의 어떤 공개 토론회에 초대를 받았는데, 토론회에 참석하고 세계의 PEN 지부 대표들을 만나고 싶기도 했지만, 하루는 오후에 시간을 내 남쪽으로 두 시간 거리인 외할아버지의 고향을 찾아갈 만한 시간을 낼 수 있겠다는 생각도 하고 있었다. 그곳을 방문하는 동안 몇 가지 특별한 일이 그에게 일어났으며, 집에 온 이후로 그것에 관해 쓰고 싶었으나 책을 집필하느라 바빠 손을 대지 못했다. 하지만 지금, 어머니의 기억들이 머릿속에서 타오르자 갑자기 의자에서 일어나 집 안으로 돌아가 한 시간 반 전에 나온 2층 작업실로 들어간다. 『운전대의 신비』와 관련된 초고와 교정지와 메모를 옆으로 밀어 놓고, 책을 쓰던 작업은 중단한 채 2017년 9월 21일 이바노프란키우스크를 여행한 이야기를 쓰기 시작한다. 그는 몇 시간 동안 일을 하다 뱃속에서 신호가 올 때에야 멈춘 다음 내려가서 저녁을 먹고, 다음 날 다시 계속하여 저녁을 먹기 전까지 그 작업을 한다. 그래서 이제 끝이 난 것 같다, 그의 생각으로는. 하지만 분명히 해두기 위해 다음 날 아침 다시 원고로 돌아가 세 시간을 더 들여 오탈자와 실수를 손보고, 문장의 박자를 다듬으며 짧고 혼란스러운 글을 마지막으로 손질한다.

스타니슬라프의 이리들

어떤 사건이 진실로 받아들여지기 위해서는 실제로 진실이어야 할까, 아니면 설사 그 일이 일어나지 않았다 해도, 어떤 사건의 진실성에 대한 믿음이 그것을 진실로 만드는 것일까? 그 사건이 실제로 일어났느냐 아니냐를 알아내려는 노력에도 불구하고 불확실성이라는 막다른 골목에 이르렀다면 어떻게 될까? 우크라이나 서부의 도시 이바노프란키우스크의 한 카페 테라스에서 누군가 해준 이야기가 잘 알려지지 않았으나 입증은 가능한 역사적 사건에서 파생된 것인지, 아니면 그저 전설이나 허풍이나 아버지에게서 아들로 전해지는 근거 없는 소문에 불과한 것인지 자신할 수 없다면? 더 중요한 점으로, 그 이야기가 너무 놀랍고 너무 강력해서 입을 떡 벌어지게 하고, 세상에 대한 우리의 이해를 바꾸고 고양하고 심화한다고 느낀다면, 그 이야기가 진실이냐 아니냐가 문제가 될까?

이런저런 상황 때문에 나는 2017년 9월 우크라이나에 가게 되었다. 르비우에 볼일이 있었지만, 일이 없는 날을 이용해 남쪽으로 두 시간 여행하여 이바노프란키우스크에서 오후를 보냈는데, 그곳은 1880년대 초 언젠가 나의 외할아버지가 태어난 곳이었다. 호기심, 그게 아니면 가짜 노스탤지어의 유혹이라고 부를 만한 것 외에는 그곳에 갈 이유가 없었다. 사실 나는 할아버지를 알았던 적이 없고 지금도 거의 아는 게 없기 때문이다. 할아버지는 내가 태어나기 27년 전에 죽었으니 기록되지 않은, 기억되지 않는 과거의 그림자 인간이다. 할아버지가 19세기 말 또는 20세기 초에 떠난 도시로 가면서도 나는 그가 소년 시절과 사춘기를 보낸 장소가 이제는 내가 오후를 보내게 될 장소와 같지 않다는 것을 알고 있었다. 그럼에도 나는 그곳에 가고 싶었고, 내가 가고 싶었던 이유를 돌이켜 생각해 보니, 그것은 확인할 수 있는 한 가지 사실로 요약될 듯하다. 이 여행을 통해 나는 동유럽의 피의 땅, 20세기 학살의 중심을 이루는 공포 지대를 통과하게 될 것이며, 나의 어머니에게 이름을 남긴 책임이 있는 그 그림자 인간이 그 지역을 그때 떠나지 않았다면 나는 태어나지도 않았을 것이라는 사실.

내가 도착 전에 미리 알고 있었던 것은 그곳이 1962년에 이바노프란키우스크가 되기 전(우크라이나의 시인 이반 프란코를 기려), 이 4백 년 된 도시는 폴란드, 독일, 우크라이나, 소비에트 가운데 누구의 통치하에 있느냐에 따라 스타니스와부프, 슈타니슬라우, 스타니슬라비우, 스타니슬라프라는 다양한 이름으로 알려져 왔다는 사실이었다. 폴란드 도시는 합스부르크 도시가 되었고, 합스부르크 도시는 오스트리아-헝가리 도시가 되었으며, 오스트리아-헝가리 도시는 제1차 세계 대전 첫 두 해 동안 러시아 도시가 되었다가, 그다음에는 오스트리아-헝가리 도시가 되었고, 전후 잠시 우크라이나 도시가 되었다가, 폴란드 도시가 되었다가, 소비에트 도시가 되었다가(1939년 9월부터 1941년 7월까지), 독일이 지배하는 도시가 되었다가(1944년 7월까지), 다시 소비에트 도시가 되었다가, 1991년 소련이 무너진 뒤에 이제 우크라이나 도시가 되었다. 나의 할아버지가 태어났을 때 인구는 1만 8천 명이었고, 1900년(할아버지가 떠날 무렵)에는 2만 6천 명이 살고 있었는데 반 이상이 유대인이었다. 내가 찾아갈 무렵 인구는 23만으로 늘어났지만, 과거 나치 점령기에는 8만에서 9만 5천 명 사이였고 반은 유대인 반은 비유대인이었다. 내가 그곳에 가기 전에 이미 수십 년 동안 알고 있던 사실이지만, 독일이 1941년 여름 이곳을 침공한 뒤 가을에 유대인 1만 명이 유대인 묘지로 끌려가 총살당했고, 12월까지는 남은 유대인이 전부 다 게토로 끌려갔으며, 게토에서 유대인 1만 명이 추가로 폴란드에 있는 죽음의 베우제츠 수용소로 이송되었고, 그 뒤 1942년 전 기간과 1943년 초 독일인은 슈타니슬라우의 살아남은 유대인을 한 명씩,

다섯 명씩, 스무 명씩 도시 주변 숲으로 데려가 총살하고 총살하고 또 총살하여, 마침내 유대인이 한 명도 남지 않게 되었다 — 수만 명이 뒤통수에 총을 맞았고, 살해당한 사람들이 살해당하기 전에 미리 판 구덩이에 함께 묻혔다.

르비우에서 만난 한 친절한 여자가 나를 위해 답사를 준비해 주었는데, 그녀는 이바노프란키우스크에서 나고 자라고 여전히 거기에 살아, 어디를 가고 무엇을 보아야 할지 알았으며, 심지어 우리를 그곳까지 태워다 줄 사람을 구하는 수고도 해주었다. 기사는 죽음을 두려워하지 않는 젊은 미치광이로 마치 경주용 자동차 영화의 스턴트맨 오디션을 보듯 앞에 있는 모든 차를 추월하며 좁은 2차선 간선 도로를 쏜살같이 질주하는 터무니없는 모험을 했다. 반대 방향에서 차가 우리를 향해 돌진해 오는데도 차분한 표정으로 갑자기 그쪽 차선으로 방향을 확 틀었기 때문에 가던 도중 몇 번이나 2017년 가을 초입의 이 잔뜩 흐린 날이 지상에서의 마지막 날이 될 거라는 생각이 들었다. 할아버지가 1백여 년 전에 떠난 도시를 찾아가려고 이 먼 길을 와서 거기 도착하기도 전에 죽고 말다니 이 얼마나 큰 아이러니이며, 나는 속으로 말했다, 또 이 얼마나 무시무시하게 어울리는 일인가.

다행히도 차량은 드물었고, 빠르게 움직이는 차와 느리게 움직이는 트럭이 섞여 있었으며, 어느 지점에서는 건초를 엄청나게 실은 말이 끄는 수레가 가장 느리게 움직이는 트럭의 10분의 1 속도로 움직이기도 했다. 다리가 굵은 건장한 여자들이 머리에 바부슈카를 쓰고 식료품이 가득 든 비닐봉지를 들고 길가를 따라 터벅터벅 걸었다. 비닐봉지만 없었다면 2백 년 전 인물들이라고 할 수도 있을 것 같았다. 내구성이 아주 강해 21세기까지 살아남은 아주 오래된 과거 속에 갇혀 있는 동유럽 여성 농민들. 우리는 작은 도시에서 여남은 개의 외곽을 관통했고 양편으로 추수한 지 얼마 되지 않는 넓은 밭들이 펼쳐져 있었지만, 그렇게 3분의 2쯤 가자 농촌 풍경은 사라지고 중공업이 지배하는 무인 지대가 나타났다. 우리 앞 왼쪽에서 갑자기 치솟은 엄청난 발전소가 가장 장관이었다. 차에서 그 친절한 여자가 해준 이야기를 혼동한 게 아니라면, 그 한 덩어리로 이루어진 거대한 시설은 독일을 비롯한 서유럽 나라들이 사용하는 전기의 많은 부분을 공급한다. 그것이 동과 서 사이 학살의 땅에 갇힌 그 1천2백 킬로미터 폭 완충국의 모순된 진실이다. 우크라이나는 한편으로는 불을 밝히고 세상이 돌아가게 하는 전기를 공급하고, 다른 한편으로는 공세에 시달리며 오그라드는 영토를 방어

하기 위해 계속 피를 흘리고 있기 때문이다.

직접 가보니 이바노프란키우스크는 매력적인 곳이었고, 내가 상상했던 해체되어 가는 도시의 폐허와는 전혀 닮지 않은 도시였다. 우리가 도착하기 불과 몇 분 전 구름이 흩어져 해가 비추고 거리와 광장에는 사람들 수십 명이 걸어 다니고 있었으며, 나는 그곳이 아주 깨끗하고 질서 정연하다는 데, 과거에 처박힌 지방의 어떤 벽지가 아니라 서점, 극장, 레스토랑을 갖춘 작고 현대적인 도시라는 데 감명받았다. 새 건축물과 오래된 건축물이 기분 좋게 섞여 있고, 오래된 것은 그 도시를 건설한 폴란드인과 그들을 정복한 합스부르크인이 세운 17~18세기 건물들 속에 살아남아 있었다. 그곳에서 두세 시간 떠돌다가 돌아가도 나는 만족했겠지만, 답사를 꼼꼼히 준비한 그 친절한 여자는 내가 그곳에 간 목적이 할아버지와 연결되어 있음을 알고 있었고 또 나의 할아버지는 유대인이었기 때문에 내가 도시에 남은 한 명의 랍비, 이바노프란키우스크에 마지막 남은 회당 — 가 보니 20세기 초반에 지은 튼튼하고 구조가 멋진 건물이었고, 제2차 세계 대전에서도 약간의 피해만 보았을 뿐 용케 살아남았으며 그때 피해를 본 곳도 오래전에 다 수리해 놓았다 — 의 영적 지도자와 이야기를 나누는 것이 도움이 될 수도 있겠다고 생각했다. 나는 어떻게 생각해야 할지 잘 몰랐지만 랍비와 이야기를 나누는 것에는 반대하지 않았다. 그가 아마도 나의 가족, 흩어지고 죽고, 그런 뒤에 지난 1백 년 동안의 어느 시점, 폭탄이나 불이나 또는 지나치게 열심인 관료의 서명으로 출생 기록이 거의 틀림없이 사라졌을 것이기에 결국 알 수 있는 것들의 영역에서는 사라져 버린, 눈에 보이지 않는 조상들의 그 이름 없는 무리에 관해 나에게 뭔가 말해 줄 수 있을지도 모르는 ─ 그야말로 모르는 ─ 유일한 사람, 이 세상에 아직 살아남아 있는 유일한 사람일 것이기 때문이었다. 그 랍비와 이야기를 나누어 봐야 소용없을 것이다, 나는 그것도 알고 있었다. 그런 대화는 애초에 나를 이 도시로 데려온 그 가짜 노스텔지어의 부산물에 불과했다. 그러나 나는 그곳에 있었다. 그날, 오직 그날 하루만 그곳에 있었고, 다시 그곳으로 돌아갈 생각은 전혀 없었다. 따라서 몇 가지 질문을 던지고 그 질문 가운데 혹시 하나에라도 답을 얻을 수 있는지 알아보는 게 뭐 그리 해가 되겠는가?

답은 없었다. 턱수염을 기른 정교 랍비는 사무실에서 우리를 맞이했지만 내가 이미 알고 있는 사실 ─ 오스터가 스타니슬라프 유대인에게는 흔한 이름이고 다른 곳에서는 그렇지 않다 ─ 을 말해 주고 난 뒤 잠깐 전시 이야기로 일탈하여 오스터라는 성을 가진 어떤 여자가 3년 동안 구덩이에 숨어 독일군에게 체포당하지 않고 살아남은 적이 있는데, 구덩이에서 나왔을 때는 제정신이 아니었다고, 여생을 미친 여자로 살았다고 말해 주었다. 그는 나에게 줄 정보가 없었다. 뭔가에 흥분한 채 안달하던 그 남자는 대화 내내 아주 가느다란 담배를 연달아 피웠는데, 몇 모금만 빨고 나서 비벼 끄고 책상의 비닐봉지에서 새 담배를 꺼냈다. 그는 친근하지도 불친절하지도 않았고, 그저 딴 데 정신을 팔고 있을 뿐이었다. 머릿속에 다른 일들이 있고, 내 눈에 보이기에는, 자신의 관심사에 너무 바빠 미국의 방문객이나 만남을 주선한 여자에게는 별 관심을 보이지 않았다. 누구 이야기를 들어 봐도 현재 이바노프란키우스크에 살고 있는 유대인은 많아야 2~3백 명이다. 그들 가운데 얼마나 많은 수가 자기 종교를 실제로 따르는지, 회당에서 열리는 예배에는 얼마나 참석하는지 불분명하지만, 랍비를 만나기 한 시간 전 내가 목격한 바로는 그 줄어든 수 가운데도 아주 적은 부분밖에 참여하지 않을 것 같다. 공교롭게도 내가 방문한 때가 마침 전례력에서도 가장 성스러운 날로 꼽히는 로시 하샤나[43]였는데, 새해를 환영하는 쇼파르[44] 소리를

43 유대교의 신년제.
44 원래 양의 뿔로 만든 유대군의 나팔.

들으러 성소에 모인 사람은 열다섯 명, 남자 열셋에 여자 둘이었다. 비슷한 행사 때 서유럽과 미국에 모이는 사람들과는 달리 남자들은 짙은 색 양복에 타이 차림이 아니라 나일론 바람막이 차림이었으며, 머리는 빨간색과 노란색 야구 모자로 가렸다.

우리는 밖으로 나가 한 시간, 아니 한 시간 반, 어쩌면 더 오래 돌아다녔다. 친절한 여자는 내가 4시에 다른 사람, 오랜 세월 도시의 역사를 탐구한 것으로 보이는 이바노프란키우스크의 시인과 이야기할 자리를 준비해 놓았지만, 잠시 앞서 놓쳤던 장소들 몇 군데를 둘러볼 시간이 있어 계속 산책을 하기로 하고 도시의 꽤 많은 부분을 돌아다녔다. 이제 해가 밝게 빛나고 있었고, 우리는 그 아름다운 9월의 빛 속에서 어슬렁거리다 넓게 트인 광장으로 가 〈거룩한 부활 성당〉 앞에 섰다. 이바노프란키우스크가 슈타니슬라우라고 알려져 있던 시절에 지은 18세기 바로크 성당으로 가장 아름다운 합스부르크 건축물로 여겨지는 곳이었다. 나는 그곳이 서유럽 크고 작은 도시에서 찾아간, 다른 아름다운 교회나 성당과 마찬가지로 카메라를 든 뜨내기 관광객 몇 명을 제외하면 안이 대체로 텅 비어 있을 거라고 상상했다. 틀린 생각이었다. 이곳은 결국 서유럽이 아니었다. 한때 소련이었던 곳의 서쪽 끝 가장자리, 예전 오스트리아-헝가리 제국의 동쪽 끝 가장자리에 있던 갈리시아주에 자리 잡은 도시였다. 로마 가톨릭이나 러시아 정교가 아니라 그리스 가톨릭인 교회는 사람들로 바글바글했고, 그들 가운데 관광객이나 바로크 건축 연구자는 없고, 스테인드글라스 창을 통해 쏟아져 내리는 9월의 빛을 받으며 그 거대한 돌 공간에서 기도하거나, 생각하거나, 자기들끼리 또는 전능한 존재와 교감하러 온 현지 시민들뿐이었다. 전부 2백 명 쯤 있었을 텐데, 그 거대하고 말 없는 군중을 보며 가장 놀랐던 것은 그 가운데 젊은 사람이 아주 많아, 전체 가운데 족히 반은 된다는 점이었다. 신도석에 앉아 고개를 숙인, 또는 무릎을 꿇은 채 두 손을 모으고 고개는 위로 젖혀 시선을 스테인드글라스 창을 통해 쏟아지는 빛을 향해 고정한 20대 초의 남녀. 날씨가 유난히 화창하다는 것 외에는 여느 날과 전혀 구별되지 않는 평범한 평일 오후, 그 빛이 찬란한 오후에 〈거룩한 부활 성당〉은 일을 하거나 야외 카페에 앉아 있는 것이 아니라 기도하는 자세로 돌바닥에 무릎을 꿇고 두 손을 모은 채 고개를 위로 쳐들고 있는 젊은 사람들로 가득했다. 줄담배를 피우는 랍비, 빨간색과 노란색 야구 모자, 뒤에 이번에는 이런 장면.

그렇게 예상을 뒤집는 대조적인 두 장면을 본 뒤라서, 만나게 된 시인이 불교도인 것이 나에게는 완벽하게 말이 되었다. 아니, 선(禪)에 관한 책 두어 권 읽은 무슨 뉴에이지 개종자가 아니라, 네팔의 한 절에 넉 달간 머물다 막 돌아온 오랜 신자였고 진지한 사람이었다. 또 시인이었고, 나의 할아버지가 태어난 도시를 연구하는 사람이었다. 몸집이 아주 큰 남자로 손은 두툼하고 태도는 붙임성이 있었으며, 눈은 맑은 데다 생각이 깊었고, 유럽식 옷차림에 자신이 불교에 헌신한다는 말은 지나가면서 살짝 비쳤을 뿐이다. 나는 그것을 이 만남이 잘될 것 같다는 신호로 받아들였고, 그래서 그를 신뢰했으며 그가 나에게 하는 이야기가 진실이라고 믿을 수 있다고 느꼈다. 그 만남은 딱 2년 전이었지만 특이한 점은 그런 짧은 시간밖에 흐르지 않았음에도, 또 내가 그 이후 거의 매일 그 만남을 생각했음에도, 그가 이리 이야기를 하기 전 그 도시에 관해 해준 말은 단 하나도 기억나지 않는다는 것이다. 그가 이리 이야기를 시작하자 다른 모든 것은 지워졌다.

우리는 도시에서 가장 큰 광장을 내다보는 카페 테라스에 앉아 있었다. 슈타니슬라우-스타니슬라프-이바노프란키우스크의 중심인 넓은 공간은 햇빛을 흠뻑 받고 있었으며 차는 없었고 수많은 인파가 여기저기 사방으로 걸어 다니고 있었다. 내 기억으로는 그들 누구도 소리를 내지 않았다. 시인이 해주는 이야기에 귀를 기울이는 동안 몸뚱이들의 무리는 말없이 내 앞을 지나고 있었을 뿐이다. 그에게도 이미 말했듯이 나는 1941년부터 1943년 사이에 그곳 주민의 반인 유대인에게 벌어졌던 일을 알고 있었는데, 그 뒤 1944년 7월, 연합군의 노르망디 상륙 여섯 주 뒤, 소련군이 그 도시를 점령하기 위해 몰려왔을 때는, 그의 말에 따르면, 독일인은 이미 완전히 빠져나갔고 주민 가운데 나머지 반도 사라지고 없었다. 모두 이 방향이나 저 방향으로, 동이나 서로, 북이나 남으로 달아났는데, 그건 곧 소련이 텅 빈 도시, 무(無)의 영토를 정복했다는 뜻이었다. 인간 거주자는 네 바람을 따라 흩어졌고, 도시에는 이제 사람 대신 이리, 수백 마리의 이리, 수백에 또 수백 마리의 이리가 살고 있었다.

무시무시하다, 나는 그렇게 생각했다. 너무 무시무시해서 가장 무시무시한 꿈에나 도사리고 있는 무서움이 느껴졌다. 갑자기, 마치 꿈에서 솟아오르듯 게오르크 트라클의 시가 떠오르며 나에게로 밀려왔다 —「동부 전선」. 내가 50년 전 처음 읽고, 그 뒤에도 다시 또다시 읽어 외우게 되고, 그러다가 직접 번역을 하게 된 제1차 세계 대전 때의 시로, 1914년에 슈타니슬라우에서 멀지 않은 갈리시아의 도시 그루데크에 관해 쓴 것인데, 이런 연으로 끝이 난다.

가시가 박힌 광야가 도시를 에워싸고 있다
달이 피로 물든 계단에서 내려와
겁에 질린 여자들을 쫓고 있다
흉포한 이리들이 문을 통과해 돌진했다

그는 어떻게 그런 이야기를 알게 되었는가? 내가 물었다.

그의 아버지, 그가 말했다, 그의 아버지가 그 이야기를 여러 번 했다. 그런 뒤 그는 계속해서 자신의 아버지는 1944년에는 갓 20대에 들어선 청년이었는데, 소련이 슈타니슬라우를 점령한 뒤, 그래서 그곳을 스타니슬라프로 부르게 된 뒤, 군대에 징집되어 이리를 박멸하는 임무를 맡았다. 그 일은 몇 주가 걸렸다, 그는 말했다. 아니, 어쩌면 몇 달이라고 말했는지도 모른다. 기억이 잘 나지 않는다. 어쨌든 스타니슬라프가 다시 사람이 거주하기에 적합한 곳이 되자 소련은 군 인력과 그들 가족으로 도시를 채웠다.

나는 앞의 광장을 내다보며 1944년 여름의 광장을 상상해 보려 했다. 볼일을 보러 여기저기 걸어 다니는 그 모든 사람이 갑자기 사라졌다. 그 장면에서 삭제되었다. 그러자 이리들이 보이기 시작했다. 광장을 성큼성큼 달려가는, 버려진 도시에서 먹이를 찾아 작은 무리를 지어 움직이는 이리 수십 마리. 이리가 악몽의 종료점이다, 나는 혼잣말을 했다. 전쟁의 참화를 낳은 어리석음의 가장 마지막 결과물이다. 이 경우에 그 참화란 동부의 그 피의 땅에서 유대인 3백만 명이 다른 종교를 가진 또는 종교가 없는 다른 헤아릴 수 없이 많은 민간인이나 군인과 함께 살해당한 것. 학살이 끝나자 흉포한 이리들이 도시의 문을 통해 밀고 들어온다. 이리는 단순히 전쟁의 상징이 아니다. 전쟁이 낳은 것이자 전쟁이 이 땅에 가지고 오는 것이다.

시인은 자신이 나에게 해주는 이야기가 진실이라고 분명히 믿고 있었다. 이리는 그에게 사실이었다. 그 이야기를 하는 목소리에 실린 차분한 확신 때문에 나도 이리를 사실로 받아들였다. 물론 그는 자기 눈으로 이리를 보지는 못했지만, 그의 아버지는 보았다. 진실이 아니라면 아버지가 아들에게 왜 그런 이야기를 하겠는가? 하지 않을 것이다, 나는 속으로 말했다. 그날 오후 늦게 이바노프란키우스크를 떠날 때 나는 러시아가 독일로부터 스타니슬라프를 빼앗은 뒤 짧은 시간 이리가 그 도시를 다스렸다고 확신하고 있었다.

그 뒤에 이어진 몇 주 또 몇 달 동안 나는 그 일을 더 철저하게 조사하기 위해 내가 할 수 있는 일을 했다. 르비우(예전에는 리보프, 르부프, 렘베르크라고 알려져 있었다)의 대학 역사학자들, 특히 그 지역 역사를 전공한 어떤 여성과 연줄이 있는 친구와 이야기를 해보았는데, 그녀가 전한 말에 따르면, 그녀는 과거에 연구를 하면서 스타니슬라프의 이리와 마주친 적이 없었다. 그녀가 직접 나서서 그 일을 더 철저하게 조사해 보았지만, 시인이 말했던 이야기에 대한 언급은 단 한 건도 발견하지 못했다. 그러나 그녀는 1944년 7월 27일 소련 군대의 그 도시 점령을 기록한 짧은 필름을 찾아냈고, 그 필름의 비디오를 나에게도 보내 주어, 나는 지금 앉아 있는 의자에 앉아 그것을 직접 볼 수 있었다.

군인 쉰 내지 1백 명이 질서 정연하게 줄지어 스타니슬라프로 행군해 들어가고, 옷을 잘 차려입고 건강도 좋아 보이는 소수의 군중이 그들의 도착에 환호한다. 이어 약간 다른 각도에서 똑같은 장면이 다시 나와, 똑같은 쉰 내지 1백 명의 군인과 옷을 잘 차려입고 건강도 좋아 보이는 똑같은 군중을 보여 준다. 그러다 필름은 무너진 다리의 이미지로 전환되며, 맥없이 서서히 결말로 나아가다 다시 원래의 군인과 환호하는 군중 장면으로 돌아간다. 군인들은 진짜 군인들이었을 수도 있지만, 여기에서는 배우로서 군인 역을 연기하라고 요청받았다. 마찬가지로 환호하는 군중을 연기하라는 지시를 받은 배우들도 소련의 선의와 용맹을 찬양할 의도로 제작된 엉성하게 편집된 미완의 선전물에서 자기 역할을 수행하고 있었다.

말할 필요도 없이, 필름 어디에서도 이리는 한 마리도 나타나지 않는다.

그래서 나는 다시 출발점으로, 답이 없는 문제로 돌아가게 된다. 사실이라고 여겨지는 게 진실인지 진실이 아닌지 확실치 않을 때는 무엇을 믿어야 하는가?

시인이 나에게 한 이야기를 긍정하거나 부정하는 정보의 부재 속에서, 나는 시인을 믿는 쪽을 선택한다. 그곳에 이리가 있었건 없었건, 나는 이리를 믿는 쪽을 선택한다.

5

당분간 모든 것이 멈추었다. 바움가트너는 『운전대의 신비』의 마지막 장의 마지막 문단의 마지막 문장을 썼고, 이제 다음 한 달 정도는 책을 다 썼다는 사실이나 애초에 그런 책을 쓰겠다고 나섰다는 사실 자체를 잊어야 한다. 바움가트너는 이 초고 완성 직후의 시기를 허탈, 또는 잔뜩 취한 미시즈 두리틀, 또는 오래된 어린 시절 코카콜라 광고의 구호를 따서 기운을 차리는 쉼이라고 부른다. 이것은 책의 완성을 향해 나아가는 데 필수적인 다음 단계다. 몇 년 또는 심지어 그보다 훨씬 더긴 세월 동안 매일 낮과 매일 밤 집필 중인 책과 함께 살다 보면 그 책과 너무 가까워져 그것을 끝냈을 때에는 자신이 한 일을 판단할 수 없는 지경에 이르기 때문이다. 더 나아가, 그때가 되면 자신이 쓴 말들이 너무 익숙해지는 바람에 페이지 위에서 죽어 버린 꼴이 되어, 이제 그것을 볼 때마다 혐오감에 몸이 떨리고, 분노 또는 절망이 발작하면 원고를 없애 버리고 싶은 유혹을 느낄 수도 있다. 정신을 놓지 않기 위해서라도, 자신이 일으킨 참사에서 구할 수 있는 게 있다면 무엇이든 구해 내기 위해서라도, 억지로라도 한 걸음 뒤로 물러나 그 빌어먹을 것을 그냥 내버려둬야 하며, 그러다 보면 마침내 그게 자신으로부터 완전히 떨어져 나가 거리감이 생기고, 그때 용기를 내 다시 집어 들면 마치 처음 마주하는 듯한 느낌을 받게 된다.

제7교도소 3층의 유일하게 비지 않은 방에서 아직도 복역하고 있는 늙은 무기수가 오랜 세월이 걸려 얻은 많은 교훈 가운데 하나가 그것.

따라서 당분간 모든 것이 멈추었고 바움가트너는 강제된 게으름이라는 또 한 번의 주기적인 막간에 이르렀다. 이럴 때면 세속적이고 실용적인 업무, 어떤 프로젝트에 열심히 매달려 있을 때는 언제나 의도적으로 무시하거나 끝내지 않고 내버려두는 일상의 모든 지겨운 의무를 처리하곤 했다. 예를 들어 치과에 간다든가, 새 옷을 몇 벌 산다든가, 1년 반을 미룬 끝에 연례 건강 검진을 받기 위해 병원에 간다든가, 집 안의 여러 흉물스러운 것을 정리한다든. 키르케고르가 끝난 뒤의 정화도 그런 예인데, 그때 그는 〈밴을 가진 사나이〉라고 알려진 동네 사람을 불러 보관하지 않을 책, 다시 말해서 씩씩한 몰리, 지난 10년 동안 그의 인생에 들락거린 다른 어떤 여자보다도 오래 관계가 유지된 UPS의 그 빛나는 존재가 건네준 판지 상자 412개의 내용물을 공공 도서관에 보내면서 뒤쪽 포치를 지저분하게 뒤덮었던 것을 마침내 깨끗하게 없애 버렸다.

하지만 이번은 비슷한 다른 모든 경우와 달라, 바움가트너는 여러 계획, 치아를 깨끗하게 정리한다든가 새 신발을 산다든가 하는 관례적인 일을 훨씬 뛰어넘는 대담한 계획을 실현하고자 불타오르고 있다. 이제 책의 마지막 문장을 쓰고 나서 나흘이 지났다. 다 쓴 직후에 261페이지짜리 원고 한 부를 인쇄하여 책상 서랍에 넣고, 다음 한 달 또는 여섯 주 동안, 다시 말해서 11월 중순이나 말까지 다시 꺼내 보지 말라고 스스로에게 일렀다. 그로부터 이틀 뒤(2019년 10월 17일), 그러니까 바로 이틀 전, 예상치 못한 일이 생겼고, 그 일 덕분에 새로운 영감을 얻어 마음이 들뜬 바움가트너는 소매를 걷어붙이고 그 일이 제시한 과제를 해결하는 작업에 뛰어들었다.

깜짝 놀란 일이란 미시간주 앤아버에서 편지가 한 통 날아온 것이었다. 비어트릭스 코언이라는 이름을 가진 사람이 한 줄 간격으로 타자를 친 정식 편지를 표준 업무용 봉투에 넣어 바움가트너가 사는 포 로드 주소로 곧바로 보냈다. 바움가트너 교수님께, 편지는 그

렇게 시작하여 코언이 바움가트너의 집 주소를 알게
된 경위를 설명하는 첫 문단으로 이어졌는데, 그 주소
는 둘 다 아는 친구인 톰 노츠위츠키가 알려 주었으며,
그는 미시간 대학원 영문학과 비교 문학 프로그램에서
코언을 가르친 지도 교수였다. 그리운 곱슬머리 배불
뚝이 톰, 바움가트너는 혼잣말을 했다, 1970년대 말과
1980년대 초 뉴스쿨 시절 만난 그들의 수다쟁이 친구,
그들보다 약간 어렸고 애나와 반쯤 사랑에 빠져 있었
는데, 끈질겼지만 뭐 해될 것 없이 툭툭 건드려 보는 정
도, 하지만 늘 예리했고 이야기를 나누다 보면 기운이
솟았다. 미국 시 전공, 현대 쪽이었으며, 블랙 마운틴
패거리[45] 출신의 이탈자와 주변적 존재들, 뉴욕파,[46] 또
나머지 시인도 모두 다루었는데, 바움가트너와 애나가
프린스턴으로 이사할 때쯤 앤아버로 떠났다. 애나의
책에 대한 가장 길고, 가장 꼼꼼하고, 가장 열렬한 서평
의 저자. 톰 노츠위츠키, 지금도 가끔 연락하며 뉴욕에
올 때면 바움가트너에게 반드시 전화하는데, 공교롭게
도 지난주 바움가트너에게 코언을 보증하면서 그녀의
편지가 곧 도착할 것임을 미리 알리는 이메일을 보냈
으나, 바움가트너는 받은 편지함을 꽉 채운 메시지 무

---

45 노스캐롤라이나의 20세기 중반 실험적 대학인 블랙 마운틴 대학과
관계가 있던 시인들을 가리킨다.
46 뉴욕시의 1950년대와 1960년대 시인과 화가 무리를 가리킨다.

더기, 책의 마지막 장을 마무리하기 위해 힘껏 밀어붙이느라 의식의 어두운 가장자리로 밀어 놓은 채 방치한 수십 통의 메일 속에 있던 그 이메일을 놓쳤다. 그래서 코언의 편지를 톰이 그녀에 관해 한 이야기(똑똑한 젊은 여자⋯⋯ 긴 세월 교단에 서면서 만난 나의 최고 제자⋯⋯ 생각과 글이 아름다운 사람으로 애나의 시를 좋아하고 — 이 얼마나 이상한 일인가요? — 보다 보면 가끔 애나 자신을 떠올리게 됩니다⋯⋯)보다 먼저 읽게 되었지만, 사실 코언의 편지는 그 자체가 보증 역할을 할 만큼 강력했으며, 바움가트너는 그 편지의 마지막 문장을 읽었을 때 바로 답을 해야 한다는 것을 깨달았다.

그녀는 애나의 작품으로 논문을 쓰기를 바랐지만 그 작품이란 것이 결국 112페이지의 책 한 권에 불과했기 때문에 위원회에서 논문 제안서를 받아 주지 않을 거라고 생각한다. 그래서 지금 바움가트너에게 편지를 쓰고 있다.『어휘』에 실린 시 여든여덟 편 외에 다른 작품이 있는지 알아보기 위해. 우선 시가 더 있는지, 또 구해 볼 수 있는 산문이 있는지, 아니면 일기, 또는 메모, 또는 초고나 수정본, 또 뭐든 발표되지 않았지만 애나 블룸의 당혹스러운 천재성을 더 완전하게 이해하는 데 도움이 될 만한 자료가 있는지. 바움가트너는 천재성 대목에서 싱긋 웃었다. 그러다 손으로 부엌 식탁을 탁

친 다음 잠시 편지를 내려놓고 환희에 젖었다. 이 아이는 진지하다, 그는 혼잣말을 했다. 물어볼 것을 다 물어보고 있다. 만일 발표하지 않은 원고가 있다면, 그녀는 말을 이어 나갔다, 그가 그것을 어디 문서 보관소에 넘겼는지, 아니면 (톰 노츠위츠키의 추측대로) 원고가 여전히 포 로드의 그의 집에 있는지 알고 싶고, 만일 집에 있으면 그녀가 찾아가서 오랜 시간 개개며 그가 가진 모든 자료를 검토하는 것을 허락해 줄 수 있는지 궁금하다 — 한 번 방문으로 그 일을 완료할 수 있다는 전제하에. 그렇지 않다면 그녀는 물론 따로 머물 곳을 찾을 것이고, 그가 제시하는 모든 규칙을 따를 것이다. 예를 들어 하루에 몇 시간 검토한다든가, 정해진 시간에 질문을 한다든가. 그래서 그의 작업을 방해하지도 그에게 폐를 끼치지도 않겠다.

애나의 책이 나온 뒤 긴 세월 동안 편지가 많이 왔지만 이 편지와 비슷한 것은 없었다. 여러 시인의 시를 모은 선집에 넣게 해달라는 요청이나 번역 문의나 매사추세츠나 네브래스카의 외로운 고등학생이 보낸 매우 감상적인 팬레터가 아니라, 다양한 방식으로 현현된 블룸의 정신을 오랜 세월에 걸쳐 정성껏 연구하여 첫 긴 글을 쓰겠다는 재능 있는 젊은 학자의 약속. 바움가트너는 이 편지에 까닭을 알 수 없이 감동했다. 행복이라는 말로는 다 표현할 수 없다, 그는 그렇게 느꼈다,

이건 그냥 축하할 만한 사건 이상의 일이다. 왠지 운명이 이행된 느낌이었다. 바움가트너는 의식하지 못했지만 9년 전 레드윙 프레스가 애나의 책을 낸 이후로 그런 편지를 기다려 온 것 같았다. 뭐 적극적으로 예상하고 있었다고 할 수는 없겠지만, 저 바깥의 타자들로 이루어진 방대하고 신비한 집단 안에 애나가 세상에 내놓은 것에 깊은 관심이 생겨 그에게 그런 편지를 쓸 사람이 있기를 바라고 있었다. 이제 바로 그 편지가 도착했고, 바움가트너는 이것으로 지난해 자신의 주디스 없는 텅 빈 삶이 곧 끝날 뿐 아니라 삶의 다른 모든 것도 곧 변할 것임을 깨달았다.

말할 필요도 없이, 비어트릭스 코언이 살펴볼 미발표 자료는 많이 있었으며, 덧붙일 필요도 없이, 바움가트너는 그녀를 집으로 초대하여 자신이 집에 있는 동안 그녀가 원하는 만큼 또는 그녀에게 필요한 만큼 개개는 것을 얼마든지 허락할 생각이었다. 동시에 스물일곱 살짜리 대학원생이 프린스턴 안팎의 여관, 호텔, 민박의 사치품 수준에 이르는 가격을 감당할 수 있을지 걱정이 되었으며, 주변 지역의 시끄럽고 복잡한 고속도로 근처 황량한 모텔 6 같은 곳들을 대안으로 생각해 본 뒤 그녀가 자신과 함께 지내는 게 그녀의 지갑이나 그 자신의 마음의 평화를 위해 낫다고 결론을 내렸다. 그러나 집 안에서는 아니고. 2층에는 침실이 세 개밖에 없는데, 하나는 그 자신이 자는 방이고, 하나는 그의 서재로 바꾸었고, 남은 하나는 그의 방 바로 옆의 작은 손님방으로, 너무 가까이 붙어 있어 바움가트너 자신은 말할 것도 없고 바움가트너의 손님에게도 끝없는 어색함과 당혹스러움을 초래할 터이기 때문이었다. 낯선 두 사람이 욕실 하나를 함께 쓰고 매일 밤 사이에 얇은 벽을 하나 두고 서로 2미터도 떨어지지 않은 곳에서 자야 하므로. 만일 밤중에 언젠가 몸을 굴리다 드러누우면 바움가트너는 불가피하게 코를 골 것이고, 젊은 코언 양도 코를 골지 누가 알겠는가? 그러나 차 두 대가 들어가는 차고 지붕 밑에 숙소가 있다. 작지만 두 사람이 묵을 만큼은 되는 쾌적한 공간으로, 침대 하나, 서랍장, 장식장, 작은 부엌, 칸막이 샤워실이 갖추어진 욕실, 이동식 대형 전기 난방기가 있다. 그와 애나는 그 집에 살던 첫 5~6년 동안 그 공간을 대학원생에게 세를 주었는데, 가욋돈이 더는 필요 없는 때가 오자 뉴욕 친구들이 장기간 또는 주말에 찾아올 때 내주었다. 애나가 죽은 뒤 바움가트너는 이 공간을 대체로 잊고 지냈는데, 성실한 플로레스 부인이 매년 봄과 가을에 철저하게 청소를 하자고 고집하지 않았다면 한때 매력적이던 이 다락방은 박쥐와 거미와 먼지의 제국으로 바뀌었을 것이다. 그녀 덕분에 몇 주 손을 보고 수리를 약간만 하면 멀쩡한 상태로 되돌려 놓을 수 있었으며, 실제로 10월 17일 비어트릭스 코언의 편지를 읽고 나서 약 여섯 시간 뒤, 바움가트너는 플로레스 씨와 그의 동료들에게 그 일을 맡겼다. 이 첫 작업이 완료되면 집 안에서 두 번째 작업이 이어질 예정이었다. 지하실로 내려가는 낡은 층계를 뜯어내고 새 층계를 설치하는 것. 마침내.

같은 날 그는 앤아버의 톰 노츠위츠키에게 전화를 걸었다. 의례적인 안녕과 잘 지냈냐와 지금까지 뭐 하고 살았냐를 거친 뒤 바움가트너는 말했다. 그 비어트릭스 코언에 관해 좀 더 이야기를 해주게. 자네 메시지를 보니 아주 재능이 있고 유망하다는 건 알겠고, 그래서 곧 초대하려 하는데, 이 체류가 꽤 길어질 수도 있을 것 같아서 그 사람이 내 집에 참사와 불행을 초래하지 않을 만큼 안정적이고, 현실에 어느 정도 뿌리를 내린 사람인지 알 필요가 있네. 내가 보여 주고 싶은 자료가 엄청나게 많지만, 그 사람이 제정신이 아니거나, 별나게 까다롭거나, 너무 수줍어하거나 너무 말이 많거나 너무 요구가 많거나 또 너무 어떻거나 하면 계획을 바꿔서 달리 상대할 방법을 찾아보려 해. 내가 그 사람을 상대하고 싶은 마음이 들어야 말이지만.

톰은 웃음을 터뜨렸다. 걱정하지 말아요, 사이. 건실한 아이니까. 아주 똑똑하고, 함께 있으면 즐겁고, 차분해요. 우리 같은 사람, 콘래드는 그렇게 말하곤 했죠.

나는 안 지 3년 정도 됐는데 언제 봐도 꾸준하고, 진지하고, 열심히 공부하고, 또 동시에 그럴 기분이기만 하면 재미있기도 해요, 엉뚱하게 재밌죠, 애나도 잠깐 훅 가면 그랬던 것처럼 말이에요. 그래서 가끔 베브하고 함께 있으면 애나 생각이 난다니까요.

베브?

다들 그 아이를 그렇게 불러요. 그리고 정말이지, 그 애는 평범한 미국산이 아니에요. 반은 유대인, 4분의 1은 와스프,[47] 4분의 1은 흑인이죠. 그 애 어머니 쪽 할머니 ─ 그분은 공교롭게도 필라델피아의 첫 흑인 여자 의사 중 한 명이에요. 반면 아버지 쪽 할머니는 컬럼비아 물리학과에서 공부한 첫 유대인 여성이었고요. 대단한 혈통이죠, 안 그래요? 죄다 대단한 머리들이지만, 베브는 자기가 잡종이라고 해요. 한번은 내 앞에서 자기를 모든 사람으로 가장하고 있는 누구일 수도 있는 사람이라고 말한 적도 있고요. 또 뭐가 있나? 어머니는 미술사학자이고 아버지는 생화학자인데 둘 다 시카고 대학에서 가르치고, 다른 자식 둘은 미국 또는 유럽 또는 양쪽 어딘가에서 방랑하고 있어요. 또, 그냥 안심시켜 드리려고 하는 말인데, 그 애는 선배 책을 대부분 읽었어요. 어쩌면 다 읽었을걸요. 그리고 선배가 휘티스[48]

---

47 WASP. 앵글로 색슨계 백인 신교도.
48 시리얼 상표명. 〈챔피언들의 아침 식사〉는 휘티스의 광고 문구.

이래로 현재 구할 수 있는 최고의 것이라고 생각해요.

챔피언들의 아침 식사.

그런 뜻이겠죠. 그 애가 스스로 그런 식으로 말하지는 않았지만.

바움가트너는 톰하고 대화한 뒤 앤아버로 답장을 보냈고, 그 편지를 시작으로 그와 비어트릭스 코언은 그녀의 방문과 그녀가 애나의 미출간 원고와 편지 1천 2백 페이지를 헤쳐 나가는 데 걸릴 며칠 또는 몇 주 또는 심지어 몇 달의 계획을 짜기 시작했다. 늙은 남자는 젊은 여자가 애나의 작품에 열정적인 관심을 가지는 데 크나큰 고마움을 느끼고, 젊은 여자는 늙은 남자가 관대하게도 그녀의 노력을 지원하고 또 말도 안 되는 수고와 터무니없는 비용을 들여 그녀를 위해 차고 위의 손님 숙소를 수리하는 것에 크나큰 고마움을 느끼고 있다. 두 사람의 상대에 대한 감사가 너무 깊어 초기에 그들 사이에 오간 수많은 이메일과 편지와 우편엽서를 보면 깜빡 속아 이들이 21세기 신세계의 누더기가 되고 허물어져 가는 내륙 지역 출신 평민이 아니라 18세기 베르사유에 있는 루이의 궁정 구성원들이라고 생각했을지도 모른다. 그들이 글을 통한 교류에서 실행에 옮긴 높은 수준의 politesse(예의)는 그들이 거주하는 장소와 시간에는 전례가 없었던 것이기 때문이다. 그러나 그 고상한 말들은 조금씩 지상에 더 가까워지고 더 직접적인 담론 형태로 조절되어 갔으며, 결국 두 사람이 안착한 관계는 기품 있는 우정으로 발전해 가고 있는 것으로 보인다. 바움가트너는 전율을 느낀다.

그녀는 학기 말까지는 학교에서 해야 할 일이 있고 크리스마스 방학 때는 부모한테 갈 계획이기 때문에 그들은 그녀가 새해 첫 며칠 동안 뉴저지에 오는 걸로 계획을 잡는다. 바움가트너는 그때까지 두 달 반 정도의 여유 시간에 집의 수리 작업을 마무리하고, 애나의 원고들과 다시 교감하기 시작하고, 그런 다음, 한 달 정도 뒤에 『운전대의 신비』 원고를 통독하고 나서 필요한 수정을 모두 한 뒤 책을 에이전트인 매디 리프턴에게 보내고, 그러면 매디 리프턴은 그 원고를 이메일로 헬러 북스, 즉 1972년에 애나가 설립을 도와주었고, 지금까지 거의 40년 동안 바움가트너의 책을 내온 미국 출판사에 넘길 것이다.

이제 방문이 확정되었고, 또 이제 플로레스 씨와 그의 동료들이 차고 숙소 수리 작업을 시작했기 때문에 바움가트너는 뒷마당도 어떻게 좀 해보기로 결정한다. 11년을 방치했더니 황폐해진 꽃밭은 잡초와 썩어 가는 덤불의 음울한 전초 기지가 되었다. 그 11년 동안 그는 봄과 여름마다 남자 고등학생들을 고용하여 그와 애나가 전 소유주들에게서 물려받은 점점 녹이 슬어 가는 오래된 수동 기계로 잔디만 깎게 했을 뿐이다. 그러나 베브 코언이 포 로드의 임시 거주자가 되기 직전인지라 그녀의 미래 집주인은 강렬한 원예적 갈망이라는 마력에 사로잡혔다. 예전에 애나가 집 관리를 책임졌을 때는 마당에 꽃과 관목이 있었다. 지나치게 공을 들이지도 않았고 돌보기에 크게 부담스럽지도 않았지만, 밝은 색깔들과 서로 대조를 이루는 모양들과 다양한 녹색 색조가 잡다하게 어우러져 그런대로 보기 괜찮은 땅 한 평을 이루고 있었다. 이제 10월 중순이니 1년 중 관목과 알뿌리를 심기에 가장 좋은 때라, 바움가트너는 땅이 얼고 겨울이 오기 전에 공격에 나서 시든 줄기와 죽은 덤불을 모조리 뽑아 버리고 빌어먹을 정원 전체에 새로 식물을 심는 것을 목표로 삼고 있다.

그렇게 되면서 지금까지 몇 장(章) 동안 보이지 않던 에드 파파도풀로스, 바움가트너가 층계에서 넘어진 날 그에게 그토록 친절했던 전직 야구 선수이자 현직 검침원이 이 이야기에 다시 들어오게 된다. 이 근육으로 이루어진 탑 같은 인물은 인정이 많고 선량하여 그날 약속한 대로 바움가트너의 무릎에 댈 커다란 얼음 봉지와 지하실에 끼울 새 전구들로 무장하고 다시 왔으며, 바로 돌아가지 않고 바움가트너를 위해 잽싸게 저녁까지 만들더니 나중에는 설거지까지 했다. 둘은 그 이후 1년 반 사이에 친구가 되었으며, 그 기간에 바움가트너는 이 젊은이의 결혼식(지난봄의 일인데 상대는 미치라는 이름의 명랑한 금발의 여행사 직원이었다)에 참석했고, 신혼부부에게 근처에서 가장 좋은 중국, 멕시코, 이탈리아 식당에서 공들여 준비한 저녁을 사주었으며, 에드가 PSE & G를 그만두고 아버지와 조경 사업을 함께 하겠다는 결정을 지지해 주었다. 에드와 아버지의 관계가 약간 껄끄럽다는 게 마음에 걸리기는 했지만, 그래도 그때쯤에는 이 부드럽고 매우 예민한 에드가 살아 있는 것들에 반응하는 본능적 감각을 타고났으며, 따라서 정원에서 땅을 파고 식물이며 꽃이며 나무를 기르는 나날을 보내는 게 그에게는 보람 있게 먹고사는 방법이 될 것이고, 그것이 주는 만족감이 짜증 많고 남 괴롭히기 좋아하는 아버지와 이따금 언쟁하는 피곤함을 갚고도 남는다는 것이 바움가트너의 눈에 분명해졌기 때문이다. 에드는 이제 그 일을 한 지 거의 1년이 되었는데, 바움가트너가 갑자기 그의 전문적 능력의 지원을 요청하자 젊은 수습사원 둘과 함께 매일 아침 나타나 뒷마당을 철저하게 손보고 정원에 지난날의 광채를 되살리는 일을 한다. 이제 매일 계속되는 패턴이 생겼다. 플로레스 씨와 그의 동료들은 하루 종일 차고를 들락거리고 에드와 그의 동료들은 마당에서 일하는 것. 두 작업 현장이 서로 아주 가까워 영역이 겹치기 때문에 두 무리는 돌아다니다 자주 마주

친다. 한쪽은 자기들끼리 스페인어로 말하는 세 남자로 이루어져 있고 다른 쪽은 영어로 대화하는 세 남자로 이루어져 있다. 어느 쪽 조수들도 상대 쪽 조수들과는 이야기를 나눌 수가 없다. 하지만 여기에는 같은 팀 라틴아메리카 선수들, 영어를 한 마디도 알지 못한 채 그링고[49]의 땅으로 실려 온 도미니카 공화국과 멕시코와 파나마와 베네수엘라 출신의 그 모든 어리벙벙한 아이들과 의사소통을 하기 위해 일삼아 스페인어를 배웠던 마이너 리그 A 투수 출신 에드 파파도풀로스가 있으니, 어느 순간 그는 앙헬 플로레스나 그의 두 조수와 그들의 모어로 이야기를 나누고 있다. 바움가트너는 플로레스 씨를 안 지 꽤 되었지만 과묵하고 종종 음침한 표정인 그가 미소를 짓고 심지어 웃음을 터뜨리는 것은 처음 본다. STB[50]는 이 정원 일꾼과 도미니카 공화국에서 나고 자란 목수가 주로 야구 이야기를 한다는 걸 이해할 만큼은 스페인어를 안다. 얼마나 놀라운가, 바움가트너는 생각한다, 저 덩치 크고 움직임이 투박한 에드, 지상에서 가장 주목받지 못하는 축에 속하는 사람이 어디를 가나 생명을 퍼뜨리는 재능이 있다니.

한편 바움가트너는 애나의 원고를 모두 모아 오랜만

49 스페인어로 외국인이라는 뜻.
50 바움가트너 이름 전체의 약칭.

에 다시 읽어 나가고 있다. 그는 『어휘』에 포함되어야 할 시를 고른 뒤 제쳐 놓은 시들에 관한 생각은 하지 않았다. 그것들이 시집에 포함된 작품들 수준에는 이르지 못하니 출간하지 않는 게 나을 것이라고 확신했기 때문이다. 하지만 그가 틀렸다면, 자신에게 부과한 기준이 너무 가혹하고 편협하게 설정된 것이라면? 그는 애나의 책이 파장을 일으키기를 바랐고, 그래서 자신의 생각에 걸작으로 보이는 시들, 자신이 발견한 216편 가운데 최고의 여든여덟 편만 넣기로 했다. 이 시집은 실제로 파장을 일으켰고, 점점 늘어 가는 새 독자들 사이에 계속 파장을 일으켜 왔지만, 최고의 시인들이라 하더라도 걸작만 쓸 수는 없는 노릇이며, 어쩌면 그가 그런 인색한 접근 방법으로 애나에게 피해를 준 것인지도 모를 일이었다. 이제 그는 버려진 시 128편, 거의 250페이지에 달하는, 세상의 눈에 띄지도 않고 알려지지도 않은 작품을 꼼꼼히 들여다보다가 자기도 모르게 비어트릭스 코언의 눈으로 그것을 읽으면서 그녀가 이 완벽하지는 않지만 때로 훌륭한 작품들에 어떻게 반응할지 상상해 보고 있음을 깨닫는다. 그녀의 피부 아래 살면서 이 발견을 통해 그녀가 흥분하는 것을 느끼는 대리 경험을 해보고 있다. 이 작품이 그녀에게는 틀림없이 지글지글 끓고 요동치고 광채를 발하는 매장물로 보일 터이기 때문이다. 진짜 멍청이가 따로 없다, 바움가트너는 혼잣말을 한다. 『어휘』의 후속작으로 두 번째 모음집을 엮지 않다니 도대체 무슨 생각을 한 건가? 이 시들 가운데 못해도 일흔, 아니 여든 편은 당장 세상에 내보내야 마땅하다, 128편 전부는 아니라 해도. 그리고 언젠가, 실제로 언제일지는 아무도 모르지만, 머지 않은 미래 언젠가 두 책이 커다란 한 권짜리 전집으로 묶이며 재구성되어야 한다. 그것이 노래하는 페이지들로 이루어진 기념비로서 애나의 무덤의 침묵을 압도할 것이다.

그러나 더, 훨씬 더 있다. 단지 애나의 자전적인 기록만이 아니라, 활자화될 길을 찾지 못한 프랑스어, 스페인어, 포르투갈어 시 여든일곱 편 번역도 있고, 다른 원고도 세 무더기다. 애나의 시 거의 전부를 펜이나 연필로 쓰거나 타자로 친 원고들도 있고, 최종 결과물과 내용이 조금 다른 초안 원고들도 있는데, 초안 원고 대부분은 가로 20센티미터 세로 30센티미터 종이에 쓴 거지만, 스케치북이나 백지 공책이나, 다양한 규격의 줄이 그어진 공책에서 뜯어낸 종이에 쓴 것도 있다. 줄이 그어진 공책은 수평으로 줄이 그어진 미국이나 영국 공책도 있고, 수평과 수직으로 모두 줄이 그어진 프랑스와 스페인의 카이에cahier나 쿠오데르노cuaderno도 있다. 또 봉투, 전기 요금 청구서, 쇼핑 목록, 지붕 수리 청구서, 그녀가 번역한 로르카의 『뉴욕의 시인』을 출간한 편집자의 심심한 감사를 전하는 편지 뒷면에 쓴 시나 시의 일부도 있다. 그것들 말고 여남은 편의 서평 원고와 그것이 실린 주간지나 월간지, 미발표 단편 다섯 편, 애나가 쓰다가 만 두 장편 236페이지도. 이 모든 것이 비어트릭스 코언의 논문에는 핵심적 자료지만 (그 논문을 쓰도록 허가받는다면) 두 소설 모두 미완성이고 단편 다섯 편은 다 합쳐도 불과 30페이지라는 점을 고려할 때 출판할 만하다고 보기는 힘들다. 번역은 책이 될 수도 있을 것이다, 그는 그렇게 느낀다. 자전적 기록 열네 편도 마찬가지인데(171페이지), 바움가트너는 아직 결정하지 말고, 나중에, 이 문제를 다시 생각해 보게 될 때, 반드시 다른 사람들과 상의해 본 뒤에 행동하거나 행동하지 않기로 결정한다. 자신의 판단에만 매몰되어 애나나 그녀의 작품에 도움보다는 해를 주는 결정을 내리는 어리석은 실수를 하고 싶지 않기 때문이다.

시 바깥으로 나아간다고 했을 때 출간을 시도해도 그가 마음이 편한 유일한 것은 1969년 중반부터 1971년 중반까지 그가 애나와 주고받은 편지들로, 이때 그들은 대서양 양편에 좌초한 상태에서 편지로 연락을 유지해야 했는데, 그러지 않았으면 서로를 영영 놓쳤을 것이다. 당시 그들은 아직도 그저 아기들 — 열아홉과 스물하나 — 에 불과했고 둘 사이에 굳건한 것은 전혀 확립되지 않은 상태였다. 다만 그들이 함께 시작한 작은 것이 결국 큰 것, 어쩌면 심지어 기념비적인 것이 될 수도 있다는 희망은 있었을지 모른다, 떨어져 지내기 시작했을 때는 둘 다 감히 그런 희망을 말로 표현하지 못했지만. 그렇게 되기 전, 앞서 말했듯이 9월에 굿윌 미션 가게에서 그냥 흘려보낸 첫 마주침이 있었는데, 사실 그것으로 끝이 될 수도 있었고 실제로 그렇게 될 가능성도 컸다. 그러나 여덟 달 뒤 그들은 한 번 더 기회를 얻었다. 탁월한 합리주의자들이 오랜 세월 우리에게 말해 온 것과는 달리 신들은 우주와 주사위 놀이를 할 때 가장 행복하고 가장 그들다워지기 때문이다. 그래서 5월 말의 어느 오후 바움가트너는 앰스터댐 애비뉴의 헝가리안 페이스트리 숍에서 우연히 애나의 옆 테이블에 앉았다. 그녀를 알아보았기 때문이 아니라 (그녀가 읽고 있는 책이 얼굴을 가리고 있었다) 거기가 그가 앉을 수 있는 유일한 빈자리였기 때문이다. 애나는 그녀의 다른 자전적 기록인 「초기(初期)」에서 그 두 번째 만남을 묘사했다.

그 청년은 자리에 앉자 나를 건너다보며 말했다. 「제가 당신을 어딘가에서 만나 아는 것 같은데, 아닌가요?」

「안다는 말은 과장일 것 같은데요.」 내가 대답했다.

「하지만 전에 서로 본 적은 있어요. 몇 달 하고도 몇 달 전 여기에서 남쪽으로 열 블록 정도 떨어진 중고품 가게에서. 내 기억으로는 그쪽이 냄비 통에 무릎까지 담그고 있었는데.」

「맞아요!」그가 말했다. 「앰스터댐하고 98번 스트리트가 만나는 곳에 있는 그 오래된 고물상! 우리 서로 보고 웃지 않았나요?」

웃는다는 말을 하자마자 그의 얼굴이 환해지며 다시 웃음, 그가 가을에 나를 보고 지었던 것보다 훨씬 큰 웃음을 지었고, 나 자신도 훨씬 큰 웃음으로 응답하자 어떤 이상한 일이 일어난 것 같은 느낌이었다. 웃음이 아니라, 적어도 웃음 자체가 아니라, 우리 둘다 그 오래전 스치듯 지나간 짧은 순간을 기억하고 있다는 이상한 사실, 그리고 그 순간의 기억을 우리가 공유했다는 이유로, 사실 아직도 서로 아는 것은 전혀 없는데도 우리 둘 다 우리 사이에 어떤 연결이 생긴 것처럼 행동하고 있다는 두 배로 이상한 사실. 가을의 작은 웃음, 봄의 두 번째 우연한 만남, 그리고 이제 커다란 웃음 ── 대략 그 정도가 그때까지 우리에게 벌어진 일이었지만, 그럼에도 그때에는 우리가 서로 이미 어느 정도 알게 된 느낌이었는데, 어쩌면 실제로 알았는지도 모른다. 그때와 지금 사이의 몇 달 동안 가끔 서로에 관해 생각한 게 분명했고, 그러다 이제 운명이 두 번째로 우리를 만나게 했으니, 이 순간을 그냥 흘려보내 다시 일을 망쳐 버리지는 않겠다고 둘 다 똑같이 결심했다는 느낌을 받았기 때문이다.

시간은 짧았지만, 6월부터 8월 중순까지 그 안에 그들은 데이트, 저녁 식사, 긴 산책, 영화, 음악회, 박물관, 침대에서 보낸 뼈가 흔들리는 밤까지 잔뜩 욱여넣었고, 그렇게 보낸 시간 덕분에 바움가트너는 애나가 자신이 그때까지 안 다른 모든 여자애와는 구별되는 아이라고 결론을 내릴 수 있었으며, 파리의 콜레주 드 프랑스로 1년 동안 철학을 공부하러 곧 떠나는 것이, 한때는 그토록 고대하던 일이었음에도, 이제는 내키지 않았다. 그러나 애나는 그와 같은 확신을 공유하지 않았고, 심지어 그에게 끌리는 강도 때문에 불안해했다. 그 첫 오후에 페이스트리 숍에서 이야기를 나누기 시작한 그 순간부터 바움가트너는 이미 뉴욕을 곧 떠날 사람이었으며, 비행기에 타는 순간 그녀에 관한 것은 깡그리 잊을 게 틀림없었기 때문이다. 그럼에도 그녀는 그와 반쯤 사랑에 빠졌지만, 그녀의 반은 자신이 격변을 일으킬 전면적 사랑을 할 준비가 되어 있지 않다는 사실, 거기에 프랭키 보일의 영원히 폭발하고 있는 몸과 그의 유해를 담았던 거의 텅 빈 관의 여진으로 여전히 괴로워하고 있다는 걸 생각하면 그런 준비는 언감생심이라는 사실을 잘 알고 있었다. 바움가트너는 그녀를 무척 아꼈기 때문에 아직 준비되지 않은 고백을 하도록 그녀를 밀어붙이지 않았고, 마지막 날 그녀에게 작별 인사를 할 때 그 자신도 거창한 고백은 자제했다. 그 시점에서는 그도 애나만큼이나 〈큰 걸음〉을 내디딜 준비가 되어 있지 않았지만 장기적인 전망에는 내심 그녀보다 자신이 있었다. 이미 자신의 미래의 삶이 그녀와 함께 나눌 수 없다면 제대로 된 삶이 아닐 것임을 알고 있었기 때문이다. 그러나 애나에게는 그런 믿음이 없었고, 둘이 함께 있는 마지막 시간에 애나는 그를 모욕하기까지 했다. 너는 악취가 나는 못된 인간이야, 사이, 그녀가 말했다. 너는 한 발을 이미 문밖에 내놓은 채 공세를 취하고 있어. 재미있게 놀았으니 이제 안녕 자기, 꿈속에서 만나, 그거잖아.

그 이상인데, 바움가트너는 말했다. 너한테 매일 편지를 쓰기도 할 거야. 너도 답장하는 게 좋을걸 — 아니면.

아니면 뭐?

너를 내 꿈에서 쫓아 버릴 테니까.

네가 편지를 쓰고, 그러면 나는 답장을 한다, 이거지? 하지만 너는 절대 편지를 쓰지 않을 거잖아. 그러니까 나는 걱정할 필요도 없는 거네, 안 그래?

그렇게 장담하지 마세요, 미스 스마티 팬츠.[51] 내가 당신이라면 이미 걱정을 시작했을걸요.

그가 매일 편지를 쓴 것은 아니지만, 애나가 1970년 6월 잠깐 파리에 왔을 때까지 둘은 한 사람당 1백 통이 넘는 편지를 주고받았으며, 그 가운데 한 통도 고전적인 의미의 연애편지는 아니었지만, 가끔 각각 지난여름 함께 침대에서 보낸 시간을 언급하고 다시 시트를 불태울 시간을 얼마나 고대하고 있는지 이야기하곤 했는데, 그 일은 파리에서 두 주간의 전기 같은 재결합 동안 실제로 일어났다. 그런 뒤에 애나는 여름 프로그램을 위해 마드리드로 떠났고, 1년간 소르본에 머물 예정으로 8월에 파리로 돌아왔을 때 바움가트너는 뉴욕으로 돌아갈 준비를 하며 짐을 싸고 있었다. 운도 맞지 않고, 때도 맞지 않고, 뭐가 됐든 다 맞지 않았지만 어쨌거나 놓쳐 버린 기회들이 괴상하게 쌓여 갔다. 애나가 1971년 두 번째 여름을 보내려고 마드리드로 돌아가자, 사이에 대양을 두고 둘은 멀어진 채 또 한 번 꽉 찬 1년이 지나갔다. 서로 편지를 계속 쓰는 것 외에는 할 수 있는 것이 없었으므로 마지막 열두 달 기간에는 한 사람당 쓴 편지가 백스물에서 백마흔 통 사이 어디쯤이었다. 어떤 편지들은 재미있고(일상에서 벌어진 괴상한 사건들 이야기), 어떤 편지들은 신랄하고, 심지어

51 똑똑한 척하는 사람을 가리키는 말.

독하기도 했지만(닉슨, 키신저, 진행 중인 전쟁을 욕하는 정치적 장광설), 대부분은 과도기에 처한 두 젊은 정신의 정교한 기록이었다. 애나가 평범하고 간결한 언어를 구사하는 초기 스타일을 확립하는 과정에서 읽고 있던 죽거나 살아 있는 시인들에 대한 세심하고 솔직하고 종종 감탄을 유발하는 논평, 육화된 의식이나 존재의 이중성과 씨름하다 마침내 그것들에 관한 생각을 처음으로 분명하게 정리한 바움가트너의 언어들. 그리고 서로에 대한 친밀성이 깊어지고 신뢰가 커지면서 자신에 대한 의심과 아주 깊은 내면에 도사린 두려움이 편지 전체를 삼켜 버리기도 했는데, 이것은 둘 모두 과거에 다른 누구한테도 한 적이 없는 이야기였다. 그럼에도, 그들이 서로에게 깊이 의존하게 되고, 틀림없이 서로 사랑하게 되었음에도, 이것들은 연애편지가 아니라 지적이고 영적인 동지들 사이의 서신 교환이었다. 이 영혼의 단짝은 지혜롭게도 떨어져 있던 초기에 정절의 맹세가 자신들에게 강요하게 될 터무니없는 부담을 무시하자는 협약을 맺었으며, 그래서 바움가트너는 애나가 뉴욕과 파리에 있는 동안 죄책감 없이 파리와 뉴욕에서 무람없이 육체적으로 방종하게 지냈고, 둘이 떨어져 있는 동안 그녀도 그가 없는 도시들에서 똑같이 행동하기를 바랐다. 묘하게도 그는 그녀에게 실제로 그랬는지 그러지 않았는지 한 번도 물을 생각을 하지 않았다. 바움가트너는 그녀가 자기 몸으로 하는 일은 그녀가 알아서 할 바이고 따라서 그가 관여할 일이 아니라는 강한 신념을 갖고 있었고, 애나 또한 그가 알아서 할 일은 그녀가 관여할 일이 아님을 알았기에 구태여 그에게 물은 적이 없었다.

이제 11월 22일, 애나가 클레어몬트 애비뉴에서 죽음과 싸운 날로부터 47주기다. 일꾼 두 팀은 일을 끝마쳐 더는 찾아오지 않고, 플로레스와 파파도풀로스에게 보수 지급도 완전히 끝냈다. 바움가트너는 그들의 서간집 머리말로 애나에 관하여 긴 자전적 에세이를 쓸 계획인데, 곰곰이 그 생각을 하다가 자신이 다시 『운전대의 신비』에 끌려 들어가는 것을 피하려고 다음 기획을 궁리하고 있다는 사실을 깨닫는다. 『운전대의 신비』에 더 작업이 필요한지 아닌지 결정하려면 지금부터 읽기 시작해야 한다. 만일 추가 작업이 필요하다면 얼른 시작해서 비어트릭스 코언이 1월 5일에 나타나기 전에 일을 끝내 놓아야 한다. 마감 시한이 있어서가 아니다. 원한다면 원고를 1년 더 계속 만지작거려도 상관없다. 다만 그녀가 프린스턴에 도착하기 전에 갑판을 정리해 놓고 그녀가 있는 기간 내내 그녀의 처분에 자신을 완전히 맡기겠다고 결심하고 있기 때문이다. 그 기간은 모든 것이 애나와 코언의 작업을 중심으로 돌아갈 것이고 오로지 애나와 코언의 작업만 있을 것이다. 그 경험을 원하는 만큼 충분히 음미하려면 그 시간에 자신의 일이라는 수렁에 빠지지 말아야 한다.

다행히 책은 걱정하던 것과는 달리 완전히 엉망은 아니다. 사실 꽤 괜찮은 편이며 너그러운 사람들은 좋다고까지 말할지도 모른다. 하지만 자칫하면 우스꽝스러워질 수도 있는 글을 쓰기로 작정하여 글의 모든 문장에 자신을 조롱하는 양날 달린 아이러니가 배어 있다면, 텍스트의 어느 지점에서도 자신이 택한 말투에서 벗어나는 실수를 하지 말아야 한다. 한 번만 어긋나도 우스개 안에 감추어진 치명적으로 진지한 의도가 앞으로 나아가지 못하면서 모든 게 횡설수설의 협곡으로 굴러떨어질 것이기 때문이다. 바움가트너가 보기에는 서너 군데 이상 그런 실수를 하지 않았으며, 그 각각은 그 구절에 그냥 줄을 쫙쫙 그어 책에서 빼버리면 해결할 수 있다. 그래서 바움가트너는 대체로 안도하고, 대체로 지나친 자기혐오에는 빠져들지 않는다. 물론 이 책 자체는 좆같이 미친 물건이라 이제는 자기가 어떻게 그런 걸 쓰게 됐는지 이해가 되지 않지만.

그는 오벌린에 다닐 때 첫 학기에 들었던 〈철학 입문〉이라는 강의를 희미하게 떠올릴 수 있는데, 그때 아리스토텔레스가 쓴 책인지 아니면 그 사람에 관한 책인지 어떤 책을 읽다가 육체를 배에 비유하고 영혼을 그 배의 선장에 비유하는 대목과 마주쳤다. 당시 바움가트너는 그게 무척 재미있었다. 아리스토텔레스가 말하는 몸이 없는 선장-영혼을 생각할 때면 인간이라는 배의 타륜을 잡고 서서 중국해의 거친 물살을 헤쳐 나가는, 피와 살이 있는 선장이 떠오르지 않을 수 없었기 때문이다. 실체가 없는 어떤 것(영혼)이 실체(몸)를 부여받았을 때는 그걸 계속 영혼이라고 부를 수 없다는 점을 고려하면 물론 그런 상상은 말이 되지 않았다. 그럼에도 아리스토텔레스의 자아가 물질과 비물질의 결합이라면, 다시 말해서 눈에 보이지 않는 영혼에서 생기를 얻는 눈에 보이는 몸이라면, 이 은유를 확장하여 선장-영혼과 배-몸이 결합한 실제 인간에게 현대의 동력 운송 수단, 예를 들어 20세기 자동차의 운전대를 잡게 하면 얼마나 재미있을까. 이 경우에도 배-몸의 키를 잡은 선장-영혼은 순수하게 실체 없는 영혼으로 기능하여 여전히 순수하게 물리적인 차를 몰고 공간을 헤치고 나아갈 것이다. 그러나 인간은 순수한 영혼이나 순수한 몸이 아니라 그 둘의 결합이라는 점에서, 차의 운전자는 몸을 부여받은 영혼, 즉 육화된 영혼일 수밖에 없을 것이다. 그러나 이 사실이 전 세계 모든 지역의 수많은 도로에서 매일 수도 없이 반복되고 있다 해도, 자격을 갖춘 이원론자라면 그 사실을 받아들이지 못할 것이다. 바움가트너는 막 열일곱 살이 되었고 그런 종류의 쓸데없는 생각을 꾸며 내는 데 즐거움을 느끼고 있었다. 잘난 척하는 신입생으로서 인생의 주된 목적이 자신이 읽는 모든 것에 의문을 품고 할 수 있는 모든 방법으로 그것을 조롱하는 것이었기 때문이다. 그러나 석 달 뒤 아버지가 갑자기 죽었고, 바움가트너는 뉴어크에 다녀온 뒤로는 아리스토텔레스에게 다트를 던지는 걸 그만두고 다른 일들로 옮겨 갔다.

그럼에도 그는 오랜 세월 머릿속에 그 이상한 이미지들을 지닌 채로 돌아다녔다. 수백만에 또 수백만의 몸-영혼이 서로 연결된 엄청난 양의 도로와 고속 도로를 따라 차를 몰고, 운전대를 잡은 각 사람은 벌레 같은 차의 금속 껍질 안에 갇힌 인간 크기의 단자(單子)이고, 무수한 수가 모인 무리에 속하는 각 사람이 종종 위험한 상태에 빠지기도 하는 차들의 흐름 가운데 홀로 있고, 운전대를 잡은 몸, 정신 또는 영혼 또는 지성이기도 한 몸은 이 차를 안전하게 목적지까지 조종해 가기 위해 크고 작은 수많은 결정을 내려야 할 책임을 지고 있다. 엉뚱한 곳으로 들어가지 마라, 도로에 어수선하게 깔린 파인 곳이나 떨어진 물체를 피해 방향을 틀어라, 어떤 경우에도 다른 차와 충돌로 이어질 수 있는 충동적인 모험은 절대 하지 마라. 충돌은 사실 치명적일 수 있고, 일단 죽으면 영영 죽은 상태로 남게 될 것이다.

그런 식으로 책은 태어나기 시작했다, 바움가트너의 생각으로는. 그러니까, 인간 삶이란 외로움과 잠재적 죽음이라는 고속 도로를 따라 빠르게 달려가는 통제 불가능한 차라는 독한 비전으로부터. 그러다 자동차 automobile라는 단어에 관해 생각하게 되면서 비로소 그의 생각이 구체화하기 시작했고 이것이 결국 『운전대의 신비』가 되었다. 자동차. 이것은 고대 그리스어 autos, 라틴어 mobilis, 19세기 프랑스어 mobile의 혼종 복합어로 스스로 움직인다는 뜻이며 일반적으로 차를 가리키는 공식 용어이기도 하다. 동시에, 인간이 스스로 움직이는 생물이라고 생각하는 것도 가능하다. 이 두 가지 서로 연결되지 않은 생각들을 가져와 하나의 억지스럽고 명백히 우스꽝스러운 관념으로 뭉뚱그리며 바움가트너는 자신의 책을 앞으로 밀고 나갈 은유적 엔진을 발견했다. 사람으로서의 차, 차로서의 사람. 이 둘은 지그재그를 그리는 유사 철학적 담론을 통하여 서로 대체할 수 있는데, 이 담론을 관통하는 것은 독자들이 물구나무를 서서 똑바로 선 세계를 다시 상상하도록 이끌기 위해 세상을 거꾸로 뒤집어 놓은 스위프트, 키르케고르를 비롯한 지적 장난꾸러기들의 정신이다. 익살꾼 바움가트너. 슬프게도, 지금은 풍자가 득세하는 시기는 아니기에, 그 우스개를 알아들을 사람이 있을지는 두고 봐야 한다.

책은 4부로 나뉘며, 각 부는 67페이지 길이다. 「오토 정비 입문」, 「모터 시티에서의 고장」, 「파괴 경주」, 「자율 주행차라는 신화」. 각 부는 개별적, 집단적 인간 생활과 그 삶에서 차가 하는 역할에 관한 이야기이며, 각 장은 해당 주제에 관한 진지한 척하는 건조한 에세이로 시작하지만 도입부 뒤에 이어지는 것은 이야기들인데, 이 열다섯 내지 스무 편의 짧은 이야기는 지어낸 허구에서부터 진짜 사건의 기록, 우화, 비유, 철학적 수수께끼까지 다양하다. 예를 들어 「오토 정비 입문」은 인간 자아(오토auto)[52]와 관련되기도 하고 운전법이나 도로 규칙을 존중하는 법을 배우는 것과 관련되기도 하는데, 바움가트너는 도덕적으로 건전한 사람이 되려는 분투와 좋은 운전자가 되려는 노력을 어찌어찌 섞어 놓는다. 「모터 시티Motor[53] City에서의 고장」은 모든 차가 종종 겪는 기계적 어려움(타이어 펑크, 스파크 플러그의 결함, 문제가 있는 기화기)만이 아니라 다양한 위기 상태(병, 뼈 골절, 유행병)에 처한 인간 몸도 가리킨다. 「파괴 경주」[54]는 운전자들이 도로 규칙을 따르기를 포기하고, 나아가 정지 표지판이나 적신호를 무시하고 달려 나가 길을 막는 보행자를 살해하면서도 개인적 자유를 누릴 천부 인권을 주장할 때 사회가 어떻

---

52 auto라는 말은 자동차라는 뜻으로도 쓰이지만 본래 〈자기〉라는 뜻이 있다.

53 motor라는 말은 모터나 자동차를 가리키기도 하지만 운동 근육이나 신경을 가리키기도 한다.

54 자동차끼리 부딪치는 것이 허용되는 경주.

게 되는지 보여 준다. MAGA[55]를 주장하는 수많은 사람이나 백악관에 도사린 위협에 관해서는 한마디도 하지 않지만 바움가트너의 의도는 매우 분명하며, 추가의 해설은 필요 없다. 벨파스트, 사라예보, 르완다를 닮은 가상의 장소의 예들도 뒤따르지만 절대 그런 이름으로 부르지는 않는다. 맨 마지막의 「자율 주행차라는 신화」는 대부분의 시민이 자발적으로 자유롭게 생각하는 개인으로서의 자율성을 포기하고 더 높은 힘(수)을 믿고 의지하게 된 미래를 다룬다. 몸과 분리된 그 피타고라스적 힘은 당연히 인간의 이해를 벗어났으며, 오직 오토 산업을 서서히 통제하게 된, 수로 움직이는 기계들만 이해할 수 있다. 바움가트너는 텍사스의 극적인 자동차 사고 이야기로 책을 끝맺는다. 잠이 든 운전자가 탄 자율 주행차 네 대가 시속 138킬로미터로 달리다가 교차로에 동시에 진입하여 폭발하면서 불길이 치솟아 네 사람 모두 사망한 사고다. 그들은 모두 죽음과 만날 약속에 나서기 전에 차의 프로그램을 작동시키는 것을 잊었다. 마지막 몇 문장에서 바움가트너는 곧 발표될 경찰 공식 보고서가 이 참사의 원인을 인간의 잘못이라고 명시할 것이라는 데 주목한다.

그는 11월 25일, 추수 감사절 전 월요일에 매디 리프

---

55 Make America Great Again. 도널드 트럼프 대통령의 구호인 〈미국을 다시 위대하게 만들자〉.

턴에게 원고를 보낸다. 자신의 책을 토스트에 바른 소똥이라고 묘사하며 모리스 헬러와 그의 아들 마일스가 아마 출간 불가라고 퇴짜를 놓을 것 같다고 경고하지만 믿을 수 없게도 그들은 퇴짜를 놓지 않으며, 그 결과 12월 중순이 되자 갑판은 정리되고 바움가트너는 마침내 온전히 베브 코언에게만 생각을 집중할 수 있게 된다.

그녀는 두 달 전만 해도 전혀 모르는 사람이었는데 이제 그의 삶에서 가장 중요한 사람이 되었다. 그들은 사진과 디지털 스크린으로만 봤을 뿐 아직 만난 적이 없으나 사실 바움가트너는 이미 비어트릭스 코언을 그와 애나가 가능했다면 함께 만들었을 딸만큼이나 사랑한다. 톰 노츠위츠키는 틀리지 않았다. 작지만 잊을 수 없는 수많은 면에서 베브는 애나를 닮았다. 생김새 하나하나는 그렇지 않을지 몰라도, 정신에서, 체형에서, 다른 사람들이 있을 때 그녀가 뿜어내는 에너지에서 그렇다. 베브는 그 누구보다 애나의 작품을 철저하게 끌어안은 사람이다. 그 이유 하나만으로도 그녀는 바움가트너의 〈사랑하는 이들의 전당〉에서 명예로운 자리를 차지할 자격이 있지만, 10월 중순 이후 거의 매일 편지를 교환하고, 전화와 줌으로 이야기를 나누면서 그는 그녀의 정신이 작동하는 과정을 목격했고 그녀가 얼마나 총명한지 알게 되었다. 그러나 그 이상으로, 그는 그저 그녀가 아주 좋았고 1월 5일에 그녀가 나타날 때까지 지금부터 스무하루를 기다리고 있기가 힘들다. 끝날 것 같지 않은 세 주, 짧은 세 주, 이제 어느 쪽이라고 말해야 할지 모르겠지만, 오래지 않아 한 주도 남지 않는 날이 올 것이며, 바움가트너는 기대감에 사로잡혀 평소의 그가 아니다. 여름 방학이 올 때까지 남은 날수를 헤아리느라 들뜬 어린 소년 같다.

그러나 문제가 있다. 베브는 앤아버에서 프린스턴까지 차를 몰고 올 계획이며, 바움가트너는 쉰일곱 가지 서로 다른 이유로 그 계획에 경악한다. 미시간, 오하이오, 펜실베이니아는 1월 초에는 성질이 고약한 곳이 될 수 있는데, 도로에서 보내는 시간만 약 아홉 시간 반이고 달려야 할 거리가 990킬로미터인 여행이라면 이리 호수가 눈보라나 얼음 폭풍이나 차가운 폭우를 그녀의 10년 된 작은 도요타 캠리에 퍼부어 그 9백 킬로미터를 긴 위험 지대로 만들 가능성이 아주 크다. 게다가 그녀는 교대로 운전하거나 위급할 때 도와줄 친구나 동행자도 없이 혼자 오겠다고 고집한다. 바움가트너는 그 계획을 재고해 보고 가능하면 기차를 타고 오라고 제안하지만 베브는 뉴저지에 도착한 뒤에도 차가 필요할 것이라고 주장한다. 그렇지 않다, 바움가트너는 대답한다, 그녀가 필요할 때면 언제든지 자신의 차를 기꺼이 빌려줄 것이기 때문이다. 그러나 베브는 그런 식으로 폐를 끼치는 건 생각하고 싶지 않다는 말로 반박하며,

거기에 바움가트너는 응답한다. 말도 안 돼요! 내 차를 빌리고 싶지 않으면 와 있는 동안 쓸 차를 내가 하나 빌려줄게요. 그건 어때요? 있을 수 없는 일이다, 그녀가 대답한다. 그는 지금까지 이미 그녀에게 돈을 너무 많이 썼기 때문에 이제는 도저히 더 받을 수가 없다. 바움가트너는 곧바로 되쏜다. 돈은 잊어버려요. 내가 낼 수 있으니까! 12초 후 문자가 온다. 잊을 수가 없죠!

그들은 그의 아버지가 멕시코식 교착 상태[56]라고 부르던 것에 들어가 옴짝달싹 못 하고 있다. 착하고 붙임성 좋던 비어트릭스 코언은 알고 보니 마음대로 움직일 수 없는 사람이다. 자기 자신에 대한 그녀의 권한에 의문을 제기하거나 감히 그녀의 의지를 꺾으려는 자에게 화 있을진저. 오랜 세월에 걸쳐 가끔 그는 애나와 똑같은 종류의 갈등을 겪었는데, 그녀는 그가 눈치채지 못한 어떤 점에 대한 불만을 쌓아 가다 그의 허를 찌르는 공격에 나서서 성을 내며 계속 그를 들이받아, 마침내 그는 굴복하고 그녀의 주장을 인정하곤 했다. 그녀가 옳든 그르든 상관없었다. 그녀는 틀릴 때도 늘 옳았기 때문이다. 바움가트너는 곧 굴복이 유일하게 합리적인 방어임을 배웠다. 일단 항복하면 분쟁은 완전히 끝나고, 몇 초 사이에 기억에서 씻겨 나갔기 때문이다. 베브 코언과도 그런 경로를 따라가야 할까 ─ 그냥 굴복하

─────

56 자칫 양쪽 다 피해를 볼 수 있는 대결 상황을 가리킨다.

고 그녀가 하자는 대로 해줘야 할까? 그래, 1월 4일과 5일에 날씨가 나빠 오는 내내 운전하기가 지랄 같을 수도 있지만, 출발하는 순간부터 다음 날 저녁 그의 집 진입로로 들어오는 순간까지 계속 온화한 하늘 밑에서 동쪽으로 순항할 가능성도 똑같이 존재한다. 아는 것은 불가능하다, 어떤 것이든 아는 것은 불가능하다. 하지만 무엇보다도 너무 세게 그녀를 몰아붙여 그녀의 체류 분위기를 망쳐 버리는 위험을 무릅쓰고 싶지 않다. 혹시라도 그렇게 되면 그의 마음이 아플 것이다, 바움가트너는 그 점을 깨닫는다. 지금 이 집, 그가 베브 코언의 나이보다 긴 세월을 살아온 집에서 그들이 함께 보낼 며칠 또는 몇 주 또는 몇 달보다 지금 그에게 의미 있는 것은 아무것도 없기 때문이다. 그래서 크리스마스 직전 바움가트너는 물러서서 그녀가 원하는 대로 하라고 말하고 그녀의 여행에 행운을 빌어 준다. 바움가트너가 이미 자신을 상상의 딸로 받아들였고 또 자신을 죽은 아내의 재림으로 보고 있다는 것을 알고 있는 빈틈없는 코언은 그의 그런 심경 변화에 반응하면서 거의 사과를 하다시피 하지만, 미시간 출신의 이 젊은 여자도 예전 애나 때와 똑같다 — 그들 사이의 석판은 깨끗하게 지워지고, 그들의 우정은 다시 궤도에 올라가 있다.

그럼에도 바움가트너는 말로 표현하지 않을 뿐 계속

걱정한다. 사실 날씨만 문제가 아니다. 사고란 젖은 도로나 언 도로만이 아니라 마른 도로에서도 일어날 수 있기 때문이다. 게다가 주파해야 할 도로가 9백 킬로미터가 넘기 때문에 도중에 언제라도 1만 가지 일 가운데 어느 하나가 그녀에게 일어날 수 있다. 크리스마스가 왔다가 가고, 27일 또는 28일이 되자 바움가트너는 자신을 들들 볶아 심한 불안 상태로 빠져들었으며 지금은 완전히 공황에 사로잡힐 지경이다. 그는 자기 내부에서 점점 고조되는 흥분에 『운전대의 신비』가 적어도 약간은 책임이 있다는 점을 의심하지 않지만, 사실 지난 2년 동안 차와 관련한 그 모든 것에 강박적으로 빠져들어 있었으니 달리 무엇을 기대하겠는가. 그는 차그 자체만이 아니라 인간 자아의 표상으로서의 차, 나아가 어두운 밤을 뚫고 혼자서 저돌적으로 빠르게 달려가는 수백만 명이 모는 다른 차 수백만 대와 함께 주간 고속 도로가 서로 얽힌 방대한 망을 따라 돌아다니는 차들에 사로잡혀 있었다. 그것은 미국 사회의 축도였다. 점점 더 많은 사람이 분노하여 제정신을 잃고 도로의 규칙을 내팽개친 채 영원히 이어지는 〈파괴 경주〉, 그 뉴에이지 최고의 때려 부수기 스포츠에 참여하게 되면서 〈자유민의 나라〉는 잉크처럼 검은 아스팔트의 띠, 하얀 줄이 그어진 그 띠를 따라 미쳐 날뛰고 있다. 그것이 바움가트너 책의 중심 은유다. 이제 베브 코

언이 진짜 차를 타고 미시간에서 뉴저지 사이에 놓인
진짜 도로를 달려 미국 대륙의 5분의 1을 가로지를 참
이라, 1월 5일 그녀의 도착을 기다리게 될 이 늙은 남
자는 자신의 상상으로부터 불의의 일격을 당해 무력한
상태에서 그녀 앞에 놓인 위험의 심각성을 증폭하고
심지어 왜곡하는 신세가 된다. 그렇다고 그가 가능한
최악의 결과를 떠올리는 것이 반드시 잘못이라는 것은
아니지만, 도로 위에 나온 수백만 대의 차들이 달리는
전체 수백만 킬로미터를 생각할 때 치명적 사고는 통
계적으로 드물며, 만일 바움가트너가 더 차분하게 생
각한다면 자신이 공황 때문에 펜실베이니아 중부 80번
주간 고속 도로에서 베브가 죽는다는 가능성 적은 일
을 확실히 일어날 일로 바꾸어 놓았음을 깨달을 수 있
을 것이다. 하지만 그는 차분하게 생각하고 있지 않으
며, 그 바람에 지금 깨어 있는 시간 동안 지속적 공포라
는 징벌방에 갇혀 살고 있다.

　아마도 무엇보다 책 때문이겠지만, 그렇다고 책이
다는 아니다. 바움가트너는 애나의 죽음이 여기에도
섞여 있다는 것을 알고 있기 때문이다. 케이프코드 해
변에서 그녀가 말릴 기회도 주지 않고 물로 달려 나갔
던 그 마지막 날. 애나는 마지막으로 한 번 더 몸을 담그러
가겠다고 말할 때 이미 일어나 있었고, 바움가트너는
타월 위에 널브러진 채 책을 읽고 있었다. 시간이 늦었

으니 집으로 돌아가야 한다고 그가 말했음에도 그녀는 웃음을 터뜨리며 그 말을 무시했고 그가 일어섰을 때는 이미 달려가고 있었다. 이미 한참 앞서 나갔기 때문에 그가 그녀를 따라잡을 도리는 없었다. 시간이 충분치 않았다. 그러나 베브의 경우에는 시간이 많았다. 그녀에게 차를 미시간에 놔두고 기차를 타고 오라고 설득한 기간이 한 달 이상이었다. 그러나 그 모든 노력에도 불구하고 그의 말은 그녀에게 전혀 먹히지 않았으며, 이제는 너무 늦었다. 만에 하나 그곳과 이곳 사이의 도로에서 그녀에게 무슨 일이 일어나면 바움가트너는 그것 때문에 자신이 죽을 거라는 느낌이 든다. 지금까지 평생 어느 시점에도 그런 생각을 해본 적이 없지만, 이제 베브 코언이 아무런 해를 입지 않고 안전하게 자신의 집까지 오지 못하면 그는 죽음을 맞이할 것임을 뼛속 깊이 느끼고 있다.

1월 3일에 그들은 전화로 길게 이야기를 한다. 바움가트너는 두려움을 누르고 목소리를 통제하려고 안간힘을 쓴다. 베브는 이날 오후 기분이 아주 좋은 데다가 다음 날 아침에 길을 떠나려고 짐을 다 싸고 준비를 마쳤으니, 바움가트너로서는 자신의 음울한 예감으로 그녀의 행복을 오염시키는 상황만큼은 피하고 싶다. 대신 그는 내일 날씨가 좋을 것이라는 일기 예보 이야기를 하고(영상 2도 정도, 약간 흐림, 강수 확률 10퍼센

트) 언제쯤 피츠버그에 도착할 것 같으냐고 묻는다. 그
곳은 여행 중간 지점으로, 그녀는 부모의 오랜 친구들,
카네기멜런에서 일하는 연구 과학자 부부의 집에서 잘
계획이다. 확실히 알기는 힘들다, 베브는 말한다. 앤아
버에서 오늘 밤 친구들과 만나 저녁을 먹을 계획이고,
모든 것은 그 모임이 언제 끝나서 자신이 몇 시에 잘 수
있느냐에 달려 있는데, 그것은 그 시간이 아침에 얼마
나 늦게 또는 일찍 일어나느냐, 나아가 얼마나 늦게 또
는 일찍 차에 올라타 피츠버그로 출발하느냐를 결정할
것이기 때문이다. 그들은 상상할 수 있는 가장 진부한
대화를 하지만, 바움가트너는 베브가 말하는 것에 귀
를 기울일수록 내일과 모레에 대한 불안감이 잦아드는
것을 느낀다. 그녀의 입에서 나오는 말은 아무리 평범
해도 최면을 거는 듯한 어떤 초월적 특질, 그 말이 셰익
스피어의 소네트 또는 〈인권 선언〉의 서문만큼 중요하
게 들리도록 만드는 특이한 재능이 있기 때문이다. 애
나도 그런 특질을 갖고 있었다. 단지 목소리만이 아니
라, 몸의 아주 평범한 동작마저 숭고한 자기표현과 우
아함을 드러내는 행동으로 바꾸는 능력에서도 그 특성
은 드러났다. 예를 들어 책장을 넘기는 손가락의 위엄
있는 웅변, 또는 냅킨이나 수건을 접는 손목의 당당한
회전 같은 것 — 아무리 단순하고, 아무리 평범한 인간
적 몸짓이라도 불이 붙은 자아의 용광로 안에 담긴 기

239

적처럼 빛났다. 애나 블룸과 비어트릭스 코언, 그의 인생의 두 북엔드,[57] 바움가트너는 속으로 말한다. 그는 베브에게 내일 순조롭게 무사히 여행하기를 빈다고 말하면서 그다음에 간절히 덧붙이고 싶은 말은 입 밖으로 나가지 않게 막는다. 간곡하게 말하는데, 조심해서 운전해요. 그는 그 말을 하지 않으려고 엄청나게 애를 썼지만, 그래도 베브는 어차피 그 말을 들을 수 있다. 그가 그 말을 하지 않으려 하자 그녀가 웃음을 터뜨리며 말하는 것을 보면 알 수 있다. 걱정 마세요, 사이, 조심해서 운전할게요. 약속해요.

2020년 1월 3일 1시 반이다. 바움가트너는 막 전화를 끊었고, 이제 답해야 할 문제는 남은 하루 동안 자신을 어떻게 처리해야 하느냐다, 내일과 모레는 말할 것도 없고. 그녀는 피츠버그의 부모 친구 집에 간 뒤에나 다시 전화를 하겠지만 ─ 여행의 첫 구간에서 그녀에게 아무런 일이 일어나지 않는다는 가정하에 ─ 모든 것이 바라던 대로 된다 해도 그녀가 거기에 도착하려면 스물여섯 내지 스물여덟 시간은 족히 걸릴 것이고, 도착한다 해도 그녀가 과연 잊지 않고 그에게 연락할지 누가 알겠는가? 바움가트너는 세워 놓은 계획이 없었고, 너무 신경이 곤두서 있는 바람에 다시 애나의 글을 읽거나 다른 일을 시작할 수가 없다. 산책을 하면 도

57 꽂아 놓은 책들이 쓰러지는 것을 막아 주는 도구.

움이 좀 될 수도 있겠다, 그는 생각한다. 하지만 오늘은 빌어먹을 만큼 춥고, 따라서 집 밖으로 나가 좀 돌아다니고 싶다면 유일하게 편안한 해결책은 차를 타고 돌아다니는 것이다. 뭐 어떤가, 그는 혼잣말을 한다, 주류 판매점에 차를 몰고 가서 술을 더 사다 쟁여 놓고 와인도 한 상자 더 사둬야겠다, 그 뒤에도 달리 할 게 생각나지 않으면 전화를 돌려 오늘 밤 번개로 레스토랑에서 만나 식사할 친구가 있나 찾아봐야겠다.

그래서 바움가트너는 가장 따뜻한 겨울옷과 가장 따뜻한 겨울 재킷으로 몸을 꽁꽁 싸고 차고로 가서 4년 된 스바루 크로스트렉, 휘발유와 배터리의 전기력을 둘 다 이용하는 하이브리드 차에 몸을 집어넣고 운전대를 잡는다. 바움가트너는 시동을 걸고 집에서 나가다가, 시내로 들어가거나 와인이나 다른 술 재고를 늘리는 일, 또 알기는 하지만 관심 없는 누군가와 우연히 만나 반갑지도 않은데 어쩔 수 없이 2~3분 끝도 없이 재미도 없는 예의 차린 인사나 주고받을 가능성과 마주하는 일에는 전혀 마음이 가지 않는다는 것을 깨닫는다. 그래서 익숙한 상업 지구의 세계로 향하는 대신 반대편으로 방향을 틀고, 오래지 않아 남쪽으로 차를 몰고 있다. 혼잡한 상용 고속 도로들과 깜빡이는 불빛으로부터 멀어져 넓게 트인 전원 지대로 향하고 있다. 아무 데도 아닌 널널한 곳으로 집은 점점 줄어들고 도로는 점점 좁아진다. 그는 자신이 파인 배런스[58]라고 부르는 지역에 다가가고 있다고 생각하지만 자신하지는 못한다. 애나와 함께 어느 일요일 오후에 이 신비롭게 텅 비어 있는 지대를 탐험하러 나섰던 게 아주 오래전 일이기 때문이다. 이제 세부적인 것은 기억에 없지만, 한 가지, 어딘가에서 차를 세우고 피크닉 점심을 먹었던 일, 모래가 많은 땅에 담요를 펼치고 애나의 아름답게 빛나는 얼굴을 건너다보았던 일은 떠오른다. 그때 그는 강렬한 행복감이 큰물처럼 밀려오는 바람에 눈에 눈물이 고이기 시작했고, 자신에게 말했다. 이 순간을 기억하도록 해, 애야, 남은 평생 기억해, 앞으로 너한테 일어날 어떤 일도 지금 이것보다 중요하진 않을 테니까.

그는 그 뒤로 오랫동안 그 느낌을 기억했다는 것, 그느낌을 간직하고 다녔다는 것은 기억나지만 그걸 느꼈던 그 장소의 세세한 특징은 머릿속에서 거의 사라졌다. 그렇게 사라져 버렸기 때문에 그가 지금 그 장소로돌아온 것인지 아니면 사실 다른 곳에 와 있는 것인지잘 알 수가 없다. 차에 올라타 집을 떠난 지 얼마나 되었을까? 40분 또는 45분, 그 정도인 듯하다, 그보다 아주 많이 지나지는 않았을 것이다. 그런데도 벌써 빛이바뀌기 시작했다. 동지가 지나고 몇 주 지나지도 않았

58 소나무가 많은 척박한 땅이라는 뜻.

242

기 때문에 낮은 아직 짧다, 아주 짧다. 오른쪽으로 방향을 틀어 빽빽하게 들어선 소나무들을 가르고 들어가는 좁은 띠 같은 도로에 올라서자 왼쪽 눈꼬리 쪽으로 뭔가가 보인다. 보라, 사슴이다. 그냥, 잠시의 망설임도 없이, 바움가트너는 본능적으로 왼쪽으로 운전대를 틀어 사슴과 부딪히는 것을 피하는데, 사슴은 이미 길을 건너 반대편 숲으로 사라져 버렸다. 매우 아슬아슬했던 순간 뒤인지라 바움가트너는 잠시 차를 세우고 마음을 가다듬는데, 자신이 일흔둘임에도 아직 반사 신경이 그렇게 빠르다는 데 놀라면서도 너무 갑작스러운 일인지라 아직 정신이 없다. 시작부터 끝까지 3~4초밖에 걸리지 않았을 것이다. 마침내 그는 다시 시동을 걸고 차를 움직여, 어느 지점에서 집 한 채를 지나고 거기서 90미터를 가 한 채 더 지난다. 이제 집으로 돌아갈 때가 됐다는 느낌이 강해졌지만 좌회전이나 우회전하여 서서히 북쪽으로 방향을 잡게 해줄 교차로를 만나지 못한다. 그래서 유턴을 하여 왔던 길을 되짚어가기로 하고 계속 앞으로 나아가며 도로 옆쪽 나무들 사이의 작은 공간을 찾는데, 소나무들 사이에서 틈을 발견하기도 전에 숲에서 사슴이 또 한 마리 튀어나온다. 이번에는 도로 오른쪽이다. 왼쪽으로 운전대를 틀면 사슴과 부딪힐 것이기 때문에 오른쪽으로 방향을 틀어 사슴을 피하기는 하지만 차는 도로 가장자리에서 벗어나 나무 한 그루와 부딪힌다. 그는 느리게, 시속 45킬로미터나 48킬로미터로 운전하고 있었지만, 그래도 충격은 갑작스럽고 격렬하며, 안전띠를 매고 있음에도 몸이 앞으로 튕겨 나가 이마가 운전대에 세게 부딪히면서 피부가 찢어지고 오른쪽 눈으로 피가 한 줄기 흘러내린다. 어떻게 된 일인지 에어백은 부풀어 오르지 않았다. 아마도 오작동이거나, 아니면 나무와 부딪힌 충격이 기제를 작동시킬 만큼 강하지 않았을 것이다.

바움가트너는 의식을 잃지 않았고 통증도 없다. 그럼에도 방금 일어난 일 때문에 정신이 멍하다. 그는 손수건으로 피를 닦아 내다 그렇게 많은 피를 쏟을 만큼 찢어진 상처가 그렇게 통증이 적다는 데 놀란다 — 사실 통증이 전혀 없다. 그는 다음 몇 분 동안 운전석에 그대로 앉아 꼼짝도 하지 않고 이제 어떻게 할지 생각한다. 우선 차를 살펴야 한다, 그는 그렇게 결정한다. 심각한 손상이 없어 스바루가 아직 움직이면 차에 다시 올라 유턴을 하여 프린스턴으로 돌아간다. 그는 바깥의 차디찬 공기 속으로 나갔고, 그릴이 심하게 찌그러졌다는 것을 알게 된다. 기계적 문제를 일으킬 만한 건 아니다, 그는 그렇게 생각하지만, 차에 다시 타 시동 단추를 눌러도 아무런 반응이 없다. 배터리는 침묵하고 엔진도 침묵하고 있다. 모터 시티 깊은 안쪽에서 정말로 또 어쩌면 영구적일 수도 있는 고장이 생긴 것인지도 모른다. 바움가트너는 오토 정비에 관해서는 아무것도 모르기 때문에 하고 싶어도 직접 문제를 해결하지는 못할 것이다. 그는 옷깃을 세우고 두 손을 주머니에 꽂은 다음 앞서 지나쳤던 집들을 향해 침침한 겨울빛을 뚫고 걸어가는 것 외에는 달리 할 수 있는 일이 없다고 결론을 내린다. 그렇게 해서, 우리의 주인공은 이마의 상처에서 계속 피가 흐르는 채로 얼굴에 바람을 맞으며 도움을 찾아 길을 떠나고, 첫 번째 집에 이르러 문을 두드릴 때 S. T. 바움가트너 모험담의 마지막 장(章)이 시작된다.

옮긴이의 말

그에게는 엄숙하지만 의기양양한 순간, 평생 다른 어떤 때와도 다른 시간이다. 감정의 큰 파도가 일어 정신이 강인하고 때로는 마음마저 차갑고 단단한 이 남자를 삼킨다. 그의 내장에서 대양이 일렁이다 목구멍을 타고 올라오며 그 자신으로부터 그를 끌어내고, 그 순간 그는 자신이 얼마나 작은지 깨닫는다. 우주를 구성하는 다른 수많은 작은 것들과 연결된 작은 것. 잠시 자기 자신을 떠나 삶이라는 둥둥 떠다니는 거대한 수수께끼의 일부가 된 느낌이 얼마나 좋은지.(151면)

이 구절은 폴 오스터의 마지막 소설의 제목을 차지한 남자, 바움가트너가 자신이 태어나던 날 아버지가 느끼고 깨달은 것을 상상하는 장면이다. 바움가트너의 아버지는 유대인 이민자인 가난한 재단사의 아들로 태어나 어려서부터 세상을 바꾸겠다는 원대한 야망을 품고 살았다. 그러나 결국 좌절하고 어쩔 수 없이 가업을 이어받아 근근이 살아가며 〈분노와 냉소〉만 쏟아 내다 마흔이 넘어서야 첫 자식을 본다. 그 순간 그는 어쩌면 평생 처음으로 땅에 발을 디디게 되고, 〈자신이 얼마나 작은지 깨닫는다〉. 그는 〈우주를 구성하는 다른 수많은 작은 것들과 연결된 작은 것〉이다. 이때 아버지가 깨달은 바로 이것이 폴 오스터라는 작가, 그리고 이 소설 『바움가트너』를 지배하는 태도의 핵심인 듯하다. 바로 우리가 사랑하는 오스터의 허세 없는 목소리의 비밀인 셈이다.

우리가 〈거대한 수수께끼의 일부〉인 〈작은 것〉에 불과하다는 느낌, 즉 수수께끼 속에 살아가야 하는 작은 것이라는 느낌이 괴로운 게 아니라 〈얼마나 좋은지〉 모르겠다는 점에도 주목할 필요가 있다. 아마 그것은 우리가 〈작은 것〉인 동시에 어떤 것의 일부이고, 〈작은 것〉이되 〈다른 수많은 작은 것들과 연결된 작은 것〉이기 때문일 터인데, 이 또한 우리가 위로를 얻는 오스터의 궁극적인 긍정의 목소리가 가진 비밀일 것이다.

이 소설도 어떤 의미에서는 〈작다〉. 주인공 바움가트너의 70년이 조금 넘은 인생 가운데 마지막 2년 정도라는 짧은 기간을 띄엄띄엄 다룬 것으로, 물리적 분

량 자체도 적다. 그럼에도 번역을 검토하면서 다시 읽어 나가다가 꽤 길고 풍성한 소설을 읽는다는 느낌이 들어 전체 분량을 다시 확인해 보기까지 했다. 왜 그런 인상을 받았을까? 아마 이 소설이 작지만 마치 나무처럼 다양한 각도로 가지를 잘 뻗고 있기 때문일 것이다. 주인공의 2년간의 행적 자체는 나무줄기 가운데 35분의 1에 불과할지라도(그 자체로도 흥미롭기는 하지만), 엄연히 나무의 일부로서 가지 전체를 공유하고 있으며, 그 덕분에 우리는 주인공의 안내를 따라 아주 오래전에 생긴 가지부터 최근에 생긴 가지까지 하나하나 찾아가 오래 머물 수 있다. 실제로 그 가지 하나하나가 독자적인 한 편의 소설 같은 열매를 달고 있고 그 색깔과 맛이 전부 각기 다르다. 말하자면 여러 소설로 이루어진 한 편의 소설 같은 느낌, 그러면서도 하나의 소설로서 일관성을 유지하는 느낌을 준다. 이런 나무 같은 구성이, 소년부터 청년과 현재 노인의 모습까지 다양한 인간이 공존하고 있으면서도 단일한 작은 인간인 바움가트너, 나아가 우리 모두를 효과적으로 재현하는 방식일 수도 있겠다는 생각이 든다.

언뜻 작아 보이지만 가지들 밑으로 들어가면 의외로 넓은 그늘을 만날 수 있는, 마치 한 그루 나무 같은 이 소설의 안쪽으로 깊이 들어가, 감상이나 엄살이라고는 찾으려야 찾을 수 없는 폴 오스터의 마지막 작별 인사를 들으며 독자들이 우리 나름의 작은 삶을 살아갈 기운을 얻게 되기를 바란다.

2025년 4월
정영목

옮긴이 **정영목** 번역가로 활동하며 현재 이화여자대학교 통역 번역 대학원 교수로 재직중이다. 지은 책으로 『완전한 번역에서 완전한 언어로』, 『소설이 국경을 건너는 방법』이 있다. 옮긴 책으로는 존 밴빌의 『바다』 외에도 『로드』, 『선셋 리미티드』, 『신의 아이』, 『패신저』, 『스텔라 마리스』, 『제5도살장』, 『바르도의 링컨』, 『호밀밭의 파수꾼』, 『에브리맨』, 『울분』, 『포트노이의 불평』, 『미국의 목가』, 『굿바이, 콜럼버스』, 『새버스의 극장』, 『아버지의 유산』, 『왜 쓰는가』, 『킬리만자로의 눈』 등이 있다. 『로드』로 제3회 유영번역상을, 『유럽 문화사』(공역)로 제53회 한국출판문화상(번역 부문)을 수상했다.

바움가트너

발행일　2025년 4월 30일 초판 1쇄
　　　　2025년 5월 25일 초판 5쇄

지은이　폴 오스터
옮긴이　정영목
발행인　홍예빈
발행처　주식회사 열린책들

경기도 파주시 문발로 253 파주출판도시
전화 031-955-4000　팩스 031-955-4004
홈페이지 www.openbooks.co.kr　이메일 literature@openbooks.co.kr